人间珍贵

澎湃夜读集 3

陈才 李勤余 主编

学林出版社

代序

"微"时代,
文字的力量

这部《人间珍贵》，适合在地铁、高铁或飞机上有一搭没一搭地读，会莞尔一笑，别有会心。看似都是一些无关宏大叙事的"闲"文，说说鱼刺卡喉的就医经历、下班赶地铁的心境，等等，"微"则微矣，作者和编者，显然并不奢求有"大义"存焉。

但是，读着读着，却冒出一番很"大"的念想，从这一篇篇"微"言中，真能读出大时代。

这个感慨，起于两层心思。

第一层，铅字依然是有力量的。

常常有人嘲谑，AI都迅速迭代了，谁还读书呢？坐拥比前人要海量得多的信息，不必追书了吧。你我虽凡人，但每一个人每天早上一睁眼从枕边捞到手机，打开的瞬间，世界奔来眼前，信息纷至沓来。要论数据字节，只要从早到晚粘着手机不放，你和我一天所掌握的信息，远超古代帝王终其一生得到的信息量。他们拿到一沓子大臣择选过的奏章，便以为"天下我有"了，可当下我们批阅的网上"奏章"，前见古人，后见来者，广被四海，思接千载，可我们骄傲了吗？

我们也确实骄傲不起来。因为这些网上"奏章"，极有可能是昙花一现，远不如从前的"起居注"那般安放史册。真正有记忆的，至少是眼下，还得是书本报章上的铅字。

感叹铅字依然有力量，并不纯然是老生常谈，有亲身经历为证。我们曾以为，互联网是雁过留痕的，信息是恣肆汪洋的，记忆是没有时空边界的，何况还有据说可以留存永久到寂寞的区块链呢！

然而，我曾对互联网的"记忆力"大失所望：它的阿尔茨海默病，比我来得要早太多。

我在1999年和2019年，分别进行了两次"行走黄河"的采访，从黄河源走到入海口，边走边采边写。1999年，互联网初起，我们的采访成果，除了在报纸上刊发了十来篇，大部分丰富得多的图文报道，是在网上推出的，我们更曾在途中两次和网友热烈对话，请网友就黄河的断流、污染、移民、悬河等任意点题，而我们则努力去现场解谜……自我感觉，我们是最早触网的一批记者。于是，2019年第二次重走黄河时，策划的就是重访20年前写过的同样点位的人和故事，可是，当我胸有成竹地去搜索20年前的相关网络报道时，惊讶地发现，除了寥寥几篇，网上相关专题几乎彻底消失了。原来，因为服务器的更迭，因为成本原因，大量数据并没有跟着搬家——大河上下，顿失滔滔，呜呼！这就是我当年的心境，当年走过的大河，那一步一步、一笔一画，仿佛从来没有问世过。幸好，报纸上的报道还有；幸好，有专业的同行，努力将当年的大部分文字"找"了回来，让第二次"行走黄河"的比对式采访得以进行。但是，当年那些丰富生动的网上新闻图片，却再也找不回来了。失去了图像的对比,也就失去了黄河边时空变迁实景比对的可能。

这让我明白,互联网的记忆靠不住。倒是像这部书关于大时代的小记叙,会存之久远。那些齐整鲜活的铅字,靠谱。

这是我读了这部《人间珍贵》,油然而生的第一层心思。

第二层,是这部书的独特,它拥有移动互联时代的平民史价值。

这当然是一部"闲书",或未必成为"网红",但它是历史的"补白",平民的"闲话",想到它会像数千年前的青铜铭文、龟甲壳上的占卜一样,可以千秋万代留下来,让后代的碳基人,依然可以窥见我们这一代人的小心思、微生活,它的价值感顿时就高大上起来。

我看殷墟的龟甲卜辞,最感兴味的,不是那些动问战争凶吉的卜卦,而是商王武丁对妇好的念兹在兹,那种夫妻之间的琐碎互动:妇好的病好了没有啊?妇好出征何时回来啊?妇好这次生娃能不能平安?妇好啥时候能生啊?虽然刻画的是武丁宠妻的小心思,但妇好看到这些卜辞时,明媚的双眸、弯弯的唇角,以及她的嫣然一笑,也跃然眼前。这样的文字,还原的是商代有温度的跳脱无羁,灵动飞扬;这样的文字,才能让今人穿越到 3000 年前,遥想妇好怎样豪爽地割过炙肉、饮过美酒,甚至吐槽过武丁的婆婆妈妈……

嘿，眼前的这本书，某种意义上，就是当代武丁与妇好们的"吐槽"啊。

你看，为什么有人要常年把手机调成静音？"人多时怕吵到别人，一个人时怕吵到自己"，网感、时态一下子兼而有之；还有那台露宿街头的缝纫机，把"落伍"的老人老物件，写出了历史的厚重；还有讲述家庭小群的"拉黑"、打个网球就伤筋动骨的"中年感"，以及丝瓜地里的大侠，等等。试想，等到人类进入"未来简史"的时代，那些超级人类甚或是硅基人类，要研读我们所在的这段历史时，光是高头讲章的宏大叙事，是远远不够的，光是互联网不靠谱的记忆，更是单薄如斯。如果没有类似《人间珍贵》这样有人气、有温度、有场景、有细节的平民"吐槽"，我们的当代史一定是不完整的。

这么一想，我就很佩服写作、编辑这本书的这群"闲人"或是"贤人"了。

算了，不杞人忧天了，后人怎么研读今人的历史，轮不到我们操心。在方寸屏幕漫天闪烁的当下，读一读这样的"微"故事，让我们颇不孤单、不凌厉，有种妥妥的踏实感，挺好。

复旦大学特聘教授、人民日报上海分社原副社长 李泓冰

代 序

"微"时代,文字的力量·李泓冰 / 001

吾心安处

消失的修鞋摊 / 003

家乡太仓,一站之遥却走了 70 年 / 006

总是忆起那些摘瓜卖瓜的日子 / 010

那年的秋假 / 013

小时 Country Walk,长大了 City Walk/ 016

这是属于蟋蟀的季节 / 019

谁的青春里没有过几间出租屋 / 024

谢谢,请不放香菜 / 028

谷粒飞舞 / 032

城中村,也曾是江南水乡 / 036

在县城喝一杯咖啡 / 040

老家的那些绿色 / 043

讲不出再见 / 046

江南秋水意 / 050

王宝钏与老相册 / 055

煎饼与咸菜构成的寄宿生活 / 058

"暑假神剧"去哪儿了? / 062

炎热中找一处安放心灵的静地 / 066

留住弄堂深处的人间烟火 / 069

你还会说家乡话吗？/ *072*

16年前的夏天，我们在上海影城看《雏菊》/ *076*

散装恩典 / *080*

自找点苦吃 / *084*

开往回忆的地铁 / *087*

梦回儿时小区 / *090*

一粥一饭

送着送着，孩子就不需要你送了 / *095*

我的相亲又失败了 / *098*

我和我的孩子 / *102*

养猫后我不想谈恋爱了 / *106*

旅途之上，四海之内皆兄弟 / *110*

人有爱的承认 / *115*

爱，不都是下倾的 / *118*

普普通通的孩子才是大多数 / *122*

当家有一老，且"无用"时 / *125*

人，不能真正逃出他的故乡 / *128*

酽酽父子茶 / *132*

棉被里的乡愁 / *135*

一个上海小囡的"三千里"和"五百年" / *139*

孩子们的爱与原谅 / *143*

城市人的乡愁何处安放 / *148*

爱在一粥一饭间 / *151*

父母为我们做的那些"小事" / *154*

我在高原看急诊，花费148元 / *158*

有没有那么一个人，是你想联系却不敢联系的 / *164*

李良荣：我爱新闻院 / *169*

总念叨"随手关灯"的父亲 / *174*

父亲突发脑梗，我却不在身边 / *177*

寻找上海人郑计 / *180*

相逢一笑泯恩仇是一种境界 / *185*

消失的父亲 / *188*

上下求索

至人无梦 / *195*

不亮不行，太亮也不行 / *198*

自己发现一本书的重要性 / *203*

渴望山野的城里人 / *206*

常在河边走，风景看不够 / *209*

卡夫卡也是跳健身操的上班族 / *212*

如何在工作中抵抗媚俗 / *215*

你被时间的力量击中过吗 / *218*

你的工作是你当初的兴趣吗？ / *222*

坐的越来越多，走的越来越少 / *226*

中年好学艺 / *229*

重拾逛街的乐趣 / 232

当秋天来敲门 / 235

八千里路云和月 / 238

柿柿如意 / 242

听见冬天的声音 / 246

以阅读抵御孤独 / 250

人生不过一场"等" / 253

观看一只鸟 / 256

每座书店都是一束光 / 259

听从内心的声音，找到自己的"间隔" / 262

每个人都得穿越人生的低谷 / 266

文庙：上海的肚脐 / 269

我们谁不是"小镇做题家"呢 / 272

古典主义的端午 / 276

春山可望

鱼肉和鱼刺是生活的一体两面 / 285

人生的路很长，不用太赶 / 289

手机"哑"了 / 292

丝瓜地里的大侠 / 295

松弛地承认自己办不到 / 300

当"中年感"袭来 / 303

一台缝纫机里的世道人心 / 307

和亲戚三观不合要拉黑吗？/ 312

把孤独当成宠物 / 316

为什么中年人喜欢一个人待着 / 320

70 岁的大姐，为了省下 60 元 / 323

家务劳动"显形"记 / 326

棉花白，云卷舒 / 329

追落日的年轻人 / 332

冬夜的记忆 / 336

人生四季，各有风景 / 339

梦里的那片芦苇 / 342

赏味有期 / 345

不如早起去看日出 / 349

如果你没有活成想象的样子 / 353

哑婶的一生 / 357

忽然很想到处走走 / 361

生活，原来这么多峰回路转 / 364

你是否不愿向老熟人说起近况 / 368

人生就是一场接一场的考试 / 371

后　记

与自己对话·夏正玉 / 375

吾心安处

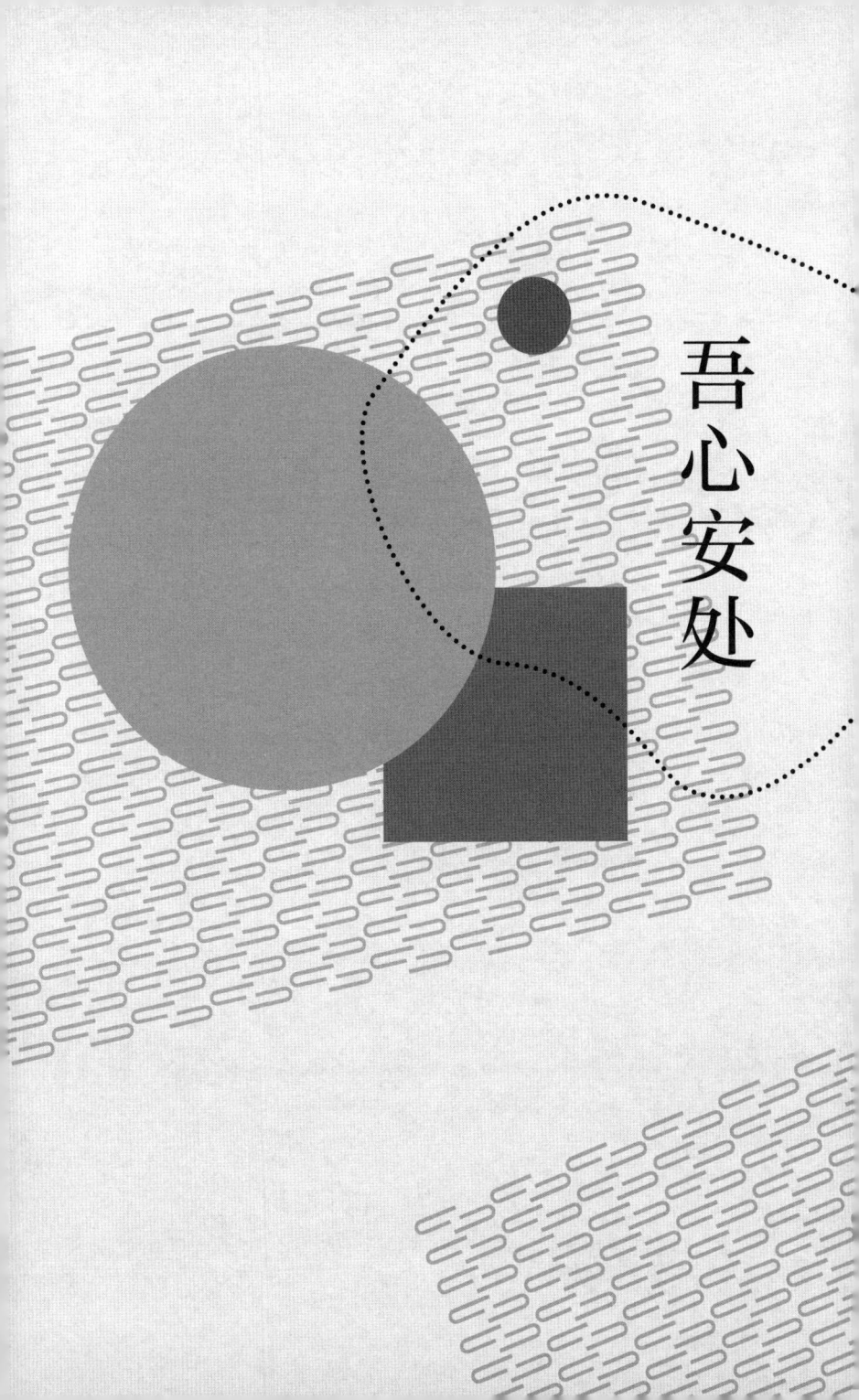

消失的修鞋摊

廖德凯

20多年前,在我们单位外面大街口,有一个20多岁的外地小伙摆了一个摊。摊很小,半条轮胎、半条内胎、一个工具箱、两只小板凳,最占地的也只是一架用于缝合的手摇式机器;事更小,只是修鞋、补胎、配钥匙等不上眼的事。但有了这个小伙的摊位,却给附近有需要的人解决了不少问题。

那时候鞋的质量并不太好,人们的经济条件也不像现在,可以有很多双鞋换着穿。一双鞋穿的时间久了,总是难免出点小毛病。

有一天,我在到单位的路上崴了一下,鞋帮和鞋底就被分开了一大半。走起路来鞋底刮蹭路面不说,几个脚趾都露了出来,袜子有点破,大脚趾钻出了袜子,实在是有些尴尬。幸好几步路就到了小伙的修鞋摊,板凳上等待的顾客看着我的狼狈样子善意地笑了,并主动让小伙先修我的鞋。

我是个比较节俭的人,同时也不太喜欢穿新鞋,新鞋总有个磨合期,没那么舒服。当时我是电视台记者,每天扛着摄像机往外跑,费体力,更费鞋。因此,我的鞋平时总会修修补补。鞋底磨薄了？加一块橡胶。鞋帮和鞋底脱开了？用线缝上一缝。这样修补一下，穿起来比买双新鞋还舒服。

还有补（自行车）胎，当年可是"有车一族"的刚需。在小城里，到什么地方都不算远，作为退役军人，我也有着多活动的习惯，因此外出基本是走路。后来有了女朋友，她上班的地方离我们单位有点距离，我就在一个修车铺淘了个"二八大杠"（即28英寸自行车）——当时早已不生产"二八大杠"了，轻便车比较流行，但"二八大杠"不是结实嘛，正适合我这样的"武夫"，何况后座带人带货都好用。

这个"二八大杠"的出厂时间已经太长，估计有十几年了，表面的漆脱落严重，小毛病不少：铃不响了、车链掉了、刹车不好用……有毛病就经常找小伙给弄一弄，直到有一天放在楼下被人给"收"走——大概觉得这是谁已经不用的垃圾吧，我想。

小伙话不多，常说的话有两句："算了嘛，不费事！""那你看着给点嘛！"他的收费本来就很便宜，那几年在他那儿修鞋，从来没有超过一块钱。对比了一下，绝对的全城最低价。更关键的是他做事认真，技术很好，还有服务精神，常常给熟客免单。如此价廉物美的服务，实在难找。

随着城市不断变化，管理上也逐渐精细化了，街面上的固定摊位逐渐被清理，个别的摊贩进了店铺，高端大气上档次，当然，价格也随之上了档次。

小伙在这个位置摆摊摆了十多年，从小伙变成了半老头，这条街经过拆迁重修，从原来的小巷变成了双向十车道的城市主干道，摊位自然也没了。

我已经有差不多十年没有见到他。现在修鞋不方便,我的鞋底薄了或者鞋帮鞋底脱胶脱线,也懒得再去找修鞋店,直接当垃圾扔了。近日,看到呼吁让修鞋、配钥匙等"小修小补"服务回归百姓生活的新闻,突然想起了他。也不知道他有没有找到自己的安身之处,在这一政策落地之后,他有没有机会回来?

还真挺想他,想那些消失在岁月里的小摊、小店。

(2023年3月1日)

家乡太仓，
一站之遥却走了70年

沈 彬

年过古稀的父亲走出太仓站的时候，兴奋得像个孩子，喊了一声："太仓，我回来了，我带孙子回家了！"这个家，便是他的家乡太仓，为说这一句，他等了70多年。

父亲，在襁褓之中便被送往了上海。因为断了和家乡亲戚的联系，就一直没有回过太仓。他从婴儿，到少年，再到在上海工作、立业、娶妻、生子，子而生孙，如今带着一大家子人，第一次回到家乡太仓。这是一个平常不过的游子回家的故事，平常故事最能打动的是主人公自己，这是他第一次回到自己的故乡。

虽然上海离太仓这么近，但是没有走亲戚的"硬任务"，便少了专门来一趟的念头。总想着不远，随时都可以去，一等便是少年成白头，一等便是"儿孙忽成行"，一等便不知道和家乡的话从何谈起。

因为我父亲没回过太仓，连带着我也没回过太仓，于是这个家乡就这样神奇地一直在我的户口簿上、档案袋里，以及形形色色的人事表格里。我总以为，太仓这个户口簿上的家乡和自己一点关系都没有了,那个父亲的父亲生活的地方与自己有什么联系呢?但是家乡却顽固地活在自己的生命当中。

儿子出生时,要报户口,我填写户籍信息登记表时,籍贯那一栏是可以自己填的。当时纠结了一下,到底是按照我父亲的、我自己的籍贯继续写"江苏太仓",还是直接写成"上海",纠结了一下,还是决定写"江苏太仓",仿佛暗中给孩子一个礼物、一个密码、一把钥匙,伴随他一生,让他可以通过这个密码去寻找祖先的踪迹,知道自己的根在哪里。如果籍贯只写"上海",孩子可能就找不到了自己的根。

家乡就是这样奇怪的存在,可以没有接触,可以没有来过,你的行为,却暗暗被家乡投下了影子;你的饮食习惯,有家乡留下的密码;在你的神情中,刻写了家乡的气度。

太仓这个家乡,于我并没有少年的记忆。但是一旦接触,莫名的亲切感却会扑面而来。那是和路上行人有限的几句对话里,感觉到对方友善里带着一分拘谨,热情中有着一分体贴,想想这说话的语调和神态，似曾相识，哦，那就是我父亲的样子，也应该是别人眼中我的样子。

从沙溪古镇一碗略带甜味的燠鸭红汤面里，我吃到了一种熟悉；从太仓肉松的满街飘香里，我突然想明白，为什么同样是肉松，父亲只喜欢吃太仓肉松，而不是福建肉松，因为这里有家乡的味道，哪怕是几十年不曾回去的家乡。

因为不在家乡，所以有了家乡，因为有了家乡，便在生活的地方拥有了身份，你是"老山东"，他是"小宁波"。游子走得再远，在别人眼中也会自带几百上千年的家乡故事。

认定自己是太仓人，便有了故乡的感觉，便有了故乡的自豪，激活了所有的有关家乡的知识储备。我兴奋地告诉孩子，爷爷的出生地浏河就是郑和七下西洋起航的地方，如今的太仓港依然是位列全球第25位的大港。带着孩子一起去看了《五人墓碑记》的作者张溥的"七录斋"，去看了执掌明朝文坛的王世贞的弇山堂。写下"冲冠一怒为红颜"的吴梅村是太仓人、赫赫有名的子冈玉就是太仓人陆子冈的作品，还有物理学家吴健雄、朱棣文……

我们夸赞家乡，不是家乡需要我们的夸赞，而是我们需要用家乡说明：我是谁？我从哪里来？我要到哪里去？人生的哲学三问，那么朴素，又那么直击人心，是谁也逃不过的。

太仓的城市口号"下一站上海，上海下一站"，同样适用于我们的家族，而这一站之遥却走了70多年。我让孩子在太仓市政府门前的"上海东路"的路牌下拍了一张照片。70多年前，我父亲从这里出发到上海的那一天开始,家乡就一直在等待着这样的重逢。

(2023 年 4 月 25 日)

总是忆起那些摘瓜卖瓜的日子

刘文涛

这个夏天，天气出奇地热，"空调屋里吃西瓜"成为人们必备的解暑神技。小时候，空调是没有的，西瓜却是不缺。每到夏暑难耐、西瓜上市时，我总会忆起和家人一起摘瓜、卖瓜的日子，那些背着西瓜"奔走道路"的时光，着实令人难忘。

一大清早，露珠映着灿烂的夏日闪出片片耀眼的光，绿油油的瓜秧下匐着一颗颗西瓜，行行排列的稻草人煞有其事地守卫着。一派丰收的景象，让爸妈甚是欣喜。对他们来说，这意味着"面朝黄土背朝天"的努力有了回报，意味着今年两个孩子的学费有了着落。

头茬瓜熟得好，我们小心摘下，再用蛇皮袋装起，背到路边的拖拉机上。那时的我正是个"半大小子"，生龙活虎，愿意也擅长干这背瓜的活儿。把装满瓜的蛇皮袋口抓紧，蹲个马步，一拧身便背起来了。

背着瓜在瓜地里行走，不能踩着瓜秧，不能踢到西瓜，因而总是或跨，或扭，或越，或跳。在渐渐火热起来的日光下，在沙软的瓜地里，我汗流浃背，左腾右挪，背着瓜快步地奔。十几岁的年纪已能体会父母的不易，我多背一袋，他们便少背一袋，因而，总能打心底涌出力气来。

拖拉机车斗里铺着茅草，四周搭起木板，拉上满满一大车西瓜，碾过疲软的土路，然后拐上柏油路，"突突突"地奔向县城。到地方后，从车上搬下一个型号很大的电子秤，上面放上一个洗衣服的大铁盆，生意便可以开始了。

只有做过生意的人，才能理解那种对于顾客的急切期待。我年纪小，又沉不住气，总是放开嗓子，有样学样地大声吆喝，"刚摘的西瓜，7毛钱一斤啦，不甜不要钱！"直喊得嗓子隐隐作痛才罢休。

那时，买瓜的人都是大主顾，不会一个一个地精挑细选，也不怎么讨价还价。当然，也免不了会拍打一番，再试吃上一块，然后便会做出决定——买几十斤或几大盆。买瓜的人一般都是周边住户，离得近，买的又多，一个人拿不了时，就会叫我们帮忙送货上门。

　　著名散文家梁遇春曾写道："我是个最喜欢在十丈红尘里奔走道路的人。"当时小小年纪的我悟不透"十丈红尘"，但对"奔走道路"的不易和畅快已是深有体会。背上一袋西瓜，任它在背上一上一下、一左一右地跳荡，全然忘记了所有的烦恼，心中只念着今天多卖一点钱，埋头跟在顾客后面，顶着烫人的大太阳，奔走在县城的大街小巷。

　　那时，奔走的力量像是从脚下的地里生出来的，源源不断注入身体，催动着小腿隆起肌肉、赤膊跳起浮筋。炎炎烈日下，汗水肆意流淌，手掌磨得生疼，肩头勒出血丝，心境却是清明澄澈，充满希望。尤其是看着妈妈手里的皮夹子慢慢鼓起来，更是有用不完的劲儿。

　　一整车西瓜卖完时，太阳已经西斜。爸爸驾驶着拖拉机"突突突"地奔在回家的路上，我和妈妈坐在空车斗里，望着日头慢慢落，就着西瓜啃干馍……一身的疲累似拖拉机烟囱里冒出来的黑烟，被夏日傍晚凉爽的风吹散了。

　　如今想来，那些苦日子未必不是好时光。用力地吆喝，用力地奔跑，像一块顽铁一样，在生活的捶打下蹦出火花，有一种拼命努力才能体会到的充实、坦荡和快意。反观现在的自己，躺在空调屋里吃西瓜，生活不知好了多少倍，却似乎再也受不得风吹日晒了，总觉得有得有失。

（2023 年 8 月 2 日）

那年的秋假

翟立华

放过秋假的我们,都已经人到中年。

我们这一代农村孩子上学时,有一个共同的记忆——40天秋假。对比城里学生痛痛快快玩两个月的暑假来说,秋假是劳累并漫长的。母亲常说,"秋口麦口,腊月二十八九",这三个当口儿是农民一年中最忙碌的季节,而秋假则是让我痛并快乐的一个长假。

一放秋假,父亲便迫不及待地领着我们姐弟扎进无垠的青纱帐,每个人分两垄地一字排开,开始掰那硕大的玉米棒子。沉甸甸的收获感让父亲很满足,但是对于年纪尚小的我来说,却犹如走进了原始森林,不知道哪里是尽头。随着"咔嚓"声此起彼伏,我们拉开了距离,排在前头的那个发出一声欢呼,就知道已经到地头了。虽然地头不代表终点,还是要继续往回掰,但心里就是莫名地高兴。

我们身后,父亲奋力地抡起镢头刨玉米秸,间或能听到他和邻家掰棒子的二叔谈论收成的好坏。在父亲身后倒下一排整齐的秸秆,他把浩瀚的田野撕开一条窄窄的缝隙,秋风顺势就钻了进来,

"哗啦啦"刮起一阵阵属于秋天的寥落。

脸被玉米叶子刺得火辣辣地疼,又渴又累的时候,父亲招呼我们休息一下。姐弟们或坐或躺在砍倒的玉米秸上,仰望着那一线蓝天,有团团卷舒的白云从这边游走到那边,慢慢远去。姐姐撅一根玉米秸,扒光了叶子,轻轻地捅一下我肩膀,我睁开眼懒懒地接过来放到嘴里品咂,竟然是别样的甘甜。耳旁能清晰地听见蚂蚱蹦跶的"嗒嗒"声,这当儿是秋假里最美的时刻了。

玉米棒子装满牛车,我坐在上面,一路听父亲吆喝着老牛晃晃悠悠地往家走,牛铃清脆地摇动彼时的岁月。远处村庄里的炊烟扶摇直上,在天地间绘出袅袅的烟火。路边那两行柳树枝条飞舞,泛黄的柳叶在"哗哗"的秋风里飘落下来,粘在父亲的头上、肩上。牛车静静地走在乡间小路上,走成一幅水墨丹青,越来越远,直至记忆深处。

深秋的晚上,一家人围坐在小山一样的玉米堆前,窸窸窣窣地剥着玉米。月光如华,露水打在玉米皮上,湿湿的凉意从指尖沁入心里。母亲总是边剥玉米边给我们讲故事,《天仙配》《牛郎织女》这些都已经背下来的老故事,从母亲嘴里说出来还是那么有趣,我们一遍遍地听,母亲一年年地讲。

月色西沉,蟋蟀的弹唱越来越欢快,狗吠声越来越遥远,我们都已经困得摇摇晃晃了,父亲才拍拍身上的玉米樱子,一声令下回屋睡觉。在一床月光中,我很快便进入梦乡,梦里尽是沉甸甸的谷穗、沾着泥土的花生,还有洁白的棉花和远处的羊群,分不清哪片是云,哪片是羊。

那年月的 40 天假期漫长，甚至难熬，一个"累"字贯穿了无数个秋假，以至于每当下一个秋假来临时便心有戚戚焉，多么希望能用秋假去兑换城里学生的暑假啊！

多年以后的今天，偶然说起秋假，才发现现如今农村娃娃的意识里早已经没有了秋假这个概念，他们早就和城里的孩子一样过上了暑假。机械化快速收获的过程，把收秋种麦压缩到不到一个礼拜的时间。牛车、蚂蚱、白云、月光，变成了我们那个时代的记忆，永远地驻留在内心深处。

（2023 年 8 月 22 日）

小时 Country Walk，
长大了 City Walk

栗中西

我小时候很喜欢在乡间闲逛，现在看来，那种对熟悉环境的"再发现"，跟现在流行的 City Walk，有点异曲同工。

大概十来岁时，我跟村里的同龄孩子都不太合群。那些男孩以突破家长禁令为勇，今天去水库边上摸螺蛳，明天到山上找有蛇妖的井。女孩喜欢的东西我也玩不明白，跳皮筋、编辫子、抄歌词、用凤仙花染指甲，我无一擅长。有时候放学回家，爸妈都沉浸在农活中，便感觉天地茫茫，世上只剩下我。

有一次，我壮着胆子，一个人去东边山地里找爸妈。刚下过雨的羊肠小路，被新生的杂草合围，我捡了一根棍子，一边打掉草上水珠，一边给自己壮胆：蛇蛇你快走开。在大人的恐吓里，山里最常见的危险就是蛇。水汽和泥巴很快把我的鞋子沾湿，加上恐惧的驱赶，我几乎是喊叫着跑向山里。

健步经过几片水田，又跑过几陇菜地，山腰的水塘出现了。水塘的坝埂是一条"交通要道"，被踏得很平整，水分也在夕阳下蒸发得差不多了。踩着干爽的泥土，才有了"登陆"的安全感。再抬头,西边的山头戴上一条弧形的彩色光晕。等我意识到那就是彩虹时,喜悦浸满了心房。

从塘埂俯瞰,两山相对,山坳里深浅不一的绿色逐一铺展,直到被远方横亘的公路切开,公路更远处是竹山。几处房子构成的陌生村落,被夕阳揉成了视线里模糊的点。清风徐来,空气里都是作物成熟的气息。"啊"地喊了一嗓子,无数个"啊"扑面而来,犹如无数个我在回应。

那是我第一次感受到天地之美,孤独恐惧都消失了,被自然包裹着,只觉着万物一体,我也是其中一员。

从那以后,我经常一个人去山里瞎转。有时候跑到菜地里,盯着豆角花上的蜜蜂,看它授粉;挑下黄瓜叶上的大肉青虫,数它肚子上有几个黑点。或者在山涧水沟里搞"水利工程",用碎石子建个微型水坝,看落叶在里面打转。

有一次胆大包天,在一个讨厌邻居地里没熟的西瓜上,用削笔刀抠出一个三角形的洞。那家老爷爷来家里告状,说看到我那天在山里晃荡，八成是我干的。基于我平时乖巧懂事的形象，我妈坚决不信我有胆犯下这种"大案"。前几天偶尔提起，我笑嘻嘻地承认是我干的，她仍旧不信。这种被偏袒的信任，农村孩子还真不常有。

长大了进城读书，偶尔放假回乡下，总会一个人跑到熟悉的山里，静静地待一会。看看熟悉的桃树、梨树、板栗树、泡桐树还在不在，树上我留的印子还在不在。听听对面山上的"我"，是不是依旧会回答我。

后来，跟着爸妈搬到城里。十年前，村子被开发征用，老房子也没有了。水田、果林、菜地，都被折算成了青苗费。豪华的度假酒店和别墅群拔地而起，高尔夫球场的草坪，描摹出山本来的曲线，带着几分陌生的优雅。我不时回去转转，身份变成了客人，乐趣也变成了找熟悉的草木——那些就地"入编"的老朋友。我总是过分激动，但他们无悲无喜，好像知道自己还会百年千年地站在那里。

会很惆怅吗？好像也没有。城市化过程中长大的孩子，很早就感受到，自己既不属于山里，也不属于城里；既可以是山里，也可以是城里。小时 Country Walk，长大了 City Walk，谓之乡愁，谓之自由。

（2023 年 8 月 29 日）

这是属于蟋蟀的季节

张玉辉

周末去女同事家,来应门的是她先生,手里拿着一根一头开了"花"的草芯。我心念一闪,脱口问:"这是斗蟋蟀的草芯吗?"

这位先生"哟嚯"地惊奇一叹,"你怎么知道?"

我自豪地笑笑:"从小就知道啊,我是在上海的'蟋蟀国'里长大的。"

现在的七宝镇,是上海闵行区的商业中心。三四十年前,这里是阡陌纵横的江南水乡,下属的行政村自然村,是蔬菜生产基地,是上海人的"菜篮子"。七宝在沪上民间更有名的,是蔬菜地里以"凶、狠、敢(斗)"闻名的蟋蟀。每年夏天,众多虫友,都会携带各种用具,诸如手电筒、细网兜、竹筒、小型"草爬子"、十字刀金属镊子等,结伴到七宝来捉蟋蟀。

记得我五六岁的一个夏天傍晚,我爸下班后,带着几位年轻同事回家。他们是来"捉虫"的。虫,就是蟋蟀。爸爸年轻时种菜种稻,后来到市里上班,我家房子毗邻七宝菜地,也算住在"蟋蟀国"境内。养蟋蟀的同事,找我爸当"捉虫"向导,真是再妙不过了。

青瓦白墙，流水潺潺。夕阳下沉，村子里炊烟袅袅升起，家家户户门前水泥地上，晚餐小方桌小板凳都支棱起来了。

父亲和同事围坐在一起，话题都是七宝蟋蟀。哪几个村子出什么品种，哪种土质出好虫，怎样的虫子有战力，如何捉虫才能又快又好……那种热烈气氛，在今天回想，几乎像一场学术讨论会。

七宝蟋蟀草堂。

七宝红明村的虫子，被称为"色虫"，盖因颜色深沉艳丽，与九星村出产的"青大头""铁弹子"两个有名的品种比肩，合称"三虫"。它们骁勇善斗，威震上海滩的虫世界。

只是，这两个村里的虫子，并不是说抓到就能用，还需区分出产蟋蟀的土地作物。生于土质坚硬菜地里的虫子，骨骼坚硬力气壮大。地瓜地里长大的虫子，肥头胖耳，卖相一流，但是骨骼铠甲相对羸弱，"银样镴枪头——中看不中用"。盖因地瓜种植需多浇水，土质疏松湿润，蟋蟀在这种优渥环境下生长，软肋就也多了些。一名真正的"角斗士"，盔甲坚硬程度，是它勇猛又耐打的战术性装备。参照这些标准衡量，出生地决定了蟋蟀的身价高低。比如，毛豆地和玉米地里找到的蟋蟀，被公认优于地瓜地里找到的品种。

大人在饭桌上侃侃而谈，我穿着"捉虫叔叔"送的小红皮鞋，在旁边咔嚓咔嚓走来走去显宝。小红皮鞋贝壳鞋头，中间一个纤细的搭袢，搭袢上是一朵小巧的蝴蝶结，简洁又夺目。不知为什么，现在想起这双小红鞋，我总觉得，那个蝴蝶结上，应该停着一只蟋蟀才更搭。

那几年的夏天,那些爱蟋蟀的叔叔,成了孩童最纯真的盼望。除了客人来家小孩儿有礼物收,还能吃到妈妈平常不怎么上桌的时令菜肴。清蒸白水鱼、菱角毛豆、田螺塞肉……最常见的应季蔬菜,诸如青椒茄子、冬瓜开洋,也因为客人的到来滋味特殊。

晚饭后时间尚早。捉蟋蟀的最佳时间,差不多凌晨才能开始。这段空闲时间,大家围坐在一起喝茶吃"芦黍"。"芦黍"是江南特有的一种植物,外形有些像小号甘蔗,一节一节的茎秆部分,是可以食用的。撕去茎秆的翠绿外皮,嚼其茎秆,汁水甘甜润喉。万一撕茎秆外皮割破了手,可以立马就地取材,芦黍皮上的白色"果粉",用指甲刮下来,涂在伤口上,血就神奇地止住了。

暮去朝来,日月如流,曾经有着翠绿农田的村庄,田园牧歌的大七宝地区,变身成现代又摩登的城市。我一步一个脚印,上学,毕业,就业,成婚,按部就班完成人生的每个阶段功课。爸爸那些玩蟋蟀的同事,也星散八方。家园更新,那些蟋蟀去了哪里?

巧遇这位爱蟋蟀的先生,是时间隧道中一个转身的邂逅。尘封的往事,被突如其来掀起,我惊喜不已,久久不能平静。

"蟋蟀先生"让我看他罐子里的那些至宝:"现在七宝没有蟋蟀咯,这些都是山东的虫子。这些家伙很能打,品相都不错。"我看他大长条桌上、花架上几十个青花瓷罐里的蟋蟀,有精瘦的,有肥硕的,有叫唧唧震耳的,也有沉默不语的。蟋蟀背上花纹也不一样,几何花纹、菱形花纹,全身铠甲闪现金属的光泽。他用草芯拨弄着其中一只脑袋呈现出紫红色金属光泽的蟋蟀:"漂亮吧?这个,我是十块钱捡的大漏。这几天在给它'贴铃','贴铃'完成,它就可以派用场了。"

"'贴铃'是啥?"

"交配。雄性蟋蟀成熟了没交配的话,所有的体力精力都会用在求偶的叫声里。所以到了时间,必须给它交配。总不能让它们光谈恋爱,耽误事业吧?蟋蟀贴铃期,是养它们最累的时段。喂食也很有讲究,长得太快不行,太慢也不行。快慢都会影响秋天的比赛。"

"现在还有地方斗蟋蟀吗?"

"区里有蟋蟀俱乐部。爱好蟋蟀的,就去俱乐部交流把玩。每年象征性交一些会费。养蟋蟀的人,差不多到每年8月,就出去收虫。一般养到10月,大家出来聚聚,带虫斗斗玩玩。不赌钱,积分累计,最后赢了就是一点鼓励奖,差不多就是一年的会费。主要是检验一下自己挑虫的眼光和养功。蟋蟀养在自己手里,养好养坏差别很大。"

"只是上海才有这样的俱乐部吗?"

"全国都有啊。现在蟋蟀有'蟋奥会'呢,南北对抗赛啦,城际对抗赛啦,这三个是全国最大的赛事。去那里斗的,都是蟋蟀大玩家。现在人工养殖蟋蟀也很普遍,我们一般称人工养殖的叫'白虫',这种是一年四季可以斗的蟋蟀。有专门斗'白虫'的。养殖的打起来更厉害些,但是看着傻乎乎的像机器虫一样,不像秋虫有灵性。我们这些人,还是更喜欢玩自然的一季。"

巧遇的"蟋蟀先生"40多岁,跟我差不多年纪,聊起蟋蟀,眉飞色舞,一派孩童般的纯真。

"让居民望得见山,看得见水,记得住乡愁。"我生于斯长于斯,从未离开过上海这片土地。那些遥远的田野娱乐,是上海本地人的乡愁。在清凉的秋夜里,我沿着小区边的河道散步。岸边草木葳蕤,虫鸣唧唧,煞是热闹,这是属于蟋蟀的季节。等蟋蟀静默,秋就过完了。

(2023 年 9 月 21 日)

谁的青春里没有过几间出租屋

安　理

前几天，我在上海的前房东给我发来微信："小伙子，工作一切都顺利吗？那个房子我又租出去了，租给了安徽来打工的一对小两口，他俩人都挺好。"我回复："谢谢叔叔，我这边一切都好。叔叔人这么好，遇到的租客也一定都会很好。"

放下手机，忽然感觉心底一阵恍惚。那是我第一次租房子，也是至今为止，在家乡之外的地方住过时间最长的出租屋。

2021年，我离开学校的宿舍，开始在上海为自己寻找一个停泊的港湾。初入社会的我，心中像是有一个跷跷板，一边是天真的信任，一边是幼稚的怀疑。"这城市越大越让人心慌，多向往，多漫长"成为耳机中出现频率最高的一句歌词。跷跷板左右晃动，我在接触过近10位中介，看过几十套房子后，还是拿不定主意。

或许是缘分使然，某天傍晚时分，我走进了那间不到40平方米的小屋。木地板上的划痕与墙上擦不掉的污渍讲述着岁月的洗礼，但一贯"颜控"的我，却产生了莫名的亲切感。在综合考虑了价格、环境等因素后，我下定决心，就是它了。

当天晚上，我在屋子里与房东见了面。他大概60岁，说话慢条斯理，声音中透着沧桑。我记不清那天我们都聊了什么，只记得他一直重复："我女儿都比你大多了，千万别跟我客气，住我的房子不会让你受委屈的。"

他做到了。空调声音太大，他第一时间来修；窗帘被我拉坏，他找人装了新的，没跟我要一分钱；每隔两三周，他都会来帮我打扫一遍卫生，还开玩笑地说："我不是帮你，我是心疼我的房子。"有一次，我偶然提起自己有早上洗头的习惯，第二天他就主动来把洗脸盆的普通水龙头换成了天鹅颈形状的，对我说："这样以后早上洗头就方便多了。"我从未想到，自己会在一个陌生的房东身上，感受到如此多温暖和善意。

在这间小屋里，我也经历了很多"打怪升级"的故事。第一个月，屋子里总是闹耗子，我试过老鼠夹、粘鼠板等各种办法，但都治标不治本。我翻遍了每一个角落，终于在一个柜子的深处发现了那条"秘密通道"，于是照着网上的教程，用旧衣服、硬纸壳、酒瓶碎片混在一起，堵住了洞口，从此消除了"鼠患"。

还有一个夏天的夜晚，来自北方的我，第一次见到了传说中的"南方大蟑螂"。一米八多的壮汉被吓到直接蹦了起来，手足无措，定了定神后，才想起冲下楼买一瓶杀虫剂，第二天出门前把屋内喷了一遍。后来，我再也没见过蟑螂。

当然，这间小屋里的温馨，远远多于"刺激"。在这里，我学会了做饭。很多个周末时光，我都在钻研如何做好一道菜、煲好一锅汤，用烟火气慰藉在外漂泊的内心。一个曾经五谷不分的人，甚至想过兼职做一名美食博主。

我已经记不清，自己在这间小屋里，写过多少文章，唱过多少歌，多少次开怀大笑，多少回在夜晚流下泪水，在第二天早上，仍然拉开窗帘拥抱阳光。

我还养成了一个习惯，在晚上出门加班时，开着卧室的灯。这样，当我深夜回到楼下，抬起头就会看到，这城市里，有一盏灯正在为我而亮。

小屋从不说话，却默默见证着我的成长。离开的那一天，我下定决心要笑着跟它告别，但关上门的那一刻，眼泪依然流了下来。我大概再也不会进入这扇门了，就像过去的岁月不会倒流，但好在，我已经在这间屋子里成为更好的自己。

后来，我又辗转了几间出租屋，每一间都见证了我人生中的重大事件。谁的青春没有过几间出租屋？当我们怀念它们的时候，怀念的是成长，是蜕变，是走过的那些曲折，是一次次苦尽甘来的喜悦。

年轻的我们,在漂泊中努力,在奔波中成长。一间间出租屋,就像成长路上的一个个脚印,拼接在一起,串起了从脆弱到坚韧,连起了从稚嫩到成熟。而我们,终究都会拥有自己的"此心安处"。

(2023年10月8日)

谢谢，请不放香菜

唐小六

"香菜那么好吃，你居然连碰都不碰？"朋友经常这样问我。世上只有两种人，一种是吃香菜的，一种是不吃香菜的。不好意思，我决定坚定地加入"反香菜联盟"。在吃不吃香菜这件事上，也能够证明一个道理，此人之肉，彼人之毒，汝之蜜糖，彼之砒霜。

小时候我特别"挑食"，何止不吃香菜，我对很多食物都过于敏感，那种出于身体本能的抗拒，却很难为我母亲所理解。她用一套"营养学理论"PUA 我，尽管我时常感到愧怍，但身体却依然诚实，稍有闻到一些荤腥，就要犯恶心。母亲以为我的顽劣是故意的，偶尔总要奖励我一顿"竹笋烤肉"。

人生中第一碗被摆上香菜的馄饨至今让我记忆深刻。说来也真是奇特，喜欢香菜的，觉得那是为美食佳肴画龙点睛，而跟我一样讨厌香菜的，就会觉得好端端一碗馄饨被毁了，用筷子挑拣香菜真是很无奈。直到有一天，我在手机上翻到一篇科普文章，便立即转发给了母亲："遗传学研究表明，对香菜味道的不同感受，可能是由于嗅觉受体上的基因差异。香菜学名芫荽，全世界不喜爱它的人里，东亚人比例最高，为21%。"

毁誉参半的食物，其实还有香椿、螺蛳粉、榴莲、鱼腥草，两极分化都特别严重。一个人与生俱来的基因特质，童年时期围绕食物的经历，都会对成年后的饮食偏好产生强烈的影响。但在强势的父母面前，小孩子总是不得不选择妥协，我一个朋友曾经对芒果过敏，但在她父母不断地投喂训练之下，长大后她竟然神奇地脱敏了。

我父母亲也并不挑食，所以说不清楚在遗传学上我该"怨恨"谁。要说成年人不挑食，这话其实也是立不住脚的，不爱吃的东西，他们不会买进家门罢了。我也曾在一份科学报告中读到，儿童时期的挑食可能是一种"自我保护机制"，因为在他们看来，这世界充满了危险，食物本就充满禁忌，拒绝入口是因为身体或心理上感知到了潜在的威胁。

小学五年级时，我们家老房子动拆迁，不得不搬到离学校很远的地方，中午便搭伙在学校。青菜汤里漂虫子太不值得追究了，但午餐带给我的噩梦就是一出连续剧：有一顿午饭是一只清蒸的小鹌鹑，我小心翼翼地把它装在饭盒里，像是带着鲜活的生命回家送给了母亲；还有一顿红烧肉，猪皮上的黑毛有半指长，就像是一把毛刷，你说这是世界的不友好，还是小孩子的想象力太丰富呢？

也差不多在那个年岁，方便面开始流行。营多、华丰、康师傅，什么牌子的方便面我没有吃过呀？可能那时候防腐剂吃得多了，对于治疗挑食的毛病多少也有些帮助？后来我都免不了在学校的食堂用餐，印证了母亲那句"如果你这也不吃那也不吃便饿死算了"。好在我已经与童年作了道别，故事怎么说都不会显得残忍。

在拒绝香菜的同一阶段，我也拒绝了海带。任凭母亲说"海带补碘好"，也无动于衷，并且我主动找到了海带的替代产品——紫菜。把海带换了，我可以多喝两碗紫菜汤的。高中时，有一回和喜欢的女生从上海文庙淘书归来，我们跑去南京路第一百货的楼上吃"蛋包饭"，倒霉的配菜就多了几个海带结。这可怎么办呀？面子比天大——因此那是我第一次硬着头皮吃海带，因为我知道，在喜欢的女孩子面前，没有什么是不可以自愈的。

成年以后，我能接受的食物当然越来越多了。挑食的毛病看似得到了"纠正"，最初那种强烈的生理上的厌恶渐渐得到了克服，但荤腥味十足的鸡鸭鱼肉、海带和香菜仍然不会是我的主动选择。大学时我谈了恋爱，那时候女友的母亲是广东人，很会料理和煲汤，女友也常常拿个乐扣保鲜盒给我带好吃的。她的理论是：你挑食主要不怪食材本身，要怪就怪这道菜没有料理好。我恍然大悟，高明！这是上升到烹饪水准的高度了。

在习惯了到处旅行之后，我也变得更加开朗和开阔，敢于尝试世界各地的美食——潜意识里我很清楚，食物的背后有我津津乐道的文化。这是一个曾经挑食的孩子主动融入世界的抉择。但我并不追求真正的"口腹之欲"，跟所有的欲望相比，它地位甚微。我实在是感谢自己对食物的敏感和迟钝，敏感于我依然仅凭嗅觉就能勾起内心的偏爱或嫌恶，迟钝于对于不甚讲究的美味珍馐满汉全席陈列在我面前时，其实也不过是一样的。人类可以吃的东西不是太少，而是太多了。如罗伯特·路威在《文明与野蛮》中所述那样，"我们左右逢源地从四面八方取来了各种食品"。随手捞来一张菜单，都是盛馔。

小的时候，我并没有多少选择，因为挑食，身材瘦小；如今，选择多了，也不再显得挑食了，体检时就伤脑筋了，医生总叮嘱要清淡饮食、多吃蔬菜，加强体育锻炼。你看，很多瘦猴后来都长成了瓷实的胖子，人生真是符合"能量守恒"定律啊。

现在，母亲有时也会在假期或春节时来我家里住上一些日子，一日三餐都轮到我来准备——她终于不再提什么要求，任凭我做、菜肴随意搭配。生活是习惯的积累，偶然会有突破常规的尝试，只是时光细煮慢熬了岁月，还有什么不可以安之若素呢？

（2023 年 11 月 2 日）

谷粒飞舞

周华诚

掼是一个动作。掼是抡起胳膊，用激情在天空挥舞出力量的弧线。掼是丰收大地上大声地喝彩。

有一年秋天，稻友们在兰溪新宅村的高山梯田里割稻子，农人搬出古老的农具，让大家开了眼界。那是用来给水稻脱粒的，叫"禾斛"，在他家乡叫作"稻栈"。20世纪70年代，生产队里用柴油脱粒机打稻。80年代初承包到户以后，一家人打稻就用脚踏式脱粒机，一个人打稻就用"稻栈"，用这个脱粒是纯手工劳动，速度较慢，但打得干净。

收获稻子的情景，《耕织图》中也有记录，田间割完以后，直接扎成稻把，挑回场地。搭个架子，把稻把往上叠。叠得高高的，在太阳底下晒。晒上几天以后，再放下来，在场地上用连枷击打，完成脱粒的过程。

我手头还有一本书，1985年6月人民出版社一版一印的《中国古代农机具》一书，查到我们在田间看到的"禾斛"，书上叫作"掼桶"——

"古代水稻脱粒,一般都用'掼'的办法。关于掼桶的设备,《王祯农书》上介绍的是掼稻簟。'簟',就是竹席。水稻在晒场上脱粒,地上铺较大面积的竹席,席上置一较大的石块。掼稻者手举一小捆稻,在石块上掼打,稻谷脱落在席上。这样脱落下来的谷粒,不但免为泥土所污,而且可减少损失,扫集起来也比较容易。掼稻簟又可供晒谷等其他用途。"

"掼桶",以前在南方田野里常见,现在已经极稀有了。掼稻,实在是一件相当费力辛苦的事情。掼稻人两手举一小捆稻,将稻穗在桶面掼击,谷粒脱落。有的掼桶上面,还用围幔围了三面,这样脱落的谷粒,就不会四处飞溅,落到泥土中去了。

南方人收割水稻,为什么不像北方一样,把稻把运回场地,叠得高高的呢?因南方收割时往往多雨,田稻湿重,不能把割下的稻株运到晒场上,就只能在稻田里脱粒。

那天,我们在高山梯田里体验掼稻劳作,两手用力挥舞起稻把,又用力挥下,全身的力量凝聚在膀子上。当沉甸甸的稻穗头击打在木桶的表面时，瞬间谷粒飞舞，落在桶中，稻谷在桶中渐渐地满起来。

在我小时候，经常用的一种打稻设备，是半自动的"掼桶"，或者说，是"脚踩式的打稻机"。稻友们在常山县五联村"父亲的水稻田"体验收割时，我们就把那沉重的打稻机搬出来，七八个人共抬到田中。割倒的稻把，一摞一摞叠在田间，从这一双手递到那一双手，最终沉沉的稻穗停留在滚动的打稻机上面。随着手势的翻转，稻粒与飞快转动的机械部件接触，谷粒欢快地飞溅，那丰盈的收获感，压得打稻机也越来越沉。

前几年，我在稻田里劳作与收割，见田野中间开阔一些的地方，开来一台全自动的收割机。我站在田埂上，眼见得那人高马大的收割机像坦克一样开进田里，长长的手臂伸出去，把金黄的稻穗割下收入腹中，屁股后面，一个管道吐出来是截碎的稻秸，另一个管道吐出来，是金黄的稻粒。

这个机器实在是高效极了。收割稻子，以前被我们畏为难途，一家人常常是黎明即起，星星还挂在树梢，就踩着露水下田劳作，又要天尽黑时，才踩着月亮下的影子回家，一身劳累，无从言说。而今，同样面积的稻田，这收割机下得田来，只消几分钟，就轻轻松松地完成了。虽然这机器的收费也不低，也总算是对劳动力的一种解放。对农人来说，当然是好事。

我也是新农业的拥护者。在"父亲的水稻田"组织的活动，我们让大家得以体验真正传统的劳作，比如春天打赤脚下田插秧，深秋用镰刀收割，这劳动是文化的传承，亦是生活的直接感受。但是，我也同样热情拥抱新劳动工具的加入。耕田机、插秧机、收割机，这些新工具的加入，一定会使农人从艰辛的身体辛劳中解脱出来，未尝不是一件好事。

遗憾的是，收割机还是太少了。传统的单家独户的农业，加之南方山区土地零零碎碎，无法形成大规模种植的条件。村庄中仍在种田的农人，每到收割时节，仍然要纠结很久——家中没有劳力，只剩老人，要下田收割，力有不逮。

然而收割机也总约不到。盼星星盼月亮，盼着收割机的到来。

邻市有一个开收割机的人，如是单家独户的一小片田，就算千方百计邀请他，好话说尽，他也不愿意专程开过来收割。他有他的难处，机器开一趟过来不容易，总是要凑到十几二十户一齐收割，他才够本呢。

可是，大家的稻田，总是前前后后地成熟，哪里会说约好了一样，哗啦一下，全部成熟了呢。有的时候，权衡再三，也不得不在水稻还没有成熟的时候，就收割了。或者，即便自己的稻田早就成熟，也没有办法，只好继续等着。

我呢，每到水稻成熟时节，依然是拎着一把镰刀下田。

沉甸甸的半自动的"掼桶"呀，我与父亲一前一后，小心翼翼地抬进田中。而在我们的四周，稻谷已经金黄一片。

（2023年11月10日）

城中村,也曾是江南水乡

沈 彬

看见浦东新区洋泾街道的公众号里说,大陆家宅要征收拆迁了。原来它还在那里,这是一个被高楼、小区、菜场、医院包围的城中村,一下子打开了我的记忆闸门。

因为小时候曾经在那里住过。

那时候市区的家被拆迁,按当时的政策是"原地安置",但是在建房期间需要在外面"过渡"三年,要拆迁户自己去找房子住,于是家里选择了在大陆家宅租房子。原来的家在浦东大道的北面,是市区,路的南面就是川沙县,是郊区,是农村,就是大陆家宅所在的地方。那一条浦东大道就这么不经意地分割出了城乡的二元结构,跨过一条马路就完成了城与乡的切换。

对孩子而言,农村一定是很有趣的所在,我也不能例外。我在大陆家宅,看到了田垄上的油菜花盛开,学会了用水桶打井水、用井水沁西瓜,可以去捉三月的白粉蝶,摸五月的蝌蚪,吃六月的桑葚,再尝十月的红色蛇莓、枸杞。当然,还有捏着鼻子绕开巨大的粪缸,也被邻居伯伯教了为什么直接用大粪浇田会烧庄稼的道理。

这里是农村,半夜里蛤蟆会跳进家里来,或者隔壁邻居早晨惊呼家里发现了蛇蜕。我在这里知道了:什么是田埂?什么是锄头?一年四季意味着什么?什么叫耕耘?什么叫播种?我走过颤颤巍巍的没栏杆的水泥桥,我在放学的路上看见过冰封的河浜。杨柳依依,水声漾漾,在白露未散的早晨,总有肌肉健硕的渔人在河边上摸着螺蛳。

这里都是农民房,这边普遍的是两上两下的房子,比市区的房子要敞亮很多。我们住在一户人家的楼上,房主是一位干部,经常客厅里坐着来找干部反映情况的村民。小时候练书法,需要下楼洗毛笔,看见楼梯边上粉白的大墙,忍不住就在上面写字,似乎写了"杀人者武松"之类的,然后被家长打了一顿。

那时候春节期间禽肉供应紧张,家家都在春节之前要养一些活鸡活鸭备作年货,白天就放养它们在外面,吃虫子、吃草籽还有剩饭剩菜,晚上各家把鸡鸭赶回窝棚。到了冬天落日时节,我忙前忙后、一蹦一跳地把这些两脚的畜生赶回窝棚,有时还要到别人家窝棚里找回自家的鸡鸭。靠什么来识别自家的鸡鸭？你猜。总之，从赶鸡赶鸭里，我明白了书上说的放牛放羊大概是什么意思。

那时，房东家有一只健硕的大公鸡，鸡冠鲜红而高耸，金黄的翎毛像是一管油画颜料，养了两年也不曾对它下刀，突然有一天它就死了，怀疑它是吃了刚打了农药的灌木丛里的小虫。房东家的老爷爷还是没舍得扔掉它，后来做了腌咸鸡。很多年后，这让我想到《呼兰河传》里村民吃死猪的情节。

这里也有让我不舒服的地方，就是农村电压不稳，特别是到了夏天用电高峰的时候，打开电视，屏幕总是一闪一闪地狂跳，让人抓狂。刚搬进去的时候，正好是盛夏，面对无法观看的心爱的动画片，我哭着向父母抱怨："谁让你们搬来这个地方的！？"另外一件让人难以忍受的事，就是这里的蚊子真多，在水斗边上洗碗的时候，要被蚊子满满地咬上两大腿的包。

之后，我家搬离了这里，而在这几十年里，大陆家宅的周遭也经历着不断城市化的过程。地理学家段义孚说，一个城市的尊严通过尽可能远地脱离土地的束缚而获得。他不无讽刺地说，城市开始将"天堂的秩序和尊严"带到人间。

伴随着浦东的开发，大陆家宅也开始"脱离土地的束缚"：农田一点点消失，河流一点点被湮没，树木一点点被移走，清出来的空地一点点被小区所取代。大陆家宅曾经轩敞的农民二层楼开始变形、臃肿，身上像被贴上了一块块膏药，门前鼓出来一间厨房，门后的鸡舍变成出租房，二楼又搭建了两层，电线横拉，变成了一堆破碎的积木。

昔时的田间阡陌变成逼仄的城中村。边上那一湾曾满是渔舟游弋的河流，也被两岸渐渐长出来的垃圾扼住、淤塞，最终被填成了一条路和一条细细的街心公园。现在地图上商城路（民生路至桃林路）就是那条河流的所在，于是一段江南水乡的风情就走到了尽头。

其实，每一个被嫌弃的城中村，原来都曾是江南水乡。被湮没的城市河流应该被记住，就像记住妈妈年轻时的样子，那是你少年记忆的一部分。

（2023 年 11 月 17 日）

在县城喝一杯咖啡

章 润

上个月和表哥回了一趟老家,一个平平无奇的中部县城。

表哥说,咱们去喝一杯咖啡。我心想,不知道县城咖啡是什么味道?抱着好奇的心态,和表哥来到了一条位于开发区的商业街,他说这里是县城最"潮"的地方。

到了我才发现,哪里有什么县城咖啡?这里全是连锁品牌,国内国外的都有。我还仔细检查了汉字笔画和单词拼写,确认了不是山寨。然后,就和我日常的习惯一样,打开小程序,领了两张优惠券,下单、等待、领餐,和我在大城市买咖啡没有任何区别。

落座后,我环顾四周,好像县城的消费者和大城市也差不多,穿着打扮都和平时写字楼里见到的Celina、George雷同,甚至说的方言都差不多。当然,拿出笔记本电脑赶PPT的确实没看到,毕竟是县城,还是休闲、惬意很多。

这大概也不是个别现象,据说现在各大咖啡品牌都在下沉县城,因为城市市场已趋于饱和。某国际咖啡品牌甚至宣称,他们已经覆盖了800个县城,完成了目标的近三分之一。早些年出现在电视剧里的小资标记物,现在在县城也随处可见了。

作为普通消费者,对于巨头们争抢生意,我插不上什么话,只能买两杯咖啡,为他们的商业布局做一点小贡献。但我确实也为那些留在县城的兄弟姐妹感到高兴,我那些亲戚没有机会在城市生活,但他们现在的生活空间和城市差不多了,无论是物质上还是精神上,原本属于城市的文化符号——咖啡,在这里也变得如此常见,并且祛魅了。

我小时候特别喜欢回老家,老家有狗有鸭、动物成群,有很多兄弟姐妹,大家一起下象棋、玩玻璃球,还有一言不合就可以跳下去游泳的小河。但渐渐地,我对老家不再那么有兴趣,那正是城市和县城拉开差距的时候。城市有更多的设施、更丰富的娱乐,而我的老家县城却一如既往地单调,甚至小河都干涸了。

但现在看,我却发现县城又渐渐和城市接近了,至少从器物层面,我眼前这个开发区和城市的新区没什么不一样。我甚至在咖啡店门口,看到了一位支着三脚架拍摄的网红。

我能感觉到，曾经无形的界限已经变得模糊。那是城市和县城原本泾渭分明的身份标记，但现在这个标签没那么重要了——就像我眼前的网红，在她身上，已经看不出她是县里的还是城里的，她只是一个时髦的年轻人，和千千万万年轻人一样。

这些，应当说得益于基础设施建设和技术的推广普及，一下拉近了城市和县城的距离。过去回老家对于我来说是个特别重大的事，但今天也不再是了，更像是我坐地铁去远一点的地方一样。

更重要的还是在心灵上，我不再觉得回老家是"回村"，是去一个"异质的空间"，现在回县城是如此自然，连咖啡优惠券都是通用的。

当然，这也不意味着县城就没有难题了。我老家那个县，人口几乎不再增长，年轻人流失严重，前两年还因为引进大学生的政策过于"优惠"，而上了热搜。可以想见，未来县城的发展还面临很多挑战。

但无论如何，我依然为县城随处可见的咖啡店而感到放松和释然。这些商业符号普及县城，也一定会带来文化习俗、社会规则、思维模式的城市化。比如老家的年轻人，已经习惯到咖啡店谈事情，而不只是在觥筹交错的酒桌上。

这些，都为县城的明天埋下了伏笔。哪怕这里的人口形势不乐观，它也可以更紧密地围绕着城市，也许能找到新的自我定位。就像我的表哥，正在认真考虑回老家开一个医美诊所。"这肯定有搞头。"他握着咖啡，颇有信心地说道。

（2023年12月7日）

老家的那些绿色

江 流

今天路过一个庭园，发现一丛绿竹。冰冷的寒风中，竹子仍然保持着坚韧和翠绿，欣喜之余，我想起老家的那些绿色。

从小生活在一个带院子的一楼，门口总是被热爱生活的妈妈种上各种绿色植物。记忆中有无花果树、香椿树、丝瓜、薄荷等。

印象最深的是无花果树，长得枝繁叶茂。每年秋季，是我最开心的季节。小朋友来家里玩，我总是给他们炫耀家里的无花果树，在他们惊讶的眼光里，摘下几颗成熟的与他们分享。小鸟最敏感，最大的最甜的最早成熟的无花果，往往是它们先品尝。

每次看到小鸟啄在无花果上的那一个个痕迹，总感到有些心疼，我拿给爸爸看。爸爸总是说，果实是大自然赐予的，我们拿来回馈大自然是最快乐的。所以每年采摘无花果时，我们总要留一些给小鸟。小鸟们给树捉虫，排泄物滋养树木，它们也付出了劳动，理应得到回馈。

后来，工作了，一周回一次家，妈妈总是把最好的果实留着，等我回来采摘。再后来，离家越来越远，妈妈就会用烤箱烘干果子，放到密封袋里留给我。

记忆中，无花果成熟的季节，小鸟围着飞来飞去。叽叽喳喳的场景挥之不去，这是我童年美好的思念之一。

香椿树长得高高大大，每年春天，爸爸用带着剪子的竹竿去采摘最嫩的叶。香椿老得快，要在那几天赶紧尝鲜。一开始我并不喜欢香椿的味道，觉着怪怪的。不知道什么时候开始，吃第一口香椿炒鸡蛋，吃第一口油炸香椿，我也慢慢地喜欢上了这种味道。

那是一种带着春天气息的鲜嫩味道，令人着迷。

家里种丝瓜源于何时，我也记不清了。爸爸顺着家门的砖墙树立了几根竹竿，丝瓜藤顺着竹竿爬上墙壁，欢快地游走。丝瓜刚开出小黄花时，样子有点害羞，而后花朵会在你不注意的时候，飞快地展开。不经意间，一根丝瓜悄悄地在花间孕育，又突然以肉眼可见的速度变大。那时开心的事，莫过于找到一根隐藏在丝瓜秧下已经长得很大的丝瓜。

丝瓜鸡蛋汤是我的最爱，丝瓜的清香和鸡蛋的鲜嫩完美融合，刺激着味蕾，你感受到舌尖带给你的幸福。丝瓜每年留种也很有趣味，选择长得最好的丝瓜不采摘，让它在藤上自然成熟，留下最饱满的种子，留待来年种植。

种植薄荷属于偶然。爸爸告诉我，几棵薄荷就可以繁殖一大片。我在小区的花坛里发现一片薄荷，就拔了几棵最旺盛的，插到自家门口的土地里，就不管了。如此不经心之举，居然半个月后新的嫩芽就发了出来。一个月后，薄荷就繁茂起来。薄荷每年在这片土地里繁殖，绿油油的，看起来赏心悦目。

摘几片肥大的薄荷叶泡水喝，有疏散风热、清利头目的作用。蚊虫叮咬了，拿叶子挤压涂抹，可以快速止痒。小时候，在姥姥家生活，有段时间皮肤过敏严重，姥姥采了薄荷为我止痒。敷在皮肤上的薄荷味道，深入儿时的记忆里。

父亲离开我们三年多了，曾经梦到过他两次，醒来使劲回忆也记不清细节，唯有眼中含着泪水。记忆中的那些绿色，有时想起，总会滋润着心灵干枯的地方，告诉自己要勇敢面对现实中的困难，乐观面对人生的种种无奈，勇毅前行。

热爱，是面对人生漫长的最大武器。生活就在脚下，愿亲爱的朋友，都被生活温柔以待。

（2023年12月15日）

讲不出再见

小　刀

冬天是一个对老年人不太友好的季节。

小时候，若有乡邻在年底去世，大人们总会一脸悲悯叹息："都没能撑过这一年，可惜了。"对于生命来说，显然每个季节都应该撑过去，就像南宋僧人慧开说的：春有百花秋有月，夏有凉风冬有雪。

人间虽非总是好时节，但活着总归是最大的赢面。消逝在肃杀寒冬里，只会加重众生皆苦的注脚。

外公也是在临近过年时去世的。当时父母整日在床前伺候，我回家照顾弟妹，每天除了做饭，无计可施，只觉得天气和水都分外刺骨，惶惶不可终日。

噩耗不日传来，我被指派去镇上照相馆给外公洗一张遗像。老人生前自己卜过卦，卦象显示能活到83岁，谁知道刚近74岁就被撂倒。

我揣着家里仅有的一张旧寸照，步行数公里去镇上。穿过一些逼仄的乡间小路，只敢在无人的地方哭几声。

照相馆的师傅一边手脚麻利地把照片放大、修整，一边连声赞美："老爷子好气质啊，是个老干部吧？"

我想起他终生清贫，靠一些手艺养活家人，如今躺在那里，面孔发青，手比天气还冷，忍不住当着照相馆师傅就哭起来。男人于是闭嘴，加快了手速。

印象中，那是我自懂事起第一次经历家中亲人去世，加上和外公向来亲厚，悲痛绵延数年。有时半夜醒来想起，还能号啕大哭。以至于到后面，我也分不清这样想念一位故去数年的老人，到底是真情实感，还是为了感动自己。而我几乎从来没梦见过他。

几年之后，有一天终于梦到他。严格来说，是梦到在他家院子里，看不到人，却听见他跟我说话。就像小时候无数次寒暑假里的场景，我在院子里玩，他在屋里忙他那些永远做不完的活计，偶尔大声呵斥我不要顽皮。

但那天在梦中，他竟说了很长一段话，以至于我记不住，只记得大意是：人不要总活在过去，要往前看。

醒来时，广州五月的阳光透过窗户落在床上，如一床被盖在身上。那一刻的明亮、轻盈与欢欣，毕生难忘。

于是我也就往前看了。虽然并不知道这个梦是出自亲人之间跨越生死的隐形精神力量在起作用，还是我自己的内心暗示。但自此之后，我对死亡的恐惧少了许多，似乎内心也强壮了一些。

此后多年辗转忙碌，我真的已经逐渐忘记了外公。前几天晚上回住处，在上二楼的极短的楼梯上，却突然停下了脚步：老头儿……已经走了15年了？还是16年？

那些被一场梦境抚慰的记忆，一时滚滚而来，把这截短小楼梯堆满。

小时候，我妈经常一早答应我暑假去外公家，但到了放假又变卦，给我带来的失落几近绝望。我妈是心疼老爹，他赚得不多，孙辈们去做客，他总要花更大的开销招待。而且我们一住就是数日。

我妈不知道的是，我对吃住从来无所谓。我迷恋老头儿的破房子，房子里昏晦的一切，以及老人身上枯朽的、犹如棉絮般的温暾气息，正是我的一剂良药。

老人们好像最后都成了"药引子"。他们老旧的躯体里，藏着于庸常里拔地而起的智慧，和反复被生活锤炼后的皮实。极为可靠。

少时我有诸多困境，比如不懂同住屋檐下的父母子女为何要互相推搡，或者看不惯拦住外乡人的车"打秋风"的家伙能一直得逞，甚至害怕夜晚的唢呐声。外公话不多，但有四两拨千斤的效果，他是我无根泅渡时的岛屿。

但他突然走了。第二年跟他吵吵闹闹数十年的外婆也走了。我当时还干了件特幼稚的事，为了给外公献上我最高的悲痛，在外婆灵前硬是憋住了眼泪。

前些年，我去坟上给他拜年，杂草湮没了他的小坟头。我跟我爸扒拉出一片空地来烧纸钱，放鞭炮，然后在旁边抽完一根烟，全程无言。我们三个好像都挺灰头土脸的。

前几年我没去。我妈说那儿长满了荆棘和乱柴，没法上去，也不能点香烧纸。我坐在走廊上，看两个小侄子像两只满地乱窜的小老鼠，没有搭话，也没有去。

此刻，我站在楼梯上，想起远方荆棘里的小坟头，无法动弹。

（2023年12月26日）

江南秋水意

周华诚

九月山野有情。山上野果在秋风里成熟，红山楂、野苹果、八月炸，都在枝头吐露迷人芬芳。这是山野的好处。苏湖地区山野稀缺，唯多水面，九月秋水亦有情，吴门水乡这时节多的是至鲜之物。

譬如"水八仙"。苏州人说的"水八仙"，包括芡实、慈姑、茭白、莲藕、水芹、荸荠、莼菜、菱，其中大部分，在夏末秋初上市。夏日快结束时的某日，我到菜场忽然发现摊上多了芡实，也就是鸡头米。鸡头米，睡莲科，芡属。鸡头米的果壳外形，就像一只鸡头，鸡喙突起，其中剥出的果实就是鸡头米。鸡头米这东西，苏州人习见，亦是初秋时令鲜物。

人都知道鸡头米难以采摘，为了保证鸡头米的新鲜，农人从采摘到剥出，时间不超过一日夜。苏州纯手工剥出的鸡头米，唯一的保存方法，是将其分成小份，用塑封袋加水后冷冻保存。也因此，鸡头米初上市之时，价格颇高。想当年，郑板桥称赞"最是江南秋八月，鸡头米赛珍珠圆"。鸡头米一粒一粒，形如珠玉，令人见之喜悦。

  苏州人最经典的做法,是用它来烧制一道精致的桂花糖水鸡头米。或者,简简单单地煮一碗鸡头米粥,也是平常生活里的美意。这新鲜的鸡头米煮得软软糯糯,又有一些嚼劲,糖水的甘甜里有着丝丝缕缕的桂花香气,传递来秋日的芬芳,秋日里食鸡头米,有补肾益精、健脾祛湿的功效。鸡头米上市时节,菜场里许多摊贩都有销售,似乎鸡头米是秋日信使,鸡头米的味道便是初秋的味道了。

  接着水红菱也摆上摊了。全国各地的水域,大都有菱角出产,四角菱、二角菱和无角菱,各地都有。采菱的妇人,心中唱着一支采菱的歌儿,坐在一只只小木盆里采红菱。小木盆里的人,在水面上拽一把菱角上来,成熟的摘下来,嫌小的话再扔回水里。这是我面对菜摊上的红菱而想象的场景,毕竟也无缘在秋日,真正坐着小木盆去采菱了。苏州的水红菱,适宜生吃,其个头小,水分足,壳儿脆,剥开壳儿一口咬下去,<u>丝丝甜意便在舌上弥漫</u>。《红楼梦》里头,史湘云搬来贾府长住前,宝玉吩咐袭人去给她送盒吃的,简简简单单的小食盒里就装着两样东西,新鲜的红菱与鸡头米。

茭白呢,与水稻是近亲,也是在秋日里成熟。高高的茭白田长叶飘扬,一般人却并不认识,而那密密的长叶之中,便是有大肚皮的茭白,乃秋天水乡人日常的时蔬美味。茭白又名茭笋、高瓜、菰笋、高笋,是禾本科菰属多年生宿根水生草本植物。在这时节,茭白开始疯长,秋天的饭桌上,天天都有茭白。

秋天的茭白,不仅是一年中味道最好的时候,同时也是最便宜的时候,最普通的一碗肉片茭白,便是日常而鲜美的做法。袁枚在《随园食单》中说:"茭白炒肉、炒鸡俱可。切整段,酱、醋炙之,尤佳。煨肉更佳。"茭白这道食材,本身精致优美,也蕴藏鲜美。无论是怎么样的做法,切片还是滚刀块,切丝小炒还是煮汤,茭白肉丝或是油焖茭白、茭白炒鸡蛋,都是鲜甜甘美的妙物。

荸荠与藕,因为时令已过,且不说了,但再晚一点时候,一筐筐的慈姑也就在菜摊上亮相了。慈姑刚上市,一定要买两斤来做个时鲜的慈姑炒肉片。对江南人来说,慈姑的上市,说明秋天已经深度来临。慈姑性味甘平,可以生津润肺。你想象不出这圆形还带着一条小尾巴的慈姑就那么糯甜,当它与别的食材一同红烧或焖制时,慈姑将会吸收其他食材的味道,成就自己的独特美味。慈姑与猪肉一起红烧,更是荤素配合的经典制法,"红烧肉里加一点慈姑,肉味会融进慈姑里,特别好吃。"有人说,慈姑这东西若是长久不吃,心里就会念着它,念着念着,去菜场里买了来,一顿顿地吃下来,秋天也就慢慢地快要过去了。

江南人——再具体一点,譬如说是苏湖人,说到"水八仙"这些东西，都能耳熟能详地一一细数其独特魅力。江南人特别注重时令对于人的机体的影响，也了解时令与饮食之间的关系之道，再把这种饮食之道贯穿在对于时节、时间的理解之中。

生活在太湖边，不仅有鸡头米、水红菱、茭白、慈姑等素菜在此季奉至眼前，更有"太湖三白"声名远扬。"太湖三白"，乃是水中三样荤物，分别是白鱼、银鱼和白虾。白鱼，也就是白鲦，钱塘江下游的渔民对此不陌生，他们经常捕捉到钱塘江白鲦，而太湖边的农家乐，更是把白鲦作为蒸制鱼类的不二之选。太湖的白鱼，早在1300多年前就十分出名，被称作"无锡第一鱼"。在宋代范成大撰地方志《吴郡志》中记载："白鱼出太湖者胜，民得采之，隋时入贡洛阳。"这说明，早在隋代之时，太湖白鱼就作为贡品给帝王享用了。这个鱼，据说现在还没有人工饲养，主要是靠自然捕捞。

太湖的银鱼，更是声名远扬。上次我在云南的抚仙湖，时在九月，见湖上深夜里诱捕银鱼的灯火星星点点，闪烁不停，而当地人说抚仙湖的银鱼原是来自太湖。太湖银鱼，体长仅五六厘米，形似一枚玉簪。曾有人数过，一公斤银鱼，竟有1676尾。它在水里游动时，是透明的，你只能看见一条水线划过，这便使它有了仙风道骨的意思；它一出水，便死去了，因它不食人间烟火。出水后的银鱼，身体渐渐由透明变成雪白，柔若无骨，叫人看了不由自主地心生一点矫情的伤感。这太湖银鱼，古名"脍残鱼"，清康熙年间，曾被列为贡品。太湖银鱼是一年四季都可以捕获，新鲜的银鱼生吃，据说有一种淡淡黄瓜的清香。银鱼蒸蛋则是这个地方人们最可以安心享受的食物。

至于太湖的白壳虾，就不用多说，其肉嫩与味道的鲜美，营养价值之高，是苏州人民自古喜爱的水产品之一。一般的虾死后会泛红，太湖白虾则不然，烧熟了也会通体白色。清代《太湖备考》中，就有对白虾的记载："太湖白虾甲天下，熟时色仍洁白"。太湖白虾不仅含有丰富的蛋白质，还有钙、磷、铁和维生素A等多种营养成分。秋深之时，去太湖游玩，"太湖三白"是一定要吃的，清蒸一条白鱼，用银鱼炒蛋或是炖蛋，然后，再来一道醉白虾，这几样至鲜的美物上得桌来，无由使人倾心而大醉。

太湖边的秋天，水灵灵、鲜滋滋，人在江南生活，是一种福气。春有百花秋有月，秋水有意。秋水的意思，是把"水八仙"与"太湖三白"一起和盘托出。太湖的秋天这样慷慨，如此秋天也就不算虚度了。

（2022年11月26日）

王宝钏与老相册

李勤余

十年前在电视上看《薛平贵与王宝钏》的时候，完全想不到"挖野菜的王宝钏"竟然会成为风靡网络的一个梗——网友们的意思是提醒大家不要有王宝钏一样的"恋爱脑"，否则就可能落得挖野菜的下场。

不过，很多玩梗的年轻网友，大概没有好好看过这部老剧。剧里的薛平贵其实也不算严格意义上的负心汉，他和王宝钏的分离，主要是因为被奸人陷害。但或许剧集的本意并不重要，本来嘛，文本一旦离开了作者之手，就成了受众解码、重构的对象。坚守爱情从被歌颂的对象变为被嘲笑的目标，才是"挖野菜的王宝钏"要表达的时代主题。

可真要这么说，似乎又不完全成立。不久前，澎湃新闻记者在上海市虹口区霍山公园对面的旧货店发现了一本家庭相册，并在网上寻找失主。很快，大家纷纷在朋友圈里转发这条消息，只因为老相册里一对夫妻相知相爱的故事确实很感人。

这至少说明，向往"从前时光很慢，一生只够爱一个人"的网友,还是不在少数。

不知道,劝王宝钏不要挖野菜和赞叹老相册里的美好爱情的网友,是不是同一拨人?不过,倒也不能责怪他们自相矛盾,这实在是因为时代在变,环境在变。

相册,就是最形象的隐喻。精心制作一本相册的过程,就蕴含着无可辩驳的确定性——相册主人从不怀疑若干年后,他还能和妻子、家人一起观看过去的照片,怀念珍贵的往事。如今,我们也有相册,但那是虚拟的手机相册。自拍、合影时,只需点一下拍摄,分手、离别时,还是只需要点一下删除,一切来无影去无踪,仿佛从来不在我们的生活里存在过。数码时代的技术便利,也在某种程度上动摇生活的确定性。

不得不承认,今天的人,分手能力比相爱能力强得多。比起老相册里的恩爱夫妻,我们在生活中拥有了更多可能,更大空间。就好像网友们说的,为什么王宝钏要为守候爱人而挖野菜呢?回去过富贵的生活不好吗?找一个更爱自己的人不好吗?在如今大大小小的网络论坛里谈论爱情问题,高亮的答案一定是"劝分不劝和",道理也很简单,每个人都有了更多退路——没有什么人是不可替代的。

只是,藏在脑袋里的后路越多,看到的人也就越打折。有什么学位,有什么收入,大家比较的都是存量,而爱情恰恰是在两个人共同创造出来的增量里。在那本老相册的故事里,比年轻时的激情相爱更令人动容的其实是老去时的默默相守——妻子90岁以后患上了老年痴呆,但老相册的主人依然像年轻时一样牵着她的手散步，吃饭时看着她、喂她吃东西，陪她聊天，从不留她一个人待着。恋和爱是不一样的，恋上一个人只需要喜欢、高兴，但爱上一个人却需要经受考验。没有百分百的投入和付出，就不可能呈现自己，互相看到对方的"真"。

只是，这又谈何容易？现代生活中有太多不确定因素，随时可能让人们退缩、逃跑，遮遮掩掩下的爱情，当然是不靠谱的。一个求学的选择、一个工作的变动，就有可能改变一对恋人的命运，谁的身边，没有几个能讲出类似故事的朋友呢？网友们都不想成为挖野菜的王宝钏，因为他们的内心里都有最深的恐惧，害怕自己的苦苦等待会成空，害怕自己的真心付出是徒劳。

流行歌手徐佳莹有一首经典代表作《身骑白马》，就来源于薛平贵与王宝钏的故事。这真是一个非常奇妙的组合——明明唱的是现代都市女性追求爱情的心路历程，却要借用"身骑白马走三关"的传统故事来表达自己的勇敢。也许，这种看似矛盾的复杂心理，才最贴合现代人的生活状态。大家一边吐槽偶像剧的不切实际，一边对其中的CP爱得死去活来，在王宝钏与老相册之间的纠结和踌躇，还将陪伴我们很久。

（2022年10月26日）

煎饼与咸菜构成的寄宿生活

江 恒

一转眼，经历了一个酷热的暑假后，孩子们又要开学了。在网上看到一些关于初中、高中新生要不要寄宿的讨论，瞬间想起了自己的寄宿生活，一段简朴而又珍贵的青春岁月。

整整20年前的那个秋天，我升入一所乡村中学。严格来说，那并非一所完全的寄宿学校，因为家在学校周边村子的学生，可以选择走读，在我们那地方这叫"跑校"。而我们这些离家较远的学生，无一例外都选择了住校。每个星期回一次家，周六中午放学离校，周日下午返校。

小学时代从来没有离开过自己的父母，忽然成了寄宿学生，这对一群十几岁的孩子来说，是新鲜而复杂的体验。一切都是陌生的，我们能适应吗？于我而言，最大的挑战不是新的环境、新的同学、新的知识，而是全新的饮食方式。那一张张叠好的干硬煎饼，构成了我人生中一段难忘的回忆。

20年前的条件与现在不可同日而语，一直到我们这拨学生升入中学时，鲁南一带的寄宿学生依旧保持着以煎饼为主的饮食习惯。

每个周日的下午，家长都会给我们准备好一周的煎饼用量，码齐裹在笼布里，然后炒上一盘咸菜，填进罐头瓶，再给上学生几块到十几块不等的零花钱（视家庭经济情况而定），供学生偶尔买份蔬菜补充点油水。如此，一周的物资就算储备好了。

这是故乡多少年延续下来的寄宿学生统一物资储备模式，但坦白讲，这种模式对学生来说并不怎么友好。

很多人都知道，煎饼是鲁南苏北一带的传统主食，即便现在也是如此。但不同的是，平素的家庭生活中，每家每户除了以煎饼为主食外，也会掺杂一些米面食品，虽不丰富，但总归有些变化。可对我们这些寄宿学生而言，在校期间能吃的只有煎饼，煎饼再好吃，连续吃上一个星期，恐怕也早就腻了。

其实有些学生家境还不错，可以选择更好的食品，但他们一日三餐也还是以煎饼为主。出人意料的，不管穷与富，寄宿学生在饮食上实现了难得的"人人平等"。

现在总结起来，我只能用"故乡的传统饮食惯性太大"来解释这一现象。家长们不是不疼爱孩子，而是在强大的饮食惯性与普遍的相互影响之下，他们压根就想不到去做些变通。人们常说山东人憨厚耿直，其实这话的另一面也可理解为"呆板愚拙"。当然，这并非贬义。

寄宿期间，对我们的胃构成挑战的可不只有那一摞煎饼，还有一罐咸菜。这些咸菜与现在早餐摊上的小菜没什么两样，都是以芥菜为原材料做成的。家长倒上些花生油，放上点葱花酱油，简单翻炒几下，学生一周的"菜品"就备好了。

煎饼加咸菜，这可能是最简朴的"学生餐"了。往往在一开始的几天，大家还能吃得下去，但再往后，就有点撑不住了。有些学生会去学校食堂买点热菜，但印象中，那些菜也往往难以下咽，与生菜唯一的区别可能就是"做熟了"，如果放到现在，这样的食堂大概率是要破产的。

无疑，由煎饼与咸菜构成的寄宿生活，是单调且乏味的，不可能是一个多么美好的回忆。很多年以后，当《舌尖上的中国》把镜头聚焦于沂蒙山的风味煎饼时，我也只能微微一笑。

艰苦归艰苦，我们这些学生，依然保留着朴素的本质，不攀比，不抱怨，继续心无旁骛地读书，真有种"箪食瓢饮，不改其乐"的意蕴。

在那样一个穷乡僻壤，很多学生早早就明白了读书改变命运的道理，尽管饮食条件差一点，但丝毫没有阻挡同学们勤学苦读的热情。很多同学在初一时，就已经四点起床，在路灯下学习。我所在的那个班，后来仅研究生就考出了五六个，传为十里八乡的美谈。

其实，这样一种简单朴素、乐而忘忧的寄宿生活，也是很多"70后""80后"的共同回忆。我们手中的煎饼，在不同地方的学生那里可能换成了米饭、烙饼与干馒头，那份经验与心境却是统一的：虽然艰苦，但笃信读书的力量，对未来充满希望。

一代人有一代人的经历，一代人有一代人的青春。现在的家长与孩子纠结于要不要寄宿，更多是着眼于是否利于孩子成长，是一种主动的选择。人生拥有更多选择权，是时代进步所赐，这也正是曾经那些没有享受优渥条件的人，不断努力拼搏所追求的结果。

马上就要开学了，不管新生们是否选择寄宿，我相信都不是一件需要做出太多权衡的事情。祝愿你们，在人生的新阶段，认真刻苦地学习，自由自在地成长，在无限的希望之光里，迸发出蓬勃的青春力量。

（2022年8月22日）

"暑假神剧"去哪儿了?

李勤余

当年的暑假生活其实有些枯燥。父母上班前会嘱咐我看好门,家里有电脑和网络还是好几年后的事情,小伙伴们的口袋里更是没有半毛钱。于是这一整天,陪伴着我们的就只剩下五斗橱上的那个电视机和屏幕里的"暑假神剧"了。

对不同年龄段的朋友来说,"暑假神剧"的所指也不同。比如"80后"看得比较多的可能是《新白娘子传奇》《西游记》,"90后"可能是《还珠格格》《武林外传》,再年轻一点的朋友可能是《爱情公寓》《仙剑奇侠传》等等。但有一点大家是共通的,就是我们都会在暑假里一遍又一遍地欣赏这些电视剧,就算能背得出其中的剧情和台词也没有感到厌倦和无聊。

不知道具体从哪一年开始,"神剧"们已经渐渐从暑假的屏幕里消失了。曾经,媒体常常会感叹"暑假神剧"霸屏的壮观景象,现在,连这个话题好像都已经被人们彻底遗忘了。

从某种意义上来说,这其实也不是坏事。不用盯着电视屏幕里的"暑假神剧",说明现在的孩子选择更多了,娱乐的方式更丰富了。再说了，很多"暑假神剧"并没有那么完美，我们之所以念念不忘，主要还是记忆滤镜在发挥作用。

比方说，动力火车为《还珠格格》演唱的主题曲一出，我们会不自觉地跟着嘶吼"啊……"，但真的要让人静下心来，跟着那位闹腾的姑娘去冒险个几十集，今天的我实在是没有这闲情逸致。如此说来，倒也不必为"神剧"们的隐退江湖而过分伤感。

但心里还是有一丝遗憾。从前，不管我们的身份、年龄、个性有多么不同，只要聊起那些"神剧"，就会有一点心灵相通的感觉，因为你看过，我也看过，你懂我，我也懂你，它们早已在潜移默化中成为我们的集体记忆。这可能是前互联网时代一个非常值得怀念的地方——因为能看的东西不那么多，我们反倒有了一个可以共同交流、相互理解的载体和平台。

这恰恰是如今很难想象的场景。2020年的《隐秘的角落》绝对算得上大热剧、爆款剧，个人总以为它应该是家喻户晓、妇孺皆知了吧，但一问家里的长辈才知道，他们压根就不知道有这部剧。后来，尽管我极力向他们安利、推荐，但他们看了一会，终究还是没了兴趣。

原因很简单，《隐秘的角落》再好看，长辈们就是对悬疑类的电视剧不感冒。他们更喜欢的，还是《父母爱情》之类老少咸宜、大小通吃的作品。回过头来想想，绝大多数"暑假神剧"也是如此，它们未必在艺术水准上尽善尽美，但基本上照顾到了每一位观众的需求。而且，"神剧"们讲述的道理、传递的思想，或许粗糙，或许简单，但大多是有普适意义的，不像现在流行的剧集，更多考虑的是如何迎合特定的粉丝。

有个网络热词叫"圈地自萌"，它的兴起证明，互联网的分层化、小众化已成不可阻挡的趋势。打开豆瓣App，里头各式各样、"千奇百怪"的兴趣小组多到无法想象；在社交媒体里，无数个"圈"让人眼花缭乱。你和我看似存在于同一个网络空间，但事实上相隔的距离何止十万八千里？

想要理解别人的兴趣爱好，难度似乎也越来越高了。我很难进入陌生的"圈"，不少年轻的朋友也懒得和我解释，一句"你不懂"就把我挡到了高墙之外。细细想来，其实我自己也是。有时候，虽然和父母在同一个家，也是三个人三台电脑，各看各的，相对无话，仿佛身处三个不同的世界。

与其说"暑假神剧"是大家都爱看的电视剧，倒不如说它是把当年的我们紧紧连接在一起的纽带之一。因为能够相互理解，我们才会有那么多的共识和共鸣，很多话题讨论起来才能心平气和、从容不迫——这可能也是当年的BBS如此热闹，却很少有"网暴"的原因。

  今天,打开电脑,进入网络,就如同沉浸在浩瀚无垠的海洋里,让人流连忘返。尽管如此,我还是很怀念当年和小伙伴们挤在狭窄的沙发上一起看"暑假神剧"的情景:一台不怎么顶用的电风扇,一个要时常拍几下才能正常工作的电视机,一段看了不知道多少遍的有趣情节,还有大家音量响到仿佛要掀翻屋顶的谈笑。

(2022 年 8 月 3 日)

炎热中找一处安放心灵的静地

胡洁人

当热浪席卷的夏夜再度降临,天边泛起的红色的云彩和晚霞逐渐消逝在大地的怀抱里,空气里弥漫着潮热的味道,抬头仰望天空中星星点点的光,那是大自然的灯光,却被夏日焦躁的人们遗忘。

此时,耳边响起了孩子们的歌声:"天上的星光把彼此都照亮/狐狸受了伤蜷缩在路旁/老猎人走过见它泪眼两汪/心不再冰霜放下了猎枪/……/他们一起坐在门前看夕阳/等到小虫细细唱/森林里洒满月光"。

走在繁华的街道,人与人之间都隔得很远,保持着相当的距离。伫立良久,闭上双眼,时光仿佛回到童年。

那时候的夏夜,没有空调,风扇也很少,更没有如此闪亮如白昼的灯光。20世纪七八十年代的夏夜,纵然有无限热浪的包裹和侵扰,但是人们似乎很宁静、很清凉。夏日的夜晚,可以听到青蛙和知了的鸣叫,还有孩子们奔跑嬉戏的欢笑;抬头看到布满天空的星星,还有脚边一片片躺在脸盆里的西瓜和蟠桃。

也许,当年没有手机和电脑,确实会造成信息的滞后和联系的不便，但是我们会因此更少压力和担忧。因为"从前慢"，可以更从容、笃定，而现在我们总是担心错过消息，害怕"来不及"。也许，没有太多的信息和联系的空间里，我们可以有更多时间让自己静坐、反思，探寻夏夜的心灯。

今年的夏天似乎特别炎热，人们面对工作、家庭的生活压力，更需要面对反复无常的疫情。在社会风险造成的不确定中，大家无所适从，心漂浮不定。特别对在人生旅途中跋涉到疲乏的成年人而言，面对着夏夜的街灯、厨房和阳台，在滚滚热浪中竟有落泪的冲动：活着不易！儿时因为不懂，所以快乐；如今，因为懂得，所以悲伤。

孩子们之所以快乐，其实除了天真和善于遗忘，"郁闷"二字亦很少能长久停留在他们心中。相比孩子，成年人除了需要应对各类挑战和解决各类问题，更多的不快乐来源于怀旧的情绪。例如当下的我，因为怀念儿时而变得更为感伤和哀愁。曾经快乐的点滴稍纵即逝，曾经压抑的片段若隐若现，思绪飘忽在遥远和近处，无所适从的感觉漫无边际，不断涌现。人生就是剪不断，理还乱。

沿着街灯走到一个加油站附近，在路边的拐角，有两位年轻的女孩子在弹奏电子琴，欢唱流行歌曲。那些喧嚣嘈杂的音符在空气里飘荡，虽然吵闹但是欢乐，似乎在代替久闭中的人们欢呼和喊叫，给为生活担忧和操劳的人们带来纾解和抚慰。

那一刻，我竟然有些感动。

我们都需要在弥漫的炎热中找到一处可以安放心灵的静地。好在，这个夏天，我们还有音乐、电影和阅读，还有家人的陪伴，还有孩子的歌声，还可以抬头"仰望星空"。

至少对我而言，还有一架古筝。闭眼、深呼吸，随着指尖吟、揉、滑、按，古筝发出低沉的弦音，踏着韵律节奏，飞向大海、奔向森林：这弦音深宽如海，厚重若地；透如水晶，亮若明星；洁如美玉，柔若鹅绒；刚烈如炸，锐利若剑；圆如珍珠，脆若银铃。它就像一个深山中的仙女，将奇妙的超能力赐予我，去化解一切烦躁不安。

当我们的心态能保持平和与镇定，不论是夏夜炽热的风还是冬日凛冽的冰，都无法阻挡我们对生命的热情和热爱。宁静的心就像天上的明星，永远在夏夜的上空，给我们希望和力量。希望你也有。

（2022 年 7 月 15 日）

留住弄堂深处的人间烟火

周华诚

弄堂的确是弄堂,烟火也的确是烟火。

大概20年前,妇保院还在十字街口附近,灯光球场也还在,双井弄一带就是烟火气息最浓的地方了。长长的巷子曲里拐弯,石板路面雨后泛着光,人们撑伞走在这样的雨巷中。当然,并不是为了拍写真,而是去家庭食堂吃饭。

说起来,家庭食堂还真是小县城的特色,走南闯北很多年,再没见到哪里有如此繁荣的家庭食堂。但凡是一条小巷,只要走进去,总能闻到饭香;总能有香辣气息扑鼻而来;总是在一转头的时候,看见"家庭食堂"的手写招牌,红漆的字写在木板上,就在门前地上一搁。

来吃饭的人,低头钻进滴水的屋檐,收了湿漉漉的伞,随便在哪一方八仙桌前坐下来。然后,拿大碗盛两样菜,一样是辣椒炒肉,一样是辣椒滚豆腐,再盛一大碗饭,顺手来一勺红通通的鱼汤浇在饭上,就呼啦啦地埋头吃起来。简直是自己家一样呀。

老板是知根知底的老邻居,这一家那一家的口味他也了如指掌。进门端碗吃饭,放下饭碗出门。连饭钱都不用付——也不是不用付,半个月一个月付一次也成,都是包饭制。小县城就这么点儿大地方,哪张老脸不熟悉,吃饭不怕你赖账。

在任何一家吃饭,同桌的说不定有县委大院的干部、家电城的老板、县剧团的演员、摆水果摊的小贩、计生服务站的医生、供销联社的柜员。在这里没有身份差异,只是食客。手臂里夹着皮包的,腰里绑着寻呼机的,没啥两样;手里拿着大哥大的,手里拎一根扁担的,也没啥两样。坐下来,就是来吃饭的。吃饭时的专注神情也一样,也是稀里呼噜,风卷残云,吃到额头冒汗,快意人生。

家庭食堂的饭菜,基本是大脸盆装。若要奢侈一点,开个小灶,这就满足了差异化的需求。那时候,大家对于生活的要求都差不多,无非是有的人吃一碗,有的人要吃三碗;有的人还想喝一瓶啤酒,那就喝吧。总之,都实惠得很。有了家庭食堂之后,很多人家里就不开伙了。一家数口,孩子放学,大人下班,就在家庭食堂会合,吃完饭抹抹嘴,把碗一推才回家。

小县城里这样的弄堂有几条,这样的家庭食堂有几家?那时候,我在县医院上班,常常穿过这样的弄堂,去吃家庭食堂。到底有几家,我也弄不清,听说是有三四百家。

我离开小县城的时候,那些弄堂都还在,家庭食堂还很闹猛。后来再回小县城的时候,灯光球场没有了,在球场里打架的小年轻也没有了;双井弄拆掉了,双井应该还在吧;老妇保院那一块没有了,成了靓丽的商业街。

去年快过年时,几个文友约吃饭,地点就定在大街北面的弄堂里。七拐八弯的时候,我居然迷路了。这时候,接到朋友打来的电话,告诉我应该怎么走。那是城中仅存的一片老宅,巷子弄堂也是原来的样子,走着走着,一下子找回了20年前的记忆。

文友们喝酒,就在这弄堂深处的一个家庭食堂。虽然是家庭食堂,跟从前也有了一些不一样,好像名字换成了什么饭店,我倒没有记住。穿过院落里的天井,进入一个温暖的包厢,都是熟悉的朋友们。那谁,那谁谁,大家热热络络挤挤挨挨地坐下来,老板拎来飘香的土烧酒,端上来一个一个常山土菜,味道好得很。菜呢,当然也是辣的,辣得我出了一头汗。

他们都笑起来——这个东西就得这么辣,不辣不好吃!或者说——啊,不会辣吧?说着就要起身去找老板。我赶忙拦住。在家庭食堂,辣几乎就是所有菜的灵魂,鸭头兔头鱼头田螺鸭掌,无一不辣,无辣不欢。也正因此,家庭食堂才俘获了老食客的心。

20年过去,小县城早变了样,路宽了,楼高了,老弄堂拆了不少,唯这一块还在。喝完酒出来,弄堂里的灯光还亮着,而夜幕幽蓝,弄堂里光线摇摇晃晃,记忆像是一部贾樟柯的老电影。

也许,每座小城都应该保留几条这样的老弄堂吧。

年轻时都想浪迹天涯,穿过纽约的时代广场,逛逛浮华的东京银座,但终归要有一个地方可以归去。几条弄堂,几座深夜食堂,桃李春风一杯酒,江湖夜雨十年灯。山河故人,逝去光阴,都在眼前的人间烟火里了。

(2022年3月7日)

你还会说家乡话吗?

温 华

因为是煤炭起家的北方移民新城市,我的家乡没有方言,市民来自五湖四海,说的是夹杂各地口音的普通话。父母们在家里也跟孩子讲这种"乡普",并不要求下一代学说他们的方言"土话"。就这样成长为一个不会说方言的人,但仍然拥有乡音,一种由特有的腔调和词汇构成的家乡普通话。

30年前离家去上大学,自诩普通话很标准,在新生合唱中卖力表现,老师评价说"虽然有口音,但是态度很认真"。虽然是表扬,却不啻为一盆冷水,浇灭了小姑娘高歌的热情。

此后努力消灭口音,暑假再回家,被小店老板误认为北京来的,心里十分受用。后来游走于南北几个城市,人在异乡,很少暴露自己的乡音,倒不是因为年少时那种虚荣,只是不想显得另类。偶尔听到一句乡音,亲切,惊喜,总有冲上去与之认老乡的冲动,又害怕自讨没趣平添尴尬。

故乡仍在,但过于遥远。乡音虽未遗忘,却只在有月亮的晚上,给父母打电话时说起。每次回家过年,语言模式总是很自然地切换成"乡普",好在两种模式差别不大,瞬间就可以在家乡话的氛围中找回最原初、最真实的自己,体会到回家的幸福感觉。

我们"70后"这一代人,年轻时手机、电话都没有普及,跟家人联系大多通过纸笔,离家日久,远离乡音。我的好几位朋友,都因离乡经年失去语言环境而无法流畅地说出家乡话,遗忘了许多方言特有的词汇和语法。

面对故乡的亲人朋友,鬓毛未衰乡音已改,几分失落与无奈油然而生。后来通信发达,常与家人通话,渐渐又找回一些失落的记忆,尽管多有遗漏,总算没有彻底丢掉乡音。后来过年带着孩子回家,祖孙间的交流却成了大问题。

我的家乡话虽有口音,好歹还算普通话,祖孙交流没有太多障碍。很多同龄人回乡省亲就遇到了语言不通的问题,以普通话为母语的下一代听不懂上一代的方言,爷爷奶奶要跟孙辈聊天,只能靠中间一代同声传译,场面仿佛外交活动,频频卡顿再加上下一代的几分不耐烦,情感交流迅速变成互相折磨,弄得三方都很不开心。

好在孩子学习能力强,生活在语言环境中,再难懂的方言都能在几天之后听懂许多,让交流有效升级。可惜往往此时春节假期余额已尽,孩子又将随父母回到普通话的环境中,下次再叙,又是一年。虽不至于前功尽弃,对家乡话的掌握还是七零八落。识听不识讲,可能已是最好的结果。

我们这一代虽经历四处漂泊,仍有一个确定的故乡,有确定的乡音,对于新世纪出生的下一代来说,不但没有了乡音,故乡到底是哪里似乎都成了问题。

自己的出生地?父母的籍贯?生活最久的地方?问问十几岁的儿子,已经跟着父母搬家两次又去过两边老家许多回的少年沉吟片刻说,故乡是会变的。目前来看洛阳是他的故乡,他在那儿出生,度过快乐童年,每次回去都能呼朋引伴,在熟悉的街巷里吃喝玩乐,开心放松,就是回家的感觉。另外几个地方固然也有很深的联系,都不及洛阳那么亲切。这么一来,故乡的方言自然也成为他的家乡话,姥姥和奶奶的方言,我的乡普,他都会讲一点,但还是洛阳话会得最多,说得最流畅自然。

然而,他对这种家乡话的掌握也不过十之四五,正如他所说,随着时间流逝境遇改变,与故乡有关的一切消失流转,这份忠诚和认同也会慢慢改变。

在爷爷奶奶看来,孙子的这种答案显然有忘本之嫌,老家嘛,当然以父亲的籍贯为准。家乡话,理所当然就是父亲这一边的方言。于是老人家总是执着地问孙子今年"回"不"回"老家,而孙子总是以"去"或"不去"来回答。

回还是去，成了一个问题。面对新一代对家乡的疏离，老一辈人徒有不满却无能为力，只有在听到孙辈说出几句马马虎虎的老家话时，绽开由衷的笑脸。

　　一代代年轻人离开家乡奔赴各地，归来时乡音已改，终究令人惋惜。语言是存在的家，乡音就是故乡的语音密码，每个拥有密码、会破译密码的人，都是幸福的。但愿，我们永远都不会失去破译"幸福密码"的能力。

（2022 年 3 月 1 日）

16 年前的夏天，
我们在上海影城看《雏菊》

李勤余

从网上得知上海影城 21 日要整体翻修升级的消息后，我在微信上问高中同学猫，当年我们是不是在上海影城一起看的《雏菊》。

我们说了半天，却无法确定那时去的到底是哪些人。除了我、猫、小玉、丽君、小波之外，还有没有别人？我觉得应该没有了，但猫感觉还有别人，但具体是谁，我们俩回忆了半天，最后还是没有一个确定的结果。

我们总以为心中的回忆会永不褪色，可一伸手才发现，它就像流沙，我想使劲地把它抓在手心，它却从手边悄无声息地滑走。

2006 年的夏天，阳光明媚。我们相约去上海影城看《雏菊》。为什么是《雏菊》，是谁的提议，我已经想不起来了。但大家的兴致都很高，早早就各自出发。

那时的上海，还没有 10 号线和 11 号线。说起来，到上海影城的交通并不算方便，不管是坐 3 号线、4 号线到延安西路还是到虹桥路，都还要出站走一大段路。在炎炎夏日里步行，汗流浃背的体验当然不会好，然而我的心情却无比愉悦。

在街头漫步，没头没脑、毫无顾忌地聊着最近碰到的人和事，甚至还能分享一下彼此的恋爱烦恼，都让我感到，这段路好像太短了。只要和大家在一起，就会觉得未来还很遥远，时间还很富裕，一切都是如此美好而充满希望。

在很多资深影迷的心目中，上海影城无疑有着特别的地位。但它留给我们的深刻印象，其实没那么多情怀滤镜，主要还是"大"。和如今影院的小型化、多影厅经营模式不同，上海影城的宽敞和壮观更像是电影院本来该有的模样。有人在朋友圈里说，和上海影城一比，眼下很多电影院就成了"家庭影院"，我深以为然。

那天，我们在上海影城里笑着打闹，还被保安叔叔好好教育了一下。看电影要上二楼，这是以后再也没有的体验。如今的电影院，大多和大型商场合为一体。吃个饭、逛个街，顺便观个影，这确实带来了更大的客流和经济效益，可那种去看一场电影的"朝圣"心情，早已消逝在了过去的岁月里。

如今回想起来，《雏菊》是一部很奇特的作品。它是香港电影，但主演是当年红遍整个亚洲的全智贤，还有两位韩国型男郑雨盛和李成宰。电影讲述的是一个凄美的爱情童话，一个杀手和一个警察同时爱上了全智贤扮演的画家，注定不会有好结果。

电影的具体细节，已经在我的记忆里慢慢模糊。但我一直记得，每一天，郑雨盛饰演的杀手都会风雨无阻地为全智贤饰演的画家送上一盆雏菊，尽管他必须把自己的爱意深深埋藏在心底。默默付出、不求回报，只希望自己最爱的那个人幸福、快乐，那个时候的我们，也相信爱情就应该是这个样子。

眼泪从脸颊上滑过的时候，我很不好意思，悄悄地在书包里摸索着纸巾。无意中看了看两旁，猛然发现，原来大家都一样。不是文艺青年富有诗意的眼含热泪，也没有郭敬明式的四十五度仰头唯美，是真的哭了个稀里哗啦。

电影散场，灯光亮起，我们面面相觑，一时不知道该说什么。离开影厅的一路，谁也没有说话。大家都在想些什么呢？是感叹爱情的美好，还是在憧憬未知的未来？直到走出上海影城，我们看着彼此的狼狈样，才忍不住相互笑话起来。找了半天纸巾，调侃别人眼镜上的雾气，还有女生哭花了的脸，大家又开始欢笑，就好像上海影城外灿烂的阳光。

我问猫，那天我们好像还在新华路的超市里买了雪糕，到底是开场之前吃的还是看完电影才去吃的？他想了半天，也想不起来了。但那根雪糕的滋味，我现在还能感觉得到，很香很甜，就好像雏菊的花语：天真、和平、希望、纯洁的美以及深藏在心底的爱。

回去的路上，大家兴奋地约定，说好了，下一次，我们还要一起来上海影城看电影。

后来,为了买一张上海电影节的票,我在上海影城门口通宵排过队;为了一睹明星的风采,我挤进人群,只为了冲进上海影城首映式的现场;为了感受真正的 IMAX 3D 影片效果,我从上海影城门口的黄牛手里买过高价票。

但是,一直到 16 年后上海影城即将和我们暂别的今天,我们再也没能一起去那里看一场电影。

(2022 年 2 月 21 日)

散装恩典

小　刀

　　我爸有个发小过年来串门，两人聊起年轻时养家糊口，一分钱掰成两分钱用，香烟都要论根买。谁要是正好碰上烟盒里还剩三五根时，店主会把烟盒一并相送，买家视之为中头奖。

　　一个廉价香烟的盒子，如何会让两个男人在30多年后提起来仍眼神发亮。我合理猜测，他们背后有种危如累卵的生活在打底。所谓幸福，都是衬托出来的。

　　1938年冬天，已经成为《纽约客》著名撰稿人的E. B. 怀特受不了当时的社会环境，毅然回到缅因州当农民，日日惨淡经营。在此期间，他关注美国一触即发的战争，写出了有名的随笔集《人各有异》，其中便记录了一个危险的日常生活场景：

　　"妻子为人灌暖水袋，不知怎么一来，将塞子掉进马桶里，捞不上来。这个莫名的小岔子令她情绪大坏：战争既然认真开打，家庭护理就容不得再有丝毫马虎。暖水袋塞子的损失，忽然像是一艘战舰的沉没，带给人严重打击。"

　　我爸这代人虽然没有经历过真正的战争，但生活依然把他们变成了战士，对此类场景他们应该深有体会。老家父辈间流行一句高频俗语，叫"四十八个窟窿"，用来指代一种漏洞百出的境况，是他们对生活的精准概括。

但他们似乎天生就认领了修补的重任，也信奉出几分力，便收成几分；年成不好，可能还歉收。那代人的皮实耐糙，恐怕就是这么锤炼出来的。

正因如此，他们对遇到的各种状况极具耐性，有副滚烫心肠，毫不计较地付出，甚至没有老婆孩子热炕头之外的更大理想。他们也对自己所能收获的一切抱持丰沛的感激和自得，如蒙恩典。

如果说暖水袋塞子掉进马桶，象征着怀特的生活在战争临近时走向崩溃，与之完美对称的，父辈们意外获赠的烟盒，则藏着足以让他们奔赴战场的昂扬。

这股昂扬后劲十足，激励他们白手娶妻，延续生命，并在多年后谈起——尽管那个肩负使命的小孩现在已经牛高马大，还想啃老——仍由衷欢喜。而旁听的我们只会想：呃……他们现在至少有

"五十个窟窿"了。

那位叔叔有个大胖儿子,年近 30 还没找到女朋友,自己挺着急的。有时回家暗示他爸,但凡有老可啃,自己的婚恋可能要顺遂很多。叔叔大声跟我爸吐槽:

"这就很没道理了!我 20 来岁要讨老婆时,自己穷得要哭,家里还有个瘫子老爹。按他的说法,我是天选光棍咯!靠爹?还是要凭自己本事。"

他的妻子——几十年来始终肤色嫩白,且没长出半条皱纹的漂亮婶婶——在旁边听着,看着自己的丈夫,笑意盈盈。

我很不赞同他儿子的无赖理论,但同时也在心里反驳,这方面叔叔您可能得感谢自己命好,而非笃信你那套孔雀开屏式的求偶方式确实动人。就像疲于奔命时的那个烟盒,也要撞上才会有。这是本事之外的恩典。

当然了,这个念头令我觉得自己刻薄又恶毒,包藏掀翻父辈桌子的祸心。但我确实无法对烟盒的故事等闲视之,它像一并收藏着父辈和我们命运的密码,令人不惜成为逆子也要探个究竟。

有人曾说,人类之所以有进步,主要是因为下一代不怎么听上一代的话。我觉得还可以加上后半句,还因为下一代也不怎么高兴和满足。

我们和父辈相比,简直称得上是出生就在罗马。但就像历史学家许倬云说,"世界如同过去一样,永远有许多难测的风云要来",如今我们的困境换了种面目存在。

其中很重要的一个困境,便是原本可以称得上是"恩典"的许多东西,在今天被打得稀碎。我觉得很难被归咎于人不再单纯,或者这个世界诱惑太多之类的。

非要究其原因,也许是我们信奉馈赠都有相应价格,以及会更疑惑为什么有"四十八个窟窿"。甚至,烟盒和漂亮伴侣本身都会成为窟窿。这与父辈们毫不计较的生活截然不同。

然后,我们之间悄然发生了一场战争,都想努力把那个烟盒抛给对方。

(2024年3月8日)

自找点苦吃

牛东平

最近，我看了一本关于饮食疗愈的书，大受启发。书里讲人一天不能摄入过多饮食，否则会给身体带来额外负担，特别是在晚上。一日三餐的节奏，最初只是为配合工业革命的工时节奏，并不是天经地义，人其实是可以少吃点的，偶尔饿几顿，对身体甚至还有好处。

那些论点和论据，看得我心服口服。考虑到自己身体也有走向肥胖的趋势，我毅然决定做出些改变了。先从晚饭下手，我的原则是不到万不得已不吃，到了万不得已就少吃。

节食是饮食上的极简主义。可真正到了节的关口，才发现胃口和食欲是多么凶猛，要在吃这一生活习性上做出改变，真的很苦。

哲学家福柯在他的《主体解释学》一书中，讲过一个关于人对抗食欲的故事。故事的主人公叫普鲁塔克，是古罗马时期的大作家，有一次他对别人讲述了自己的一则"意志训练法"。

这方法首先是要人早早起床，进行一系列长时间、高强度的体育锻炼，直到把自己搞得饥肠辘辘。再走到一张已备好食物的餐桌前，直面满桌佳肴，但只是静静地看着，不吃。大约等到看得无法自持时，就大喝一声，呼唤仆人前来享用这桌大餐，然后自己蹲在一旁，吃些简陋的食物，同时还要不时回头，目睹仆人美餐一顿的场面。

　　这故事听起来很可爱，一派烂漫天真的气息，但也极其严肃。我几乎能隐约听到普鲁塔克肚子咕咕叫的声音——大概也只有古希腊人才能如此一本正经地饿肚子。这位老先生是蒙田极推崇的人物，做过几任罗马皇帝的老师，还曾出任地方行政长官。他所用的方法，是当时毕达哥拉斯学派众多修身技术之一。我开玩笑地称之为，江湖失传已久的"抵制诱惑训练大法"。

　　当时的古希腊、古罗马有一大批类似于这样的自我修身技术，比如色诺芬会推荐你去田里多干些农活，义务劳动的那种；塞涅卡会建议你晚上拿出小本本写点反省自己的日记。诸如此类，五花八门，但有一点是相通的，那就是提倡人要"自讨苦吃"。

　　这些"苦"，都是在当事人神志清明，且有自由选择的条件下，别出心裁地自己设计出来的。于是在一番曲折中,这苦里就升起了一种美学。普鲁塔克以其饿肚子的壮烈姿态,对一桌美食高冷地背过身去,其中有很强的艺术效果和精神魅力,让吃苦得到了升华。

千万别误会我是在歌颂苦难。这些故事,说的都是古典世界里人的修身实践,人如何通过治理自己,形成一种修身美学。在中国古代,儒家的君子们,入世的第一步同样也是修身。在中式的修身美学里,吃苦也必不可少,不仅不可少,还需要苦得有系统、有计划,方能锻造出更好的自己。

在如今的文化里,到处充满了让人快乐的技术,自讨苦吃的艺术好像早已销声匿迹。日常生活已经成了吃苦的荒漠,舒适是第一要义,毕竟谁会热忱地去计划给自己找点苦头吃呢。

我年轻时,曾做过一段时间的运动员,每天都要进行大量的训练。当运动员意味着要系统性地吃苦,苦中来苦中去,在苦中面对自己的身心。我由此深知,美是在苦里锻造出来的。这一认识至今让我受益良多。

在这个物质与精神生活都极其丰富的社会,有人如果能反大流而行,试图积极地自讨点苦吃,那这苦一定是美的,最终的效果也可能是让人惊喜的,正如《道德经》里有言"反者道之动"。

(2024 年 2 月 29 日)

开往回忆的地铁

唐小六

早上7点出门竟然叫不到出租车。恰好看见一辆开往市区的专线巴士正在十字路口等红灯，赶紧一路小跑，终于在转角的车站抓住了"开会不迟到"的希望。大巴比平时略显艰难地挤上了高速公路，我坐定后打开手机，不禁有些庆幸自己的选择。

因受天气等突发因素影响，早上有两条地铁线路的部分区段停止运营了。难怪打车如此艰难。反应稍慢半拍就会进退维谷，有朋友因在人山人海的地铁站，直呼"成年人的崩溃就在一瞬间啊"。

顺利进入市区后的我，还需要转两部地铁。这座城市总有许多充满科技感的换乘点，长长的廊道像是连接着过去、现代与未来，我仿佛突然遁入漫长的"时空隧道"。即使我并没有放慢脚步，从另一端涌来的人潮却像电影特写镜头般慢了下来，在被我清晰地扫描了面部表情后，再迅速地擦肩而过。

我的思绪不知何时被拽到了十多年前。那时候通往郊区大学城的地铁还没有建成，每周一我上班都要去万体馆枢纽站坐车。大巴车脱班的时候，长队常能排至地下通道，夸张到绕两圈再回到地面。到了周五傍晚，快乐的年轻人又像逃离"禁闭岛"般反向操作。在特大城市，似乎住房和交通永远是最令人烦恼的事，轻易拿捏了打工者的命脉。我记得那时的自己热衷创作小说，在炎夏的教师宿舍里夜不能寐，有一晚匍匐在蚊帐里，随手拿了张报纸，在其空白边缘写出一篇《没有表情的人》。

神游的间隙，我又挤上一班地铁。一块电子广告屏上正在播放"一位优雅的女郎正在享受美味早餐"的短视频，画面的右侧显示着下一站和终点站的站名，底端文字则滚动播报突发交通中断的线路，并提醒道："请乘客们及时调整出行路径。"

任何一天是这样开启的，都会令我怀疑"墨菲定律"正在发生，错过一班车就会赶不上另一趟车，天晓得接下来还会遇见别的什么倒霉事。

我读大学的时候有部文艺电影挺火，名字就叫《开往春天的地铁》。虽然电影情节早已在记忆中模糊，但只要地铁疾驰的声音响起，车厢里晃晃悠悠的感觉就能激发我把同名主题曲哼唱出来："擦肩而过，目光交错，我依然还在追赶，开往春天的地铁……我已经等你找你追你，用尽所有方法，找啊！找啊！找啊……"

有时候我也分辨不清那是播报音还是心里的回声，"请乘客们耐心等待……请乘客们耐心等待……"好性子或是坏脾气恐怕都是在交通工具上磨砺出来的。从更远的记忆里我也能摸索出这种似曾相识的感觉来。

那是20世纪90年代，我还是一个因动拆迁搬家后"上学难"的中学生，每天天蒙蒙亮就要挤上那趟在军工路上飞驰的巨龙公交车。放学时则会赶上恐怖的下班高峰，只能这一辆上不去，就等下一辆，等到花儿也谢了，太阳泄气，华灯初上。若是努努力最后一个挤上车去，身后必定是有好心的爷叔帮忙助推了一把。啊哈，车门虽然阖上了，脚却可能悬空并不着地，而我的书包可能也还挂在车门外呢，"作孽"——此处应该补上同车成年人的评语。

记得那时还流行过一阵子"学生车"，就是在固定时间段只供学生和家长乘坐的公交车。那辆橙色的车上总比其他巴士多一些欢声笑语，余音犹在耳畔。

更多的怨言和无奈来自大雾锁江时，轮渡被迫停航了，"这可叫人怎么上班呀，真急煞人也"——就像现在朋友圈上的文字，在闪烁着的时光的另一头呼应着回响。"三十年河东，三十年河西"，彼时我尚幼小，可以坐得进父母的自行车车篮，我还不能够理解日新月异的含义，与所有焦躁不安的人们一样，向未来在张望。

轮回的不只是人，整个世界都在轮回。人们总是期盼生活能够有些改变，又害怕常规被突然敲碎。"回忆总是会抹去坏的，夸大好的。"加西亚·马尔克斯提醒我，"也正是由于这种玄妙，我们才得以承担过去的重负。"听说人生是旷野，不是轨道，但关于上班的路，一定还得多备选几条。

我从开往回忆的地铁上下来，又踩上一辆共享单车，5分钟后终于抵达了目的地。时间刚好来到9点整。溜进会议室的后门，我自觉地在后排落座，总算赶上了"重要会议"。

每一个姗姗来迟者，脸上都葆有礼貌而不失尴尬的微笑。

（2024年2月27日）

梦回儿时小区

江 流

提到故乡,每个人脑海中都会浮现出一幅幅画来。那是心灵深处珍藏的一片独特且神圣的土地,那是梦想种子萌芽和生长的沃土。——对我来说,难以忘怀的是儿时生活过的小区。

儿时那片充满生活气息的小区,面积虽不大,但功能完备,犹如一个微缩的生活宇宙,包含了学校、医院、商店及食堂。这些设施共同绘制了一幅细腻生动的生活长卷,记录着我成长的点点滴滴。

校园里悠扬的铃音,医院中特有的消毒水气息,商铺里琳琅满目的商品以及食堂飘溢出的诱人饭菜香气,这些熟悉的声音、味道,构成了童年最斑斓夺目的记忆宝库。记忆里,放学后的时光最甜美,跟小伙伴一起飞奔着回家,小区里那条并不宽敞的小路上,满是熙熙攘攘的人群,小贩的叫卖声,孩子们的打闹声,自行车的铃铛声,处处充满着灵动与温馨。

春天,小区里,野花如繁星点点,上学的路上蝴蝶伴着飞舞。夏天,路灯下,满是跳跃的昆虫,大人们纳凉,我们追逐打闹,永远不知疲倦。秋天,小区车棚外铺满黄叶,自行车压上去充满厚重感。冬天，雪花在路灯下飘舞，上班晚归的大人肩膀上落满雪花。

小区还有一个足球场，虽然多数时间并没有草而只是平整的土地，却是我们孩子的乐园。年少的我们在足球场上热情洋溢地奔跑，挥洒着青春，那些年一同疾驰的身影，伙伴们爽朗如阳光般的笑声，一幕幕精彩的进球瞬间，犹如点点繁星镶嵌在我心底深处。

晚饭后的篮球场是最热闹的地方。当球场旁的灯光亮起，小伙子们在球场上挥汗如雨，叔叔阿姨们在球场外的空地上散步和锻炼，孩子们在玩着捉迷藏。有时还会有露天的节目表演，简易的舞台上，邻里们表演着自编自导的节目，音乐和掌声交织着在舞台上空回响。

那时的我们，还在旱冰场和游泳池里释放着荷尔蒙，目光追随着美丽的姑娘，幻想着动人的爱情。那个初次让我体验暗恋情愫的女孩，她那娇羞泛红的脸庞、轻轻紧闭的唇瓣，在每一次巧遇与别离都如诗如画般呈现，又在每个静谧的凌晨越发清晰地唤醒我心中的涟漪。

小区还有一座电影院,那是我们精神世界的灯塔,承载了无数欢笑与泪水编织的故事篇章。如今,电影院已随风消逝在时光深处,观影的人群仿佛被时代的巨浪冲散至城市的各个角落。然而,那些消失在光阴里的光影与昔日生活的片段,就如同被岁月精心封存的记忆琥珀,永恒璀璨。

青春恰似一首反复咏唱的赞歌,"青春,青春",最终将化作驱动人生车轮滚滚向前的动力,载着我们怀揣的梦想驶向远方的地平线。

人内心深处,或许有两种截然不同的情感冲动在交织共鸣:一种是勇往直前,渴望在人生的舞台上不断探索、追求未知的热情;另一种则是对家乡深深的眷恋,期待在日记的扉页记下回归的路标。我看见那些流泪的人、困守的人、无法归来的人,他们在回忆的经纬线上交汇,他们的故事、他们的悲欢离合,共同构筑了这片土地深沉且浓郁的情感底蕴。

那时候我就隐约知道,有一天我会告别这片赋予我生命的地方,翻越崇山峻岭,横渡浩渺大海;但同时我也深信,总有一天,我会携带着满满的故事与回忆,再次沐浴在清晨微曦或是黄昏余晖下的儿时小区,重归那魂牵梦绕的温馨故地。

但岁月啊,总是那么无情。年轻时我们总憧憬着远方,想着要逃离故乡,直到鬓发渐白,儿时的情景总是出现在午夜的梦里,才蓦然发现,故乡已经回不去了。

(2024 年 2 月 26 日)

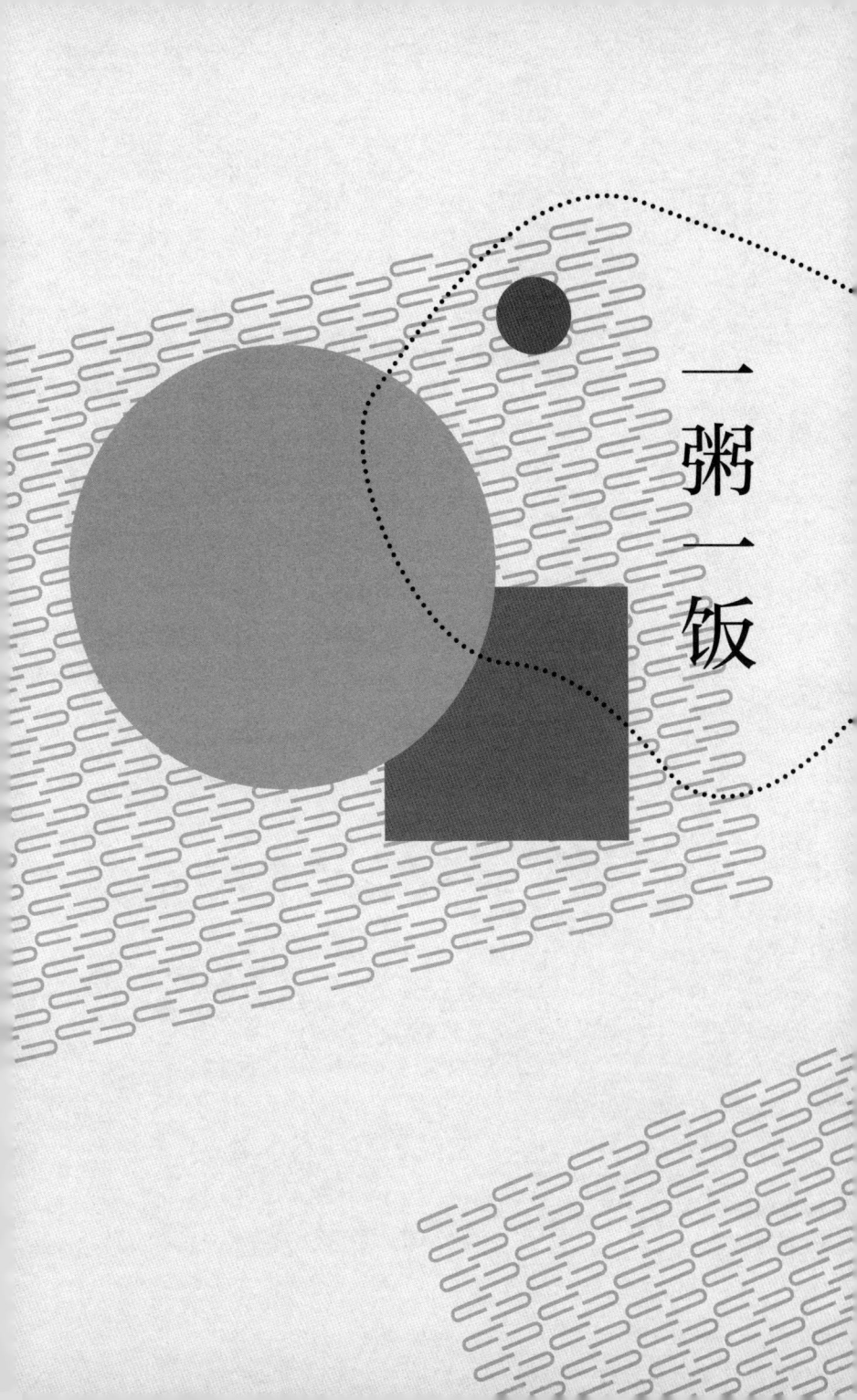

一粥一饭

送着送着，
孩子就不需要你送了

沈振亚

有一段时间，我视大清老早起床送孩子上学为畏途。

根本的原因是我作息紊乱，一周白班，一周夜班，这样的日子过了十多年。极端时候，别人在吃头汤面了，我才刚到家。更多的场景，是夜班结束后匆匆回家，路上车辆稀少，几乎没有行人，到了小区，偶尔还要为寻找地面停车位而烦恼。

这种情况下，我没法保证自己的睡眠质量。当你一早被闹钟叫醒头昏脑胀的时候，送孩子上学便成了一件苦差事。尤其是在冬天的早晨，那种因为睡眠不足而浑身发冷的状态，让人颇为无奈。甚至会生出许多稀奇古怪的念头，比如家要是在学校边上就好了，最好是走几步路就到。

以前住的地方倒还真是这样，小区紧挨着学校，一墙之隔，十分方便，而且安全，即使大人不送，小孩自己去上学也没问题。但现在搬出来了，"以前"也回不去了。

我测算过我们居住的小区到学校的非直线距离，大概是1600米，一个很尴尬的数字。走路吧，花的时间太长，而且小朋友身上还背着沉重的书包,因此这个方案必然是被否决的。开车吧,绝大部分时候都很堵,尤其是碰到雨天,除非你很早就出门,领先别人一大步。

大宝又有个奇特的爱好——说爱好可能夸张了点,她总是想要第一个到校,为此不惜在冷风里等上十几二十分钟。这是我无法理解的事情。回想自己小时候,好像并没有这样的执拗念头。显然,她的想法并不是一种普遍现象。

当然,轮到我送她的时候,她会经常处于迟到的边缘。我的想法很简单,过于早起不合实际,中不溜秋的时间段送出去,肯定是最堵的时候,所以我的选择经常是比大部分人都晚一些,这样既不太拥堵,也可以保证她准时到校。事实上,在我负责送她的时候,她确实也没有迟到过。

但只要在路上,这一段短暂的亲子时光就会充满乐趣。自小宝也开始上幼儿园起,就尤其如此。两个小家伙在车里叽叽喳喳,好像有说不完的话。我偶尔也能插上几句话,绝大部分时间是在听她们谈论各种话题,以及各自校园里的种种趣事。这样的时光会让人忘却一切烦恼。

本学期,大宝特意把书包的分量减轻,除了当天需要的课本,什么也不带。她想自己步行去学校。我们考虑了很久,感觉这种做法颇为冒险,没有贸然答应,但也愿意在送她过两个红绿灯后,让她尝试自己走一段路。这段路不长,也是纯粹的人行道,只要走路时不旁逸斜出,是相对安全的。这就像回到了我们的小时候,没有父母相送,至多也就是与小伙伴们结伴去上学。

大宝已经读三年级下学期了,这个时候有"独立"的想法,很正常。这也让我意识到,其实每一次接送,都是在为下一次不接送做准备。

童年这么短,送着送着,孩子就不需要你送了。你现在视为负担的早接晚送、诸事叮咛,操碎心思的"会不会冷,会不会热",牵肠挂肚的昨天的作业、前天的班上纠纷,可能在一个早上,这些一切就成了过去完成式,小家伙突然有了自己的世界,把门锁上,把钥匙扔掉,只留下老父亲、老母亲在门外逡巡、张望,插不进一句嘴。

日子如流水。接送孩子上学放学这件事,对他人而言可能不算什么,对我来说却意义非凡。它让我深切感受到孩子们一天天在长大,她们社会化的进程在加快,而这种变化,往往是在不经意间发生的。如果你没有捕捉到,那是一个很大的损失。

(2023 年 3 月 23 日)

我的相亲又失败了

乔 伊

许久没有相亲过,最近相亲又失败了。

这位相亲对象是通过我妈妈介绍认识的。据她描述,男方是江浙人,父母在警察系统工作,他本人在上海外企工作,想要认识一位在上海有稳定工作的女生。

我看了一下男方的择偶条件,写得明明白白,说自己"希望年龄最好比他小,身高162以上,硕士学历,有稳定工作,女生性格不要太强势,温柔体贴性格最好,希望合眼缘"。

要求"温柔体贴""性格不要太强势""身高162以上""硕士学历"。看到这些择偶要求时,一一对应到我自己,好像哪一条都不符合。我性格不太温顺,身高169,对于这位男生来说,都是"雷区"。

抱着试一试的心态,我还是加了这位男生的微信。

我们约好周六晚见一面吃个饭。吃饭约在了上海江苏路上一家本帮菜餐馆,价格实惠,环境也不错,适合两个人坐着聊一聊。

见面前我给自己内心上了一课:切记不能把对方过于理想化,

尽可能降低期待。万一遇到一些有点大男子主义的言论,千万要忍住,不能轻易"开麦"把对方吓跑。我很独立,但我想脱单,不是不想谈恋爱。

即便我给自己内心已经打好预防针了,但还是没料到这出。这位哥上来先跟我聊了半个小时的国际关系、半导体、电子科技等等;而且这个过程全程都是他一个人口若悬河地说,丝毫没有要和我对话的意识,我在旁边只好强忍着耐心频频微笑配合点头,当一位合格的聆听者。

哎,我内心在呐喊,什么时候开始讲你的择偶条件啊?大哥你不是来相亲的吗?那我们就聊聊各自的感情观呗。

大概饭快吃完的时候,他终于开始切入正题了,说自己经常出差啦,想找一位工作没那么忙且稳定的伴侣顾顾家,"最好在家带孩子,那你平时工作忙不忙呀?"

这位哥话多且绕,看起来不是一个很直接的人,喜欢前方铺垫太多再切入正题。我在内心分析着。此前的相亲经历在提醒我,这个问题其实是在试探我的工作强度。

我想了想回答道:"我们平时工作时间比较灵活,但也会出差的。"同时尴尬地告诉他,我其实不是一个会喜欢只是在家带孩子的人,我也有工作要做。

这么一说,他有点意识到我或许并不适合他了。我以为这个对话会结束,他又开始自说自话了起来,说他的上司一位40多岁的男性,没有结婚,是个工作狂,好似只能通过工作来缓解单身的孤独。

他说完上司的例子后,认真地看着我说:"我不希望这样,我还是向往老婆孩子热炕头的生活。"

我问他:"你只是因为年龄到了,害怕自己不结婚会变成你老板这样,现在就开始选择婚姻吗?在你看来,婚姻意味着什么?"

这个问题或许看起来太过犀利,他被我问住了,许久沉默了一段时间,憋出来一句话:"我也没想过这个问题。我只是害怕一个人孤独。"

"我也害怕孤独啊,但孤独是一个人要面对的终极问题,即便走进婚姻还是会孤独,孤独怎么可能通过婚姻去缓解呢?"我说。

我不知道他是不是认同我说的这句话,回家后,我再也没有收到他的消息。我突然意识到,在面对婚恋相亲时,不管男性女性都有婚恋焦虑。这种焦虑是相似的,男人也会害怕没有结婚,没有走进婚姻生活,会被定义为社会上的"失败者"。

没有家庭,只有工作,两者是非此即彼的关系吗?然而家庭、婚姻到底意味着什么?哪一种生活更让自己感到舒适?这些问题好像很多人从来没有认真思考过。

好像大家找寻结婚对象的方法，就是在寻找一块拼图，先罗列出适合结婚的条件，按照条件规定的条条框框往里面填，填满了，好，适合结婚了。

最近，我妈妈问起这位男生的情况，说情人节他有没有约我出去。我说，并没有。

我妈妈安慰我说："没事儿，没联系你，你就把上次的见面当一股春风吹过。吹过就忘了吧。"

其实我并不沮丧，也并不反感相亲，但我愈发认识到：爱情不是编码，婚姻不是程序，相亲也不是两个人来解数学题——把各种条件排列组合、相互匹配，这是自由的商品经济，但无关爱情。

（2023年3月16日）

我和我的孩子

胡洁人

费孝通先生曾经说过,生育是一个家庭、社会更稳定的重要方面。毕竟婚姻不只是激情和欲望构成的。我也曾排斥和放弃生育,但最终还是有了孩子,而且我的感悟是:生孩子永远难以准备好,但也永不后悔。

卢梭在他的《爱弥儿》中写道:"每一个年龄,人生的每一个阶段,都有其自身的完美,都有他特有的成熟状态。在万物的秩序中,人类有他的地位;在人生的秩序中,童年有它的地位:应当把成人看作成人,把孩子看作孩子。"我觉得,一个人要乐意生孩子,首先要有一个自己觉得有爱和值得回忆的童年。

我出生于20世纪80年代,是中国改革开放的早期,虽然社会基层的经济条件依然较差,但我的童年是幸福的,可以感受到被爱,也是难忘的。经过40年的生命历程,我反思这一点的时候,深刻明白了精神的力量远远超过物质这一事实。

我的童年不仅被充分当作一个孩子对待,且享受到了一个孩子应该拥有的纯真(无忧无虑)、快乐(放肆地玩耍)和小确幸(一块钱的玩具可以让我感到很满足)。那个年代极少有孩子可以坐火车、飞机外出游玩,更奢谈去国外。外国,这个词在脑子里意味着极其遥远的世界,不可想象!

因此,我的童年仅限于一个很小的游玩场所,几乎就是家的附近,方圆不超过5公里。然而就在这个狭窄的生活空间里,家庭的完整有爱,邻里孩子的陪伴,周围师长的关怀和鼓励,让我的人格和心灵没有受到任何压制地发展和成长。

时光前进40年,我们身处一个高速运转的数字社会。信息化让我们的生活便利、快捷,人与人之间不用接触就几乎可以解决所有问题,但是快乐和幸福感却越来越少。这个时代的孩子,我凝视着他们熟练地操作平板电脑,打开手机密码或在键盘上快速打字,我很佩服他们的聪慧,但又不知道他们是否真的快乐?

我曾努力尝试将孩子带回我们那时候的样子:去公园水池边抓小蝌蚪、去河里游泳、去田里看蚯蚓穿越泥土……但是如今,连田地和小蝌蚪都找不到了,剩下的都是钢筋混凝土里的高科技和现代化。

尽管如此,我还是坚持认为我们应该要有孩子。我相信,父母所给予孩子的小环境,永远比大环境更能影响孩子的内心。而这种影响是相互的。特别是女性,当我们经历了怀孕、生育、哺乳、抚育、陪伴孩子成长的过程,我们的生命会更完整,很多难以体验的感受才能深入我们的心。孩子给我们的不仅是生命的延续,更是生命的提升。

虽然孩子有时很顽皮,照顾他们有时很麻烦,但当看到他们的微笑、听到他们甜美的叫唤、感受到他们紧紧抱着我们的亲密感,生命由此而得到丰盈。更重要的是,我们也会更深刻地理解我们的父母,以及他们曾经为我们做过的一切。

而对不少已经有孩子的父母而言,教育是个很大的问题,甚至成了难题。实际上,在每个家庭中,父母的以身作则和言传身教,是最直接的也是最重要的教育。我一直坚持一个理念,孩子虽然源自我的身体,但他们是独立的个体,完全拥有独立的人格、理念和自我选择的权利。

作为家长,我们可以鼓励,可以给他们建议,但是永远不能代替他们去决定任何事情。此所谓"己所不欲,勿施于人",我们同样也不能接受父母将其观念或做法强加于我们身上。因此,不要以爱的名义责备孩子做出与我们的想法、观念不一致的行为。这在根本上是在滥用父母的权力,而造成的结果是子女与我们的内心越来越疏远。

我希望我的孩子,未来一想到父母的时候,想到的是,我们是他的朋友，是他的知己，是他最信赖的人，而不是畏惧和回避我们。

孩子也永远不会是我们维系婚姻的工具，因为首先我们有爱有精神的牵绊，才会有孩子：孩子是我们爱情的结晶，见证了我们生命的联结和永存。

（2023 年 3 月 27 日）

养猫后我不想谈恋爱了

乔 伊

小乔领回家两个月了,我终于能和他达到一种和平相处的状态。

他是一只黑白相间的小英短,有着大大的琥珀色的眼睛和毛茸茸的肚皮。当初在宠物领养店看到这只猫猫时,他正肆无忌惮地和店里的狗玩在一起。一副大胆的样子,丝毫不胆怯,看起来很享受。

看到他的时候我不禁在想,如果自己在上海的小窝里能够有这样淘气的小猫,我的生活会不会更有生气一点?

今年是我在上海独自生活工作的第五年。刚开始来到这座城市工作的那两年,我特别抗拒下了班就直接回到家里。当时租住的房间空间小,每次回到家里盯着天花板时,觉得生活又乏味又孤单。最近,我突然发现自己极度脆弱,很想在这座城市里建立起自己的生活秩序。

把小乔领回家的第一个月,他的表现非常糟糕,因为刚到陌生的环境,他尿了我四次床,毁了我四套床上用品。我在内心暗暗骂他的同时，也祈求在接下来的生活里能够跟他和平相处。

我发现，与猫猫尝试建立一段让彼此都舒适的关系，也需要去磨合、培养。比如，他很调皮，总是想要打翻我桌子上的东西，这个时候你得耐心地去教导他。在睡前，我也会抱起他，搂着他，轻声地告诉他有多可爱，多么活泼，多么讨人喜欢。

但猫猫给你的陪伴感又非常实在，比如我在书桌上码字时，他会伏在我的脚边。在床上看书、玩手机时，他就在我的膝盖上和肚子上打盹儿，让我感受到一种平静而又温暖的力量。

而且，猫猫懂得分寸，他不会太黏人。懂得保持恰到好处的距离，你不主动逗他，他就在旁边默默待着，也不会打扰你。这种无声的陪伴恰到好处，不需要你花费太多力气去维系。

现代人在职场上、在城市生活里耗费了太多力气。我们经常会受到来自领导、老板、微信群里各种不间断信息的"骚扰"，有时候下了班也不敢不回微信，还要面临正常生活秩序突然变得混乱、失序的局面。

上周日,我的同住女室友,她在加班回来的路上因为工作太疲惫,不小心将手机落在了出租车上,再也没找到。为此她责备了自己一整天,不断说服自己接受丢手机这个事实。在那一刻,她的身边没有亲人可以安慰她,只有我和小猫是她在上海的家人。她抱起小乔轻声细语开始哭诉时,小乔好像听懂了她的脆弱和难过,回馈她几声"喵喵"叫。

也许有时候,我们不得不承认,在职场上渴望获得成功的女性也希望回家时能够有一盏灯是亮着,家里总有一个鲜活的生命在等着我们,不管这是不是一段所谓社会世俗意义上的亲密关系。

我的朋友在上海和男友同居,他们也养了两只小猫咪。朋友说,养小猫比养孩子要好太多了,猫猫不会让你晚上睡不着觉,也不会突然哭,比孩子听话,好养太多。

我朋友问我你现在还想恋爱吗?

我说,谈什么恋爱?猫猫也可以是我的亲密关系。我正在和我的小猫尝试建立起一种紧密、无条件付出、互相陪伴的关系。

即便养育宠物的行为非常琐碎。琐碎到什么程度呢?每天清晨六七点钟,小乔会拿爪子拍拍你的额头,好似在告诉你要给他铲屎、喂食;到了夜晚,他又会很精神,在你准备入睡时,开始在整个屋子跑酷、上蹿下跳;看着他活泼的身影,我真的有种新晋"宝妈"手足无措的感觉。

但这几天,当我一打开家门,看到小乔摇着尾巴走到家门口迎接我，一瞬间，我的心有被治愈到。这是一种家庭的幸福感，好像在外风雨闯荡得这么疲惫，终于找到了属于自己的风向标。

（2023年4月13日）

旅途之上,四海之内皆兄弟

卢小波

旅途中,远方的人是最好的风景。这算不上什么新观点。我不是"社牛",但被迫愉快交流,是我旅行的最好经历。

记得在瑞士的下山缆车上,看见了一个大美人儿,眼眸蓝得像山下扑面而来的湖面。人群拥挤,我还是忍不住回头看了两次。没想到,她夸张地对我眨了眨左眼,嘴角轻轻翘起,给了一个动人的微笑。她的先生就站在一旁。我当然明白,那不是调情,而是"谢谢欣赏"。换个环境换个人,可能是"你瞅啥?""瞅你咋地!"

坐火车回苏黎世,到站下车,乘客都快走光了,我才突然发现到站了,赶紧起身。我从车厢中部往外走,一群乘客在车门口等我下车。他们透过车窗就远远看见我了,正耐心等我先下他们再上。我一路道歉,收获了一个又一个笑脸。我回头数了数,是九个人在等我一人。

这是旅途中的文明课。

在罗马的西斯廷礼拜堂,大家仰头欣赏米开朗琪罗的天顶壁画。这里是严格禁止拍摄的。在满堂密密匝匝的游客中,我居然挤到了靠墙的中间座位上,得以从容仰面欣赏细节。忽听咔嚓一声,邻座金发碧眼的大妈,居然举起手机拍了一张照片,要命的是还用了闪光灯。

穿制服的保安立即冲了过来,指着大妈鼻子骂了足有半分钟;走开后想想生气,又重新回来骂了大妈几句。大妈窘得抬不起头来,听她轻声嘟囔,也是意大利人。周围大家表情也一样窘,跟我一样替大妈窘。大妈或者是在大美之前,成了忘情的乡巴佬,但规则就是规则,没有例外。

在异地不同的管理方式面前,来自他乡的陌生人,很多情况下都是乡巴佬。

威尼斯总督府的收费公厕,是两位大妈在管着。上厕所的,每出来一位,才能进去一位。每次进出之间,大妈都要进去清洗马桶,擦干地板。清理毕,下一位才能进去。这种收费,出恭者在掏腰包时,感觉会好受许多。

佛罗伦萨圣十字教堂,收费公厕更夸张。入口像地铁的检票闸口，上有一个塞币口，每次 0.5 欧。公厕很小，一共 4 个蹲位，有四至五位工作人员：有专事监督闸口的，有专门兑换零钱的，还有两三位大妈专门打扫卫生。不是说西方人工贵吗？一个小小公厕，花费这么多人工，真是让人想不到。这是 2019 年，不知现在有无变化。

不过我猜，这些管公厕的人，如果来到中国，可能也会有乡巴佬心态。在我们这儿，十几年前所有景点公厕就不收费了，哪怕是五星级豪华公厕，也无收费一说。

我的体会，旅行者有个乡巴佬心态，谦虚低调，一路会愉快很多。出门万事难，逢人开口笑，能得到很多帮助。

在米兰的大商场，我看中了一件衬衣。哪儿哪儿都好，就是袖子偏长了一点。服务员领着我，找到了驻店的裁缝大妈，说能改一改。大妈让我穿上，娴熟地用别针把袖子挽短了一截："三天后来取吧。"我说："哎呀，后天一早我就坐火车走了呀。"

大妈很冷淡："不行。我活儿太多，要排队的。"我很为难："您就不能帮个忙提前一下吗？"大妈抬头看了我一眼："中国也有裁缝的。"我赶紧恭维："可是……可是……意大利裁缝是全世界最好的呀。"大妈有了一点笑容："好吧，那就明天。"我迅速添了一把火："哎呀呀，你是我这辈子见过的最好裁缝，我走遍全世界，一次也没有碰上你这么好的。"大妈哈哈大笑："明天，一开门你就来取！"要知道，此时是晚上 9 点，大妈是真心要帮我赶活儿了。

在佛罗伦萨的旅馆，浴室突然没了热水。找到前台，人家说，慢慢等吧，电路坏了要修啊。要修多久呢？回答说，不知道啊，尽快吧。真是让人恼火啊,可发脾气能够发电吗?于是我只好笑着抒情:"你们这么好的酒店,这么好的服务,一定不会太久的。"前台立即一副振衣而起的样子:"40分钟,不,半小时,我去催一下,您回去等等。"结果,十几分钟后就有了热水。

在庞贝古城,口渴难耐,但十字路上有个水龙头。我期期艾艾问个中年男人:"这个水能喝吗?"他耸了耸肩说,不知道啊。然后,他拿了一个空瓶子,到水龙头下接了半瓶水,品尝了一下,咂巴着嘴说,"OK,可以喝。"彼此相视一笑,乡巴佬遇见了乡巴佬。

顺便一提,我讲的是意大利语,但用的是国产翻译机。一路上,我碰到德国人讲德语,碰到俄国人讲俄语,碰上荷兰人讲荷兰语。笑着使用这个高科技中国神器,我猜对方会有一种乡巴佬的感觉。

旅途中的饭馆食肆,可能是全世界乡巴佬最易相聚之处。

在佛罗伦萨的小巷深处,有一家托斯卡纳风味菜馆。我在此地住了三天,在这家馆子吃了三天。我喜欢各国游客在这里的犹豫表情。大家都看不懂菜谱,只互相盯着先来者桌上的菜肴,然后问,味道怎么样啊?头天晚上,有一对加拿大夫妻,一人吃了一大碗托斯卡纳乡村浓汤。接着向我推荐,这里的烤牛肉最好。

我吃好后,又来了一对加拿大夫妻,也盯着我的桌子问,我原样如法推荐。我指指邻桌,他们也是加拿大人。结果四个加拿大人攀谈后,共同夸赞起中国美食来。那个晚上,我一人吃下了0.75公斤牛排。这种接力点菜场面,天天都在上演,我几乎吃遍了这家馆子每一道菜。

真正的乡巴佬精神，好奇心是强大的，是不怕人嘲笑的。他一直知道，世界太大，错又何妨。

在苏黎世的公交车，才刚上车，我和朋友就遇上了一群美国小伙子。他们热情大笑，双手合十，对我们说了一句："阿里嘎多。"后来，有个帅小伙子似觉动作不对，又重新打问，日本人是这个动作吗？我的朋友说，我们是中国人。他于是赶快问，那么中国人是什么动作？我们做了一个抱拳作揖的动作，他们庄重地回以相同礼节。

那一刻我觉得，全世界人都是愉快的乡巴佬。不不，其实哪有什么乡巴佬，旅途之上，四海之内皆兄弟也。

（2023 年 4 月 27 日）

人有爱的承认

余 圭

连日答辩，头昏脑胀，结束后直奔共青森林公园吸氧。然而，森林公园并没有如既往那样治愈我，反而直白地给我展示了自然界的残酷：一只喜鹊径直扑向正在嬉戏的松鼠，尖锐的袭击声瞬间打破杉树林里祥和的氛围，松鼠连忙逃窜躲避，喜鹊一而再再而三地扑啄，穷追不舍，直到……

我很难接受眼前的场景，喜鹊与松鼠竟然是天敌！喜鹊，吉祥之鸟，竟然像那些凶残的猛禽一样扑向松鼠这样可爱的小动物，而松鼠，它为什么不反抗，为什么只是毫无尊严地抱头鼠窜？杉树林里的其他动物呢？它们为什么不来介入？为什么甚至可以在一场杀生以后若无其事地继续嬉戏欢歌？

一下子，浪漫主义那一套歌颂自然以反衬人类社会的邪恶与不幸、力图揭示某种真理的逻辑体系在眼前全面崩塌！最近读的几本书在脑子里互相缠斗，加上正在戒第三杯咖啡，骨骼和思路都很不清奇。以迥异方式解释人与动物之间差别的哲学家的声音在这杉树林里响起——汪民安师书上引述黑格尔：动物的一切本能是为了求生，因此动物总是避险的，而人超越了此，人有冒生命之险的欲望，人是冒险的。那么人为什么要冒险？人是为了获得承认并在承认中获得尊严感，也就是说，只有人会为了尊严而冒险。而最高级、最人性化、最宝贵的承认就是爱的承认。在此意义上，黑格尔认为爱的政治应该被创造出来，一个激励爱的政治就是一个相互承认的人性实现的终极政治。

我想起我那几位学生，他们二十出头，名校在读，经历了疫情，在看过世界以后回到五角场，又正要去向人生的下一站，去兑现希望，确定或未知。他们都有过辉煌的青少年时期，如今已经告别了作为神童的过去的自己，正在经历初长成人的踌躇，现实生活裹挟着可以裹挟的一切朝他们正面袭来，制造了他们生命中几乎第一个真正的困顿。他们摆出一副无可救药的样子喝遍各种不健康饮品，熬很深的夜。但是，他们聪明、健康、勇敢、坚强、勤奋、生动，那些关于青春的理想品质齐聚在身！作为青年知识分子，他们关切这个世界并持有自己的态度，乃至有时争论，但绝不会不欢而散。他们一天也没有忘记爱，"爱具体的人"，爱彼此，在共同的生活中"一起消磨时光"，给予彼此以承认与尊严，亚里士多德和西塞罗所说的以德性为根基的友谊之爱。他们的人格清清楚楚，还不世故，希望他们永远也不要学会世故，永远去冒险，凹凸不平地，去实践生命这种"充满强度的运动"。

从杉树林出来，我要回到人类社会！我去见了几位老朋友，我们一起看了一个名叫《生活的模型》的展览。十几年了，我那几位朋友办展，我看展，我们以展一次次相聚并发展着眼看将走向终生的友谊。

《生活的模型》中,艺术家与商业品牌,两个相异的身份主体,在策展方的介入下,再次打破了批判与被批判的对立关系,就日常生活本身形成对话。艺术家将日常生活对象化,以模型装置呈现出来,品牌为这些模型提供空间及与公众连接的界面,以期形成对城市的日常场景及其中普通人的生活状态的公共关注。公众,普通的异质的我们,观看作品并在其中找寻到我们熟悉的日常生活碎片:立交桥下的修车摊、路边餐厅、饮料贩卖机、老家属楼、单元门口的公用电表箱、阳光曲折地照进亭子间等,且这些场景由熟悉的日常生活媒介搭构而成:地毯、台灯、彩色纸、老旧 DVD 机外壳等,以意外的组合与失衡的比例,冒险。由此,我们开始有意识地饶有兴致地探索起我们自己的并不完美的生活,"是这样的啊,原来是这样啊",甚至可能在其中发现了张力与美感。

我们还是要活在我们的生活中,我们要在其中冒险,不是为了生存与利益,是为了人所特有的尊严与爱的承认,是因为爱的承认。我又想起雪莱的诗:"我依旧在消耗着生命注视着你 / 这是一种苦役,有时却也甜蜜 / 我厌烦时你对我确实亲切而怜惜"。那时的雪莱 23 岁,与我那几位学生同龄。

(2023 年 5 月 28 日)

爱，不都是下倾的

周云龙

小学同学阿春，夜半发了个朋友圈："各位兄弟姐妹：本人因家中二老原因，正式辞去××公司的工作，后续相关业务由×经理接手，务请支持他的工作，他的电话：138××××××××，谢谢各位！"

什么状况？我当即私信阿春，很久后才收到回复：老太太腿脚不方便，老爷子搞不定。他们又不愿意来杭州，让一个87岁的老人照顾83岁的病人，说不过去啊。

家有老母90多岁，我以过来人的身份提醒他：你就能搞定？还是请专业的保姆吧。阿春发来苦笑表情：保姆不行，他们在我妹妹那边住了两个月，我妹妹都被老太太骂哭三次，只有我来了。

同学之间，直言无忌，我又忍不住追问：工作辞了，一年二三十万丢了，你也要算算代价，老母亲会乐意？阿春继续他的"苦笑"表情：他们不知道我辞职，以为是回来看她。慢慢跟她说吧，总要面对……

谁说人类的爱都是下倾的？中年之前，我们大部分心思确实都在孩子身上：健康、安全、学业。孩子生病住院，我们便忐忑不安，恨不得替他吃药，替他挂水，替他上手术台。孩子入学、择校，我们东奔西走。孩子作业、考试，我们也是牵肠挂肚，全神贯注，全力以赴。当此之时，父母的饮食起居怎样？身心状况如何？我们嘴上念叨、心里惦记过多少？一周一个电话，一月一次回家，往往都有"欠账""赖账"。当然，想想当初，父母一代不也是这样过来的吗？

所以，有人早已给出一个"总结陈词"：人类的爱都是下倾的，父母对子女的爱，远胜子女对父母的爱。

不过，人在年过半百，孩子长大成人可以撒开手之后，父母年老失能失智需要援手之时，我们的爱也会发生悄然的嬗变，开始"抓大放小"。或许，这是情感的一次返程、回流。

岳父母在县城的房子前年拆迁，等待安置，却遥遥无期。于是爱人决定借贷为他们购置新房，毕竟岳父母都是八十开外的人了,早住新居早安心。新房到手,老家朋友推荐的两位装修师傅如期进场。他们干活利落,手艺不错,给了我们意外的惊喜。和他们聊天得知,他们一直在上海、无锡打拼,手艺是被一拨一拨挑剔的大城市居民"逼"出来的。为什么不继续在大城市挣大钱?他们笑中有话:不是被老板辞退了,也不是技术落伍了,而是乡村的父母年纪大了,头疼脑热没人照顾,于心不安不忍。返乡打工,早出晚归,可以随叫随到,给老人一个心安,也是给自己一些欣慰。

谁说人类的爱都是下倾的?多少返乡者,皆为孝老归。当年,乡下许多人拼死拼活,只想跳出"农门",求得后步宽宏,"钱途"远大。然而,在顺风顺水的某个人生节点,不少人又毅然从他乡回到故乡,回到父母身旁。鸦有反哺之义,人有归乡之情。

我的姨哥宝余,部队转业后,做了一辈子厂医。在"奔八"的年纪,也从省城溜回到生养他的村庄。姨嫂病逝之后,他开始落寞单飞。虽然儿孙满堂,但各有各的忙。姨哥不愿被冷落一旁,他想拥有自己的独立空间,种种地,买买菜,烧烧饭。在老家,他租下三间闲置民房,自得其乐,有滋有味。每周安排满满当当,探亲,访友,见同学。返乡两年,姨哥还收获一段"夕阳恋情",一位同样丧偶的大姐和他走到一起。两人白头偕老,出双入对,羡煞好多年轻情侣。姨哥83岁那年,一天午休后心脏病突发,最终倒在爱人的怀里。邻居说,圆满啊,难得呀。

谁说人类的爱都是下倾的?爱,只能是施加于弱者或弱势群体的深挚情感吗?其实,爱,不必只下倾,也不会只上倾。人生只有一次,爱也应该留一份给自己。爱自己,才可能真正地、更好地爱别人。英国作家王尔德说,爱自己,是终身浪漫的开始。——爱自己的浪漫,无论早晚,只要开始都不算晚。

(2023年6月30日)

普普通通的孩子才是大多数

土土绒

开学大半个月了,然而我放弃了给孩子制作新学期计划。作为一名小学生家长,我给自己立了一个 Flag:从现在起,放下"优秀"执念,尊重孩子命运。

这可能是一种顿悟,你也可以把它当作生活所迫,但一定不是人云亦云的心灵鸡汤。简而言之,在经历了一个鸡飞狗跳的暑假之后,我决定做出改变。

或许是因为三年级了,或许是因为换了个学校,这个暑假的作业特别多。我家小朋友的速度又特别慢,做作业的过程简直令人煎熬。平时学习还能靠老师,到了假期,就彻底只能靠家长辅导了。于是,家庭矛盾指数级暴涨。回想起来,我可能每天都在发脾气。

因此,亲子关系也肉眼可见地降到冰点。

当然,如果仅仅是为了挽回亲子关系,或许还有很多办法。更重要的是,我忽然发现了一个长期被忽略的问题:我们到底把孩子当成什么来教育?

比如说数学题,我可以肯定,在我的小学时代,从没有做过这么难的题。就算是现在,我也得费半天工夫,才能想出题目的解法。当我跟朋友吐槽时,朋友们笑着说:"你还能解得出来,你这是凡尔赛啊!"连成年人都觉得难,小学生不会做不是很正常吗?或许有少部分天赋型孩子能得心应手,但我猜大部分孩子都像我家孩子一样,憋得满头大汗都想不出答案。

再比如作文,小学三年级的孩子,应该写出什么水平的作文来?我没有概念。但是老师会贴出范文给大家参考。很明显,我家孩子的作文与范文的差距很大。于是,我自然而然地想:为什么别人的作文写得那么好,而你写得这么差?可我没意识到的是,老师贴出来的范文,一定是最优秀的那几篇,而我的孩子,不属于最优秀的那几个。

尤其是,我作为一个文字工作者,拿到一篇作文扫一眼,就能随口说出好几个问题。这不是故意挑刺,纯粹是一种在长期工作中养成的下意识反应。只不过在平时的工作中,对于同事的问题,我会用尽量委婉的方式表达,而对于自己孩子的问题,我却毫不犹豫地用最尖锐的语言去表达。将心比心，谁能受得了这样的对待？

换句话说，之前的我，习惯性地将孩子与最优秀的孩子对比，甚至用成年人的水平去对比。一个普普通通的孩子应该是什么样？我并不知道。网络上流传的大量信息，是三岁识千字、五岁能背诗的"牛娃"，看得时间长了，会出现这样一种幻觉：仿佛正常的孩子就应该是"牛娃"，"普娃"根本不存在。

这是一种幸存者偏差，可是这种幸存者偏差影响如此之大，以至于它已经进入了我的潜意识层面，甚至成为一种集体无意识——从理智上说，我不会要求我的孩子一定要考第一名；可在行动上，我却总是用最高标准作为参照。这不公平。

因为在一个年龄段中，最优秀的孩子注定只能是极少数。并且，每个孩子都有每个孩子的特点，或许他（她）在某个方面很擅长，但不可能样样都擅长。相对于"怎样教育顶尖孩子"，"怎样教育一个普通孩子"，才是更重要的问题。

普普通通的孩子才是大多数，可是怎样对待这些孩子？我们讨论得太少太少了。我们习惯于观看聚光灯下的亮丽身影，却对更具普遍性的普通人视而不见。所以我想，第一步，就是要学会把孩子当孩子，而且是当普通孩子来对待。这也就是我说的"放下'优秀'执念"的意义。好了，Flag 已经立下了，接下来且看我努力吧。

（2023 年 9 月 18 日）

当家有一老，且"无用"时

林 静

前天，"队友"在家庭群发了一张截图。我看了，心里顿时咯噔一下。脸色一沉，下一秒就拨通"队友"电话，开启连珠炮式诘问——"为什么是你爸自己来北京，你妈为啥不一起来？""你爸到底准备待多久？""你爸过来到底有啥事？"……

看到此处，围观者多半要当"网络判官"，隔空断定我是个恶媳妇。实际上，与容不下对方的妈，只肯让亲妈"受累"的儿媳不同，对于与公婆同住，我举双手双脚表示赞成。

原因很简单，婆婆厨艺了得，无论多简单的食材，她都能七碟八碗搞出一大桌饭菜。婆婆虽已年逾七旬，却依旧手脚麻利，干活利索。这边厢，锅里炖着酸菜白肉，那边厢，灶台已经收拾干净，擦得锃亮。与亲妈的笨手笨脚、黑暗料理形成鲜明对比的，还有婆婆掌勺的味道和速度。

身为打工人，回家不让胃再遭外卖的罪，拒绝千篇一律的预制菜，坐享保有锅气的家常饭。那份满足，熨帖的不只是味蕾，更是身心的松弛感，因为只要有婆婆这个大厨在，自然也不用为孩子的吃饭问题操心。

正所谓,没有对比就没有伤害。婆婆是家里家外一把好手,公公恰恰站在她的对立面。退休前,老爷子连微波炉、洗衣机都不会用,更别提做饭了。几十年的日子,他过着衣来伸手饭来张口的生活,袜子内衣都是婆婆洗净叠好。马桶需要定时刷,洗碗前要先喷洗洁精等等生活细节,公公一律"不拘小节"。

因此,公公准备"孤身一人"来北京的消息,顿时让我犯了难。原本,公婆老家有事,我们夫妻二人自己带娃,虽说辛苦些,毕竟只要照顾孩子一人。多了一位老爷子,可不是多双筷子多张嘴这么简单。

果不其然,公公的到来,验证了我的预判……衣食住行都要照顾,不合口味的饭菜也会被嫌弃。怀念"有用"的婆婆,抱怨"无用"的公公时,我突然意识到,孝亲敬老才是应当。难道非得在家里"有用",老人才能得到尊重?

往日里,与老人同住,婆婆天然承担起照顾我们的责任。我们也将她的照顾和付出,视为天经地义、理所应当。从未想过,这种关系本身是不平等的。受传统观念影响,老人将抚育孙辈当成义不容辞的责任。心疼儿女上班的辛苦,老人又将家务大包大揽。然而,又有多少子女真正意识到,长辈的付出是情感,是情分,却并不是义务。

前段时间,看到过这样一个观点,家庭本该是温馨的港湾,可让老人能够容身的前提,却必须是"在家中有用"。虽然过了古稀之年,如果老人只会含饴弄孙,不会做饭带娃,立刻会被嫌弃

"无用"。

"尽可能保持独立、不给子女添麻烦便是一个老人晚年最大的体面,年老体衰不意味着可以倚老卖老。被照顾的权利需要老人自己去争取,需要贡献自己的光和热。"这段描述背后,是对衰老和脆弱的否定,也是丛林法则的冷酷。

2022年,我国人口61年来首次出现负增长,当年中国65岁以上人口占比上升到14.9%,已进入深度老龄化社会。面对近在眼前的"银发海啸",我们需要的不仅是客观改造,进一步健全养老服务体系,加强基础设施"适老化",更要从主观改变,让家更为包容,足以安放老年的脆弱。

昨天,当我往家庭群转发重阳节祝福时,忙于家务的婆婆无暇查看,倒是"无用"的公公立刻给我点赞。老人存在的意义,并不是狭隘的"有用"。突然想到,我老了的时候,是不是也会很"没用"?

(2023年10月24日)

人，不能真正逃出他的故乡

汉　卿

我是一个特别注重乡情的人。我关注老家的动态，留恋老家的美食，喜欢结交跟我一样在大城市打拼的老乡。

作家王鼎钧说的一段话深合我意："人，不能真正逃出他的故乡。任你在邻国边境的小镇里，说着家乡人听不懂的语言；任你改了姓名，藏在第一大都市的一千万人口里；任你在太湖里以船为家、与鱼虾为友，都可以从你的家乡打听到你的消息。"

说得真好！当我的餐桌上放着家乡的干粮，当我的普通话里释放出残留的乡音，当我在偌大的城市里他乡遇故知，有那么一刻我会觉得，我就是故乡，故乡就是我。

我们这代人是幸运的。在移动互联网的时代浪潮下，我们与故乡的联系更紧密了，与故乡连接的范围也更大了。以前没有网络，在外的游子大概只能通过书信或电话与自己的亲人朋友联系，那是单色调的，也是小范围的。

现在，有了移动互联网与智能手机，随手翻翻朋友圈，刷刷短视频，我就可以连接到自己的故乡，看见故乡的生活，活色生香，热气腾腾。

老家同族的一个嫂子,年轻时就是文艺活跃分子,组建过一个秧歌队,谁家儿子结婚,女儿出嫁,她就率领着她的队伍前来赶喜捧场,赚包喜糖。常年游走于这类场合,也练就了一把好口才。

这两年,这位嫂子玩起了短视频,在网络上展示自己编的段子,排的节目,还有秧歌队参加婚礼的热闹场面。她成了一个小小的网红,也成了我观察故乡的新窗口,这在以前是不敢想象的。她的很多段子,植根于乡土,来源于生活经验,只有我们那里的人,才能领会其中的幽默。

不得不说,我一度被她吸引。她也会板起脸来,对着镜头,跟粉丝讲大道理,谈生活经历,聊婆媳关系,说到动情处,甚至会哭哭啼啼,满腹牢骚,与她平时风风火火的性格很不相符。那一刻,我才了解了这个我打小就认识的中年女人。

当然,她的视频里,也并非只有她自己。她会拍街头下棋的老人,集市上的烟火气,农田里忙碌收割的身影,还有县里的表演队。在她那里,故乡几乎全方位地展现在我眼前,我不用回去,也可以知道老家发生了什么,哪里修路了,哪里桥塌了,上面发了什么新政策,又是什么时候开始选村干部。互联网抹平了我与故乡的鸿沟,减轻了我对故乡的隔膜。

在她的带动下,身边不少人都拍起了短视频,还会偶尔直播,内容当然都比较粗糙,有的跳着笨拙的舞蹈,有的对口型唱歌,还有的就只是简单地做饭。虽然很粗糙,然而这就是我最真实的故乡,独一无二,不可取代;博我一乐,予我安慰,助我前行。

通过这些市井的"老铁视频",我也更能了解故乡友邻的精神世界。他们的生活或许没有那么丰裕,但也是充实多彩的,甚至北上广精英们发明的网络用语,他们也能熟练地脱口而出。网络拉近了我与故乡的距离,也实现了对他们的赋权。

就像"村BA"的激烈角逐,以及快手"乡村超级碗"上,普通百姓用歌声咏唱浓厚乡情那样,在互联网、短视频等媒介的作用下,我们看见普通人昂扬向上的勃发生机,看见多姿多彩的文娱生活,也看见他们的精神世界。他们热烈而真诚,朴素而简单,给他们一个舞台,也可以闪闪发光。

作家刘亮程说:"我们都有一个土地上的家乡和精神中的故乡。当那个能够找到名字、找到一条道路回去的地理意义上的家乡远去时,我们心中已经铸就出一个不会改变的故乡。而那个故乡,便是我和这个世界的相互拥有。"

不知道故乡会不会记得我，但我想，新技术，新表达，让我对故乡的"拥有"更加紧密，再难脱离。

（2023 年 11 月 15 日）

酽酽父子茶

刘士帅

少年时,我最盼望冬天。因为,冬天是父亲归家的日子。

父亲是一名地质工作者,一年中绝大多数时间都在野外奔波,天南地北,风尘仆仆。只有到了寒冬腊月,才能拥有属于自己的假期。归来的父亲背着大包小包,包里的水壶中永远泡着一壶酽茶。父亲喜欢喝茶,那种喜欢是发自内心的。

年少时,我无数次看见父亲坐在老家的炕桌上,桌上沏着满满一壶茶。窗外北风呼啸,火炉上煮着开水,母亲边做活计边陪父亲说话,眼神却不时瞟向父亲面前的茶壶。一壶茶可以倒三杯,父亲喝完了三杯,母亲会起身给父亲的茶壶里续水。父亲让母亲喝茶,母亲摇摇头,父亲让我也试着喝点茶,母亲替我摇摇头。看到母亲摇头,我也只得摇头。其实,那时的我很想尝尝茶的滋味。隔着炕桌,我已经闻到了淡淡的茶香,那种香气弥漫在屋子里,让人忍不住会深深吸几口气。

父亲把热茶捧在手上,一口口细品,头上很快沁出了细密的汗珠,脸上却写满陶醉。有一次,我趁母亲不在身边,偷偷跟父亲讨了一回茶，那种又苦又涩的滋味于口中左右盘旋。最终，还是被我吐了出来。茶那么苦，那么涩，父亲竟然茶不离手，我实在无法理解父亲对茶的爱。父亲笑着对我说："你还小，等你到了爸这个年纪，就会懂的。"那一刻，父亲粗糙的手掌抚过我的额头，望着父亲脸上的表情，我似懂非懂，却努力点了点头。

岁月如同翻过的日历，一年又一年。父亲在野外工作了大半辈子，终于得以退休回家。长大后的我，带着对远方无尽的向往继续着父亲当年的闯荡。如今，父亲头发白了，腰身也不再挺拔。已然走进中年的我，渐渐有了父亲当年的目光和心境，就连对茶的偏爱也与当年的父亲如出一辙——喜喝酽茶，喜欢酽茶带给人的那种微微的醉意，暖暖的慰藉，浑身通透的安然。

上周末，我去探望父亲，父亲早早备好了茶——铁观音、金骏眉、毛尖……应有尽有。泡茶的水，父亲亦换上了桶装的山泉水。陪父亲喝茶，陪父亲说话，陪父亲一起享受慢时光，这是我能想到的陪伴父亲的最好方式。往事在缕缕茶香中蒸腾，冒着丝丝热气，一切恍然如昨。父亲年纪大了，喝不得酽茶，倒是我，借助一杯杯酽茶，释放着中年的压力。

父亲像个哲人，悠悠说道："人这一辈子，少时父母疼，老年子女惜，唯有中年，上有老，下有小，最是艰难。喝茶呢，少时觉着苦，中年苦作甜。老了，方知清茶一杯，天高云淡。"言毕，父亲深切地望向我，浑浊的眼睛里写满了期待。我猛喝一口杯中的酽茶，苦是真的苦，咽下，竟觉浑身通泰。那一刻，我终于理解了一度爱喝酽茶的父亲。

周作人曾经说过，"苦茶并不是好吃，平常的茶小孩也要到十几岁才肯喝，咽一口酽茶觉得爽快，这是大人的可怜处"。当年，父亲一个人漂泊在外，吃多少苦，受多少累，回到家，永远站成一个男人的伟岸，露出坚强的笑脸。一个扛起命运中所有重负的男人，用一杯杯酽茶陪伴自己度过了生命中最难耐的日子，最终苦尽甘来，才拥有了晚年云淡风轻的清茶人生啊。

窗外天空阴沉着，一场大雪将至。室内温煦如春，茶香袅袅。将父亲的清茶续好水，端起自己的那杯酽茶，与父亲对视的一刹那，我像父亲读懂我一样，读懂了父亲。

（2023 年 11 月 27 日）

棉被里的乡愁

刘士帅

在北方，乡下的女人一年四季极少能真正闲下来。农忙时扑在田里，耕种着一亩三分地；农闲时守在家里，炕上地下，都是把好手。

母亲就是那个忙碌的乡下女人，季节在变，母亲的忙碌不变。

深秋一过，天气转凉，粮食进仓了，田野里荒芜了。母亲带着收获的喜悦和满满的成就感，正式回归了家庭。

天寒地冻的日子里，母亲的忙碌在炕上。北方的农村，冬天的冷是那种彻骨的冷，家家户户的土炕上，被褥统一在炕脚处码成高高的"被垛"。夜里睡觉，稍稍富裕点的家庭，每人总要盖上两三床棉被。

母亲的忙碌就是从翻新土炕上的那些被褥开始的。先是奶奶的，再是父亲的、我们的，最后才轮到母亲自己的。每一条被子，经历了春、夏、秋三季，棉絮早已不再蓬松，被面和被里也不再洁净。母亲拆开每一条被子，将被面和被里洗净，晾晒在院子里的千条上。滴水成冰的季节，被面和被里很快冻得邦邦硬，在冬日杳蔷的阳光里凝成一块巨大的画板，上面雕满了鲤鱼跳龙门、龙凤呈祥、牡丹富贵的亮丽图景。

母亲坐在土炕上，把旧棉絮慢慢扯开，用事先弹好的新棉花，一点点融入旧棉絮中重新加工整理。母亲有时坐着，有时跪着，有时还要猫着腰……整理棉絮的过程，母亲不急不躁，偶尔会望向窗外。风刮起一片干枯的树叶，穿过被面和被里间的空隙，飘向了远方。那一刻，母亲有些愣神儿，直到叶子远离了视线，才重新做起手中的活计。

经过两三天的晾晒，被面和被里总算干透了，没了水分，变得柔软。母亲用她那双经年劳动早已不太柔软的手，把柔软的被面、被里、棉絮贴在一起，开始了新一轮的"创作"。母亲做针线活是村里有名的巧手，针线在母亲手里，焕发出无穷的生命力，它们在被子上游走，带着特有的节奏感，不出三五分钟，一趟引线已经完成了从起点到终点的使命。打远儿望去，笔杆调直。

一床床旧棉被，在母亲的手中幻化成一幅幅新作品，重新回归我们的视野，继而又来到我们的身上。夜里，松软的棉絮，带着些微的馨香，抵挡了冬日的严寒，也明媚了沉沉的梦乡。

家人的棉被翻新过了，母亲并没着急翻新自己的那床棉被。她在等待，等待远方的一个包裹。那个远方，在北京的大兴，当地特有的沙质土壤，盛产花生——那里是母亲的故乡。每年秋后，地里的花生成熟了，晾晒好了，姥姥都会叮嘱老姨给母亲寄花生。姥姥家那片肥沃的土地孕育出了独具特色的花生——个儿大，皮儿薄，果实饱满，入口微甜。收到包裹的母亲，脸上现出孩子般的惊喜，眼睛竟有些湿润了。"一晃儿，8年没回家了。"母亲微微叹了口气，小声叨咕着。

姥姥家的花生，成了我们姐弟可口的零食，更是母亲翻新棉被不可或缺的组成部分。因为，母亲盖的棉被的被角里，要缝进姥姥家当年产的新花生。母亲重复着之前的流程，洗被面、被里、絮棉絮、做被子，最终那些精心挑选的花生，被母亲细心缝进了被角处。小时候的我，完全搞不懂母亲的怪异举动，母亲并不解释，喃喃地跟我说："你还小，等你长大了，离开妈去远方，自然就懂了。"

经年累月的田间劳作，透支了母亲的健康。我上高中那年的秋天，母亲突发脑梗，躺在了医院的病床上，打着点滴，有些神志不清。夜里，盖着医院的被子，母亲哭闹着不得安睡。我们想尽各种办法，收效甚微。迷蒙中，母亲忽然喊出家乡的名字，又接连喊了几声"妈"，听到那一声声含糊不清的呼唤，我们瞬间热泪盈眶。姐姐茅塞顿开，火速跑回家，取回了母亲盖的那床棉被。棉被盖在母亲身上的那一刻，缝进被角里的花生发出轻微的碰撞声，听到熟悉的声音，母亲渐渐睡熟了。

那一回，我才知道，离开故乡的30年，母亲一直是靠缝进被角里的花生发出的轻微响动入眠的。那微弱的碰撞声，如同远方姥姥暖心的叮咛，让母亲读懂了牵挂，也平添了面对生活困境的勇气，更慰藉了思乡的情绪。那缕淡淡的乡愁，融化进温暖的棉被，也浸润到母亲的生命中……

母亲走的那一天，鹅毛大雪铺天盖地。我们把母亲缝进棉被里的花生取出来,放到母亲的棺木里,哭着对她说:"妈,这回您可以回家了……"

(2023年12月21日)

一个上海小囡的"三千里"和"五百年"

张玉辉

又至岁末年初,又到了听年轻人讨论"断亲"的时候。我是上海"70后"乡村土著,是被各路亲戚包围着长大的小囡囡,也发个言好了。

我奶奶是爷爷的二房,虽是富家小姐,但嫁了大她十多岁的我爷爷。因为这些缘由,我家三亲六眷、十亲九故,数不胜数。不是说"一表三千里,一堂五百年"吗?真不是吹牛,沪上方圆百里,都有我远远近近且来往密切的各路亲戚。

幼时某日,个子还没超出稻穗高的我,忘了因为什么事,跟妈妈大发脾气,跨过门槛,要离家出走。遥想那时,很有点"乳燕离却旧时窠,孤女投奔未来路"的悲壮。

妈妈冷冷地看了我一眼,继续手上的活计。爸爸搬着柴禾,在客堂间厨房间来回,准备晚饭。奶奶坐在屋檐下摇扇子,没人拿小囡囡的决绝当回事。我一路向着村外闯荡而去,走进了连绵的稻田。

夏末秋初,稻穗已垂下沉甸甸的脑袋,田埂上杂草繁茂,不时飞跳出一个蚱蜢。稻田里停驻着成片黑色蚊虻,云团般飞起又落下。暮色四合,我在田埂上越走越远……稻叶划破了腿,秋虫唧唧越来越热闹,我在无边的稻田里迷了路,对着越来越暗的红彤彤夕阳,号啕大哭起来。

这时候,远远地有个扛着锄头戴草帽的男人,朝我越走越近。他背着夕阳朝我走来,身形成了暗黑的轮廓,越来越大。他蹲下一把抱起我,大手朝我小脸上抹了一把:"怎么啦,找不到家了是不是啊?"

他一手抱着我,一手扛着锄头,走在黑暗的稻田里。我在他的肩膀上,看最后一丝云彩变暗。"新哥,你女儿走丢啦……被我捡回来了。"他朝我家门内大喊。我爸出来笑眯眯接过我,要请他留下吃饭。他跟我爸客气几句就告辞了。

后来才知道,这个叔叔,是我家大房奶奶的侄子。我人生的第一次反叛,轻易就被一位远亲平息了。

我的小学在隔壁村,由一栋庞大的老宅改成。东西厢房,分别为食堂和教师办公室;老宅的正屋,被隔成几间教室。每天上学,我带上铝制饭盒,里面装上一把米,交给学校食堂师傅统一蒸饭。下饭的菜肴,由小朋友家自己准备。

我妈不擅烹饪,伙食安排一向粗糙而随意。她总像给狗扔一块骨头那样,往饭盒里或敲一个鸡蛋,或放一片咸肉,当成我的午饭配菜;但我不仅没有不高兴,还暗暗有所期待。因为半路上有一家亲戚,会给我惊喜的。

那是我的姑奶奶,他们家紧邻着小学,正对着校园围墙的边门。我上学总是迟到,每次跑到围墙外,都是校园升国旗唱国歌的节点。我会静静地站住,把整首国歌听完。这时,姑奶奶的儿媳妇就出现了。她端着一碗正吃着的早饭,站在家门口朝我挥手喊:"妹妹,你又迟到啦……来来来,过来!"

她领着我进厨房,先打开菜橱,后打开我的饭盒,从一个碗里夹菜到饭盒。比如,一个油墩子塞肉,或者一段红烧鱼,有时干脆往我口袋塞一个咸鸭蛋。然后,她一手拿着饭盒,一手牵着我,去敲学校围墙的边门。咿呀一声门开了,食堂师傅把我放进去,顺手接过她手里的饭盒,摆进蒸屉。

小学的寒暑假,照例是属于我小孃孃的。一到放假,她就来接我。小孃孃嫁在很远的乡村,骑车带着我,一路要花很长时间。她胆子小,只要听见后面有汽车声音,便早早跳下自行车停在路边,等车开过才敢重新上路。这么一折腾,她在路上至少浪费一半时间。好在三四十年前的上海,乡村道路上汽车不多。

有一年寒假,我刚从小孃孃的自行车下来,大堂姐就往我脖子套上一条淡绿色的绒线围脖:"哝,姐姐织的,送给你哦,喜欢吗?"我欢笑着大叫一声,堂姐紧紧抱着我原地转了一圈。

谁知几天后,我这个小公主,就在小孃孃家里制造了一个大麻烦。

当年没有卫生间,也没有抽水马桶。小孃孃家的木头马桶,在房间衣橱后,位于用布帘隔出一个方形小空间内。那天我睡懒觉,醒来房间空无一人。尿憋得急,我踮起脚尖坐上马桶,完事才发现自己两脚悬空,够不着地。我在马桶上扭来扭去,就是下不来。最后，双脚如愿落地，但马桶翻倒了，桶里的存货倾泻而出……

为了安抚我，姑父带我去镇上买豆沙条头糕吃。我至今记得，坐在姑父自行车前杆上，双手捏着条头糕靠在车把上，抬眼看天吃糕的快乐。

四年前中秋，我带着从平遥买回的豆沙月饼，去养老院看姑父。我们聊起，从前看越剧，吃条头糕的情景，但他不记得打翻马桶的事情。他哈哈笑着说，这是为哄他高兴才编的故事。他笑的时候，露出缺牙的嘴。姑父爱干净，衬衫的表袋里，永远有一块叠得整整齐齐的手帕。

平遥月饼很瓷实，饼皮微脆，咬一口会淅淅索索掉下饼渣子。姑父一手拿着月饼，一手垫着手帕接饼渣子，配着祁门红茶慢慢嚼。他仔细将手帕里的碎饼渣吃掉，指着红茶杯，对我说："格能搭配，好切（吃）。茶香加饼香，咪道邪气赞。"

我抚着他的手背："吃完了我再给你带来。平遥的月饼，可以网上买到。"他笑着摇头："月饼嘛要中秋吃，我们明年再吃。"可惜半年后，小姑父心脏病发去世，再没机会与他一起品茶吃月饼了。

岁月如一条大河，我这个小囡囡顺流而下，一直漂在宗亲之爱里。这是我童年不可缺失的爱，是真正中国式的乡土之爱。我能理解年轻人，但"断亲"，在我们家是断不允许发生的。

（2023 年 12 月 22 日）

孩子们的爱与原谅

卢小波

朋友孩子读小学三年级。听孩子爹说,前阵子班级组织秋游,大清早出发时,有个女同学被四五个家长拦着,不让上大巴。因为头一天,女孩跟同学吵架,把一个男孩小腿踢得青紫。老师也搞不定此事,最后那女孩抽抽噎噎的,跟着妈妈回家了。

我问,这跟校园霸凌有关吗?朋友答,不是啦,听孩子讲,那就是个普通吵架,女孩平时并不欺负人。我说,那男孩不是受了小伤嘛。

孩子都是磕磕绊绊长大的。我家丫头读小学时,也受过两次伤,还挺严重的。

一次是做课间操时间,才刚下课,孩子们哇呜哇呜地涌下楼。那种场面,凡上过学的都经历过。楼梯上挤来挤去,有个小男孩推了一把,丫头咕噜噜滚下楼梯,跌得满脸是血。伤口在眼睑下。男孩的家长,当然是赔偿了医药费。我记得,丫头妈妈后来嘟囔过好几次:"太不像话了,小家伙的妈妈,怎么一次也不来看看我们。"

那道淡淡的伤痕,在丫头脸上隐隐停留了好几年。直到初高中，只要出汗发热或害羞脸红，伤痕就特别明显。每当此时，我也会发狠唠叨，当时就应该认真索赔啊，让他们知道后果有多严重。有时，还会排演悲惨的内心戏，不停地想象，会不会因为这道伤疤，误了女儿未来的好姻缘？

话虽这么说，其实我也明白，这就是偶发事故。说不定我家丫头出手推一下，滚下楼梯的就是那个男孩。

第二次受伤，是体育课上，丫头和同学搬运体操垫时。对面同学调皮，嘻嘻哈哈往前怼了一下，丫头跌得不巧，左小臂骨折。要命的是，打上石膏后不久，发现接骨处错位了。就是说，骨头没有接好，必须再掰开伤处，重新接骨。那个上午那个诊室，丫头撕心裂肺哭喊的情景，至今历历在目。奇怪的是，那天我一秒钟也没有想起，这是谁造成的，又应该怨谁。只是恨自己，上一次带丫头就诊，怎么就找错了医生。

这次受伤，医药费是自理的。该算谁的责任呢？说是学校责任也可以，毕竟是体育老师让小朋友搬东西；说是孩子调皮，不小心也可以。反正我们没想过，追究谁的责任。

时间不仅能淡化伤痕，还能让当年的潜意识，浮出岁月的泥沙。说起来，这跟我年少时几次事故，多少有一点关系，让我对意外多了一点承受力。我不小心弄伤过小同伴，自己也多次受伤。其中最严重的两次，都伤在眼部。

最后的一次，我已经读初二了。那时候的学校，不办夏令营，但有农场和校办车间。有一整个星期，班上多数同学都到农场去了，留下两三个人在车间。那年我 14 岁，在一台车床上，学会了加工木塞子。

活儿也不算太简单，得把一截一截的小圆木头，放上车床，卡住定位，用车刀旋成塞子。成品木塞子有碗口大，是造纸厂用的。难度在于，得透过钢格栅保护罩，一边观察一边加工，不然容易把木塞子给车偏了。

车床嗡嗡响，偶尔有木屑从钢格栅飞出来。照理说，该给加工者配一个眼罩，但就是没有。那天，我脚下一堆加工好的木塞子，半大小孩子干这种活儿，很容易上瘾。心里正默数着完成量，啪的一声，一块挺大的木屑击中眼眶，眼泪和血水流了半脸。

眼睛受伤，孩子最受拘束之苦。我好些天都躺在床上，没法看小说，正巧收音机还坏了，度日如年啊。小孩子性急，每天好几次去镜子前，不断掀开纱布，观察伤眼有没有好一点。

有一天，管车间的老师上门探望。妈妈那种欣慰的语气，我至今记得："哎呀，老师来啦，来看你啦。"妈妈还对老师埋怨我："这孩子，做事情总是毛手毛脚的，在家里也总是这样……"

文明进步的标志之一，是人们对冲突与意外的容忍度更低了。在孩子面前，当爹妈的都有一颗玻璃心。只是，对孩子们发生的冲突与麻烦，成人何时介入，介入多深，确实很难把握与平衡。小朋友身体受伤了，你得加倍谨慎，不能让他的心再受伤。

有个"70后"女性朋友，读六年级时，同桌是个女伴，前座是个顽皮男孩。有天下午自习课，各小组从前往后传递作业本。轮到这男孩向后传时，他又开始顽皮，每次总是欲给又缩手，做着鬼脸逗着女孩，如此再三。后座两个女孩，等他又转身背向她们时，就半生气半玩笑,一把揪住男孩衣领和红领巾,使劲向后拉。

两个女生的力气,怎么也比那男孩大。拉着拉着,男孩慢慢滑坐到地上。她们探身一看,男孩耷拉着脑袋,裤子都湿了——他窒息昏迷失禁了。接着不到半分钟,他就站起来了。两个女生还在懵懂中,就有同学飞快跑去报告老师。

虽然男孩平安,但这是极严重的事故。老师先带着男生,换好裤子回家,向家长赔礼道歉。此前,他先向闯祸女生的家长通报情况,叮嘱他们买些慰问品,当晚到男生家里探望。女生家长商量后,决定暂时不带女孩去,先由家长们出面。好在那是城郊的学校,周围几个村子,大人之间多少有点熟悉。生气归生气,但没有翻脸。

次日上午课间,男生妈妈带着孩子,直接来到教室,问孩子们:"告诉我,是哪两个女孩子这么厉害呀?"男生低着头不肯说,不管妈妈怎么推搡,就是不肯说。全班也没有一个学生说,有同学还打岔,说她们今天没来。

巧的是,两个女生确实不在,被老师叫到办公室了。老师闻讯赶来,把孩子妈请到办公室劝说;而两个女孩,就坐在那妈妈的不远处。那个妈妈,不知是脑筋没转过来,还是认出来又装糊涂,说:"我只是想看看,那两个女生是什么样子而已,没想要干什么。"一场风波就此平息。

这位朋友说,如果当时挨了处分,或者家长之间撕扯起来,且不说同学之间如何相处,自己的成长道路,就难以预料了。她当然感激老师的处理分寸,更感念的是,全班同学对她的保护。

心理上，成人对孩子总是居高临下。其实，孩子对孩子的影响，可能高于成人对孩子。孩子们的理性直觉，在成人看来可能幼稚，但是这种理性，更多是出自本能的善良。孩子之间在互相保护中，自会习得爱与原谅。童年的微光，将照亮他们漫长的人生。

20多年后同学聚会，那个男生一见面，就嚷嚷着找那个勒他脖子的女孩。分别时，他们认真抱了抱，男孩说，我一直想着你呢。女生笑着说，童年阴影，变成漫天彩霞了。

（2022年12月7日）

城市人的乡愁何处安放

廖德凯

历经波折,其中艰辛一言难尽,新房终于落实了。感慨万千,欣喜欣慰之际,一个问题也随之而来:老房子怎么办?

方案有三个:出租,老房子位置不错,当下租金在全城属于较高的段位,租金足够补贴家用了;出售,可以迅速得到一笔不菲的现金,孩子马上面临外出就学的年龄,恰好可以救急;改民宿,与出租同样道理,位置优越,在这个旅游城市中,既在城中,又离主要景区很近,民宿的生意都挺好,哪怕受到疫情影响,也比直接出租收入更高一些。

然而,虽然收入更高,民宿却首先被我们排除在外。因为我们两口子都要工作,又要照管两个孩子,实在没有精力管这事。因此,我们拿着两个方案与上初中的女儿商量。

没想到,女儿一票否决了我们的所有方案。

"不能卖,也不能租,我还要经常回来。或者,你们住新房子,我一个人住这里。"

我们有点蒙圈,这个剧情走向超出了我们之前的预想。反复沟通交流，女儿的一句话让我们暂时放弃了讨论房子的问题。

"这里是我所有的童年回忆！"

也就是从这时候起，我意识到并不只是乡村才有"乡愁"，从小在城市长大的人，同样有自己的乡愁记忆。

近日，沪上有则新闻让人看得眼睛一热：一位91岁高龄的老人，独自从闵行区江川路坐车二三十公里，到静安区曹家渡修热水瓶，结果在途中迷了路，还跌了一跤摔破了额头。几位热心市民和民警帮助他找到家人，才知道老人如此周折，不过是"想回老房子看看"，之所以专程过来修热水瓶，也是因为跟这儿的店家熟络。

"想回老房子看看"，这只是一个简单的愿望，却深植这个老人内心的记忆，年龄越大，这个记忆越是清晰。这便是乡愁了。

是的，我们以前说的"乡愁"，多与农村有关。一山一水一棵树，一砖一瓦一湾塘，一片泥泞，一阵黄土香，都令人魂牵梦萦，积年难舍。更别说那乡音乡情，乡邻乡亲，别说那幼时玩伴，白发老娘。

我是从一个小山村走出来的，自然记得自己的乡愁在何处。然而，作为"城一代"，有时确实忽略了"城二代"乡愁的不同之处。

城市里也是有乡愁的。对于长期居住某处的人来说，城市改造、住房升级之后，总会想起当年的老小区、老房子。小区院落，墙角的壁虎，树上的蛛网，门口的小店，哪里又与乡村里的乡愁不一样呢？自己成长或生活经历的记忆，就是乡愁啊！

行文至此，突发奇想，在城市改造或者新建小区，能否有一点小小的空间，比如每个小区或者社区建一间小小的"乡愁博物馆"，对这片土地以前的面貌、生活状态、居民情况等进行照片或实物展示，这既是对历史的记忆，又是对市民乡愁的慰藉。

（2022年11月17日）

爱在一粥一饭间

胡洁人

1982年冬,上海亭子间。工厂铃声响起的刹那,拥在门口等着下班的工人们迫不及待地冲出厂门,踩着脚踏车奔向家的方向。不多一会儿,小菜场里人声鼎沸,"便宜卖"的吆喝声和讨价还价的声音混在一起,弄堂里随处可以听到哗哗哗的洗菜声和下油锅的炒菜声。孩子们扎堆正玩得投入,华哥的父母刚从工厂回来,买了一大堆菜,母亲在厨房唰唰洗菜淘米,父亲则在门口起火生煤球炉。浓烟滚滚中,各自忙碌了一天的一家人终于聚在桌旁,开始吃夜饭。

这是华哥从小印象里的场景。哪怕到生病住院抑或结婚喜庆当天,他脑海里摆脱不去的,还是幼年时父母下班、自行车篮子里放满了各种小菜,傍晚时分厨房的油烟和煤球炉混合在一起的浓烈气息。饭桌上散发甜酸味道的红烧肉、颜色红白相间颇为好看的腌笃鲜、略带甜味的炒青菜和家里自制的烤麸、花生米,那是他觉得生命中最真实最有家的感觉的一刻。

2002年春,上海,华东师范大学。当晚风不再寒冷的时候,夜读的大学生们开始溜出校园，穿梭在铺满大排档的校门外觅食。虽然已经过了青春期，20 岁出头的华哥总是时刻感到饿，大约是因为悸动的心需要消耗巨大的能量吧。华哥在华师大的四年，除了不断提升自己在教育领域的知识技能，最难以忘怀的就是校门口的大排档。

作为一个土生土长、几乎没有离开过这座城市的上海人，他在 21 世纪初首次体验到了西安肉夹馍的美味，桂林米粉的劲道，山东大饼的嚼劲和重庆麻辣烫的深入灵魂的满足。徘徊在校门口路上拥挤的人群里，搂着自己的初恋女友，共同体验人间美味。他反思总结了一下，为什么大学时代的食物是如此深入他心？除了身体需要这一本能的原因之外，更多是来自精神和心灵的渴求，即他渴望为未来的妻子、家人带来永远美味可口的饭菜，并且必须是自己亲手做的。因为他觉得，食物不单是填肚子的，更包含了情感和责任。

时间来到 2022 年秋，华哥已进入不惑的年纪。当看到梧桐树叶开始纷飞飘落的时候，他正在外滩独自散步。手边是一袋子 KFC 和一瓶百威啤酒，而他刚从黄浦区民政局走出来，办理完协议离婚的最后一道程序。遥看黄浦江，涛声依旧，外滩的建筑与 30 年前并没有太大区别，只是多了一些耸入云霄的高楼和迷乱人眼的霓虹而已。

在这段十年的婚姻中，他几乎每个休息日都亲自去菜场，回家买汰烧，为家人做可口的饭菜，因为这是他履行爱的诺言、实践家庭责任的方式，十年如一日，不论酷暑和严寒，他始终是上海男人的"模子"。然而，遗憾的是，责任终于抵不过岁月对激情的磨蚀。

得不到的永远在骚动，年轻的女士未必懂得珍惜乐意做菜的男人，而是更期待寻求激情、快感，她更沉浸在餐厅美食的乐趣中。

华哥一口气喝完了啤酒，望着眼前的快餐，他始终不能理解这些速食能给人带来什么乐趣？也许是不同的价值观？也许是不同的性格？还是人之本性乃是喜新厌旧？他闭上双眼，又看到了童年父母搭手配合着在窄小的厨房里忙碌晚饭的场景，那股煤球炉刺鼻的味道依稀还在，然而物是人非，他想要的这种家的感觉，也许再也回不去了。

从这天起，华哥开始了一种全新的生活，他依旧保持做菜的习惯，但是他只做给自己吃，再也不为自己之外的任何人做。也许，这个改变不仅是因为他所经历和遭遇的一切，让他对真爱、责任和做饭有了一种跟以前截然不同的意义，更重要的是他更清楚一个人行为的意义，特别是付出的目的，并不应该是为了得到他人的回报。

（2022 年 10 月 27 日）

父母为我们做的那些"小事"

张十味

以前上学的时候，学校总布置写一些跟父母有关的话题作文。我遇到这种话题可真是愁，父母实在没什么"典型事迹"可以写，家里也没什么苦情故事。他们那么普通，怎么撑起一篇要求有深刻意义的作文呢？

长大了，发现普通、平凡甚至没什么好说的生活，可能才是父母的常态。就好像朱自清写的《背影》，最关键的情节是父亲去给自己买橘子。读到的那一刻，我好像突然理解了，如果给朱自清布置这样一篇作文，他写出的不也就是这种"小事"？

今天我看到一个故事，一位网友在初中的时候要爸爸给自己的QQ个人主页点赞。一句小小的要求，没想到父亲记了十年，直到今天还在点赞。这位网友今年已经24岁了，QQ主页居然有了37000个赞。

这个故事感动了很多人，也包括我。这些很小很小的事，却不知为何总是让人眼睛一酸。这大概就是亲情，琐碎里却又蕴含着伟大。

看到这个故事的时候,我一下就想到了我的妈妈。我上大学之前,在老家有一个手机号。上大学后那个号再也不用了,但我觉得号码不错,就跟她随口说了句:"这个号码不错,帮我留着啊。"

没想到这句话她一直记着。直到上个月她来看我,我发现她带了两个手机。她说,那个手机就一直装着我原来的号码。为了防止号码被注销,她每个月还会给这个号码充值,还要刻意使用一下,就是为了留着这个号。

距我离开家乡已经20年过去了。从现状看,我回到老家的概率几乎为零,也不会再用这个号码了。但她依然留着,只为我当初的一句话。

父母的心态可能很难三言两语说清楚,她可能也知道我不会再用这个号码了。比如她在几乎所有的"商务联系"中都留的这个号码——中介、保险、推销,以至于这个号码完全没法用,充斥着各类营销信息和电话。但她留着,就好像留着一个和孩子连接的线,仿佛一个象征,把我定格在家乡。

想想看，其实和父母的相处点滴，几乎都是这种小事，而且有的时候还闹不愉快。比如离开老家的时候，父母非要你带上特产，把行李箱塞到超重。我为这事也和他们吵过，直到有一次妈妈来看我，发现她把这些特产自己又带上了。一个行李箱上挂着好多个手提袋，行李箱推得歪歪扭扭的。从此以后，我就不和他们吵这事了，能带就带了。

其实反过来想想，恰恰是这些小事，才是父母会帮你做的。除了父母，又有谁会去给你不遗余力地点赞呢？又有谁会给你留着号码呢？又有谁会因为给你的东西你不要，而生一肚子气呢？

在生活中，我们不难遇到能帮助我们解决一些大问题的人：一个赏识自己的领导，一些患难与共的朋友，一位相濡以沫的伴侣。但在生活的缝隙里，却只有父母的爱能渗透进去。他们的心思，会灌注进这些细节里，在很多不起眼的地方，他们从来没有缺席过。

反过来想想，有的时候子女最"擅长"的，反倒是大事清楚、小事糊涂。相信大多数人都是孝顺的，也知道关心父母，经济支持、物质反哺都很常见，但那些很小很小的事，却很容易被忽略。

就好像曾经我给了父母一张某网购平台的购物卡，我觉得自己挺不错了，还惦记着他们，父母也特别开心。但直到我自己使用的时候，我才发现这个平台的充值入口不太好找，我都搜索了好一阵子。

但我在给他们的时候，却没想过他们会不会用？好不好找？这种方式他们习不习惯？果然，我后来回家的时候，发现这张卡还在他们桌上，他们就是没琢磨明白。

这大概就是父母和子女的不同吧。父母之爱的伟大，或许就在这些小事上。那些零零散散的琐碎，只有父母帮子女惦记着，一字一句都害怕疏漏，一点一滴都舍不得丢掉。

（2022 年 10 月 12 日）

我在高原看急诊，花费148元

卢小波

今夏我发现，自己的高原反应界限，是海拔3700米。我是在途经拉脊山口时，踏入这种高山病门槛的，一般人称它"高反"。我的症状，是头疼心跳气喘欲呕，下了山就哇哇呕吐。

拉脊山是黄土高原与青藏高原的分界线，山口海拔3820米。据说此处是"高反"的"打卡地"，一般人至此身体有异，一路就逃脱不了"高反"。同伴丰兄有一个海拔高度表。此后在青藏线和川藏线上，每次只要"怦然心动"，开口一问丰兄，正好就是3700米，这几乎让我成了肉身海拔表。

"高反"折磨人体，往往来去无踪。后来的数千公里，我和刀哥轮流开车。刀哥是在西宁塔尔寺高反的，此处海拔仅2690米，他的症状也是头疼欲呕。要知道，刀哥是个潜水教练啊，居然也高反。与我不同的是，他后来再也没有发作过。在109国道上，刀哥演示了一种狗式呼吸法，张大嘴巴，哈哧哈哧，像夏日艳阳下的狗子，急促地大喘气。这种加大通气量的办法，据说很有用，但对我无效。

首先把高原反应归咎于缺氧的，是德国博物学家、地理学家亚历山大·冯·洪堡。1799年至1804年，他在南美洲攀登过无数山峰，登上了厄瓜多尔的钦博拉索山至海拔5700余米，创造了当时的登山新纪录。自那时起200多年过去了，人类对付"高反"的唯一办法，还是吸氧。

刀哥是个健壮的胖子，走过一次青藏线。一见面，他就表演了上次的可怕经历：刚睡着就憋醒，刚憋醒又睡着，循环往复，喉咙不时发出怪啸声。担心悲剧重演，刀哥约自驾时，就叮嘱我带上驾驶证，万一他撑不住，帮助开个车。出发前，我们还买了血氧仪，还有一堆氧气罐。不料，大家都没事，陷入悲剧的是我。

丰兄这是第四次入藏，展示了强大实力，无论海拔多高，他都要以俯卧撑、跑步来响亮打卡。即使是海拔4700米的唐古拉山镇，他也跑了5公里。论起俯卧撑，毕竟平时我比丰兄厉害。不服啊，所以在青海湖在昆仑山口，我也撑了几次，在朋友圈满足了一下虚荣心。

壮阔的风景，使人有一种愉快的渺小。要命的是，美学上的渺小，让我忘记了身体在大自然面前的渺小。出唐古拉山镇，路过可可西里，一路海拔都在4700—5300米之间。我拿着新买的手机，一路咔嚓咔嚓，后来觉得困极了，忘了跟谁说了一句："来，手机给你拍吧……"我以为这是去眯一觉，但其实是进入昏迷状态。时间大概是中午1点40分，醒来是下午5点多。

事后复盘，如果我拿着氧气罐，不间断地猛吸，应该能够熬过那一阵。在高原上，时间是氧气，而且装在罐子里，我一会儿忘记吸气，时间就平白消失了。接着的情况，就全是同伴描述了。这就像历史上某段混乱情节，只能交由旁观者叙事，当事人反而没有一点发言权。我这3个多小时，全归了丰兄和刀哥，以及车上另一姑娘。

喊不醒我，车子一路狂奔3小时，直抵一家县级人民医院急诊部。姑娘跑进去找了一张轮椅，一位年轻医生跟着出来帮忙，把我弄下车。(我问不好推吧？那时我脑袋是耷拉着，荡浪来荡浪去？丰兄答，好像没那样子吧，不记得了。)

进屋后，一个卡车司机主动帮忙，抱住我上半身，刀哥丰兄一人抬着我一条腿，上了病床。司机大哥抬着我说，还好还好，幸亏他不重。医生娴熟地给我插了氧气、上了心脏监护。接着马上就拍着我问，你的姓名？家住哪里？据说我答过姓名后，还报出了冗长的地址："福建省厦门市思明区×××路××里××号××室。"刀哥说他当时急坏了，你答个厦门就好，答得那么长，不耗体力吗？这喜剧一幕，我不记得，但可以肯定，厦门对我的重要性，只在那小小××号××室。

丰兄说，5分钟内我的血氧就正常了。我醒来后最想办的事，就是坚决要求尿尿。刀哥帮忙端着尿盆许久，我也站了好久，但就是尿不出。（有机会得问问专家，这有什么人体机理吗？）丰兄还描述说，我醒来后，情绪愤怒，态度不佳。我猜，这应该是大脑缺氧后的烦躁。

负责我的医生，模样像个年轻大学生，护士像一位邻家大嫂。从我清醒到出院，大概一个小时，他们分头进来看了三四次，不断关切地问，感觉怎么样呢？那位司机大哥，没有机会道谢，他们已经出院了。

临走时，丰兄问医生，要带什么药走吗？医生说："没有药，赶快走，往下走。路上注意吸氧。"出来后，我回看玻璃门"抢救室"三个大字，问，花了多少钱？刀哥答："148块钱，包括刚买到一袋氧气15块钱。"

丰兄后来写稿表扬，这是他几年来见过的最好医院，"医生救了我朋友。也救了我们全车人"。是的，如果多耽搁一会儿，我就算不死，也可能缺氧太久留下后遗症。一位老西藏告诉我，早年供氧条件差，青藏线上因为"高反"，每年至少有20人亡于此地。甚至有藏胞，因为下了高原，两年后再回来，也难逃厄运。"高反"急性发作，造成的脑水肿肺水肿，实在太凶险。

我的感慨更多。这辈子，肯定不会碰上这么低的抢救费了。148元，吃个好一点的单人套餐还不够呢。死亡的本质感受，就是没有知觉的睡眠,那三个多小时"断片",就是证明。幸亏我没有彻底睡过去,不然怎么感谢丰兄刀哥他们啊。

在大自然中,身体不可能胜利,但人性与情义可以焕发光彩。

对于初次入藏的多数人,"高反"总是如影随形。每时每刻,你都会感到身体的负累,一动就心跳气喘。

一个深夜,我们顶着冷雨,在拉萨市人民医院门口排队等核酸。雨是突然来的,我正好带了伞。前面有两个叽叽喳喳的姑娘,其中一个拧过身向我请求:"可以在你伞下躲躲吗?"当然当然,我顺口又问,你有"高反"吗?这个湖北姑娘笑起来:"怎么没有,我昨天头痛胃痛呕吐,实在受不了,自己打120,叫了救护车呀。"她又说,奇怪啊,我在川藏线上开了七八天车,都平安无事,怎么到拉萨就"高反"严重了。

丰兄解释说,川藏线起伏比较大,你在高海拔的实际时间并不久。拉萨海拔虽然才3600多米,但是你长时间停留在这儿,就严重了。青藏线又不同,虽然起伏不大,一路都是高海拔,更考验人。

我后来猜想,一些感情失意者,何以总喜欢到西藏旅行,疗愈情伤?原理大概是,身体的不适,会让他们暂时顾不得情感烦恼。等过了生理煎熬的几天,时间的淡化剂又开始起作用了。或许,这才是拉萨神奇的奥秘之一。

1801年,亚历山大·冯·洪堡在南美洲,写下他的旅行笔记:"我被一种不确定的渴望所激励,这种渴望就是从一种令人厌倦的日常生活转向一个奇妙的世界。"

在西藏高反时,我总是在心里呼天抢地,太难受了,以后再也不来这里,再也不受这个罪啦。奇怪的是,旅程结束,我才回到海边,很快又想再回西藏,再看那壮阔的群峰。

这就是那种"不确定的渴望"吗?

(2022 年 9 月 28 日)

有没有那么一个人，是你想联系却不敢联系的

林　旭

今年中秋节遇上了教师节，一下子让我记忆中那个慈祥的面容清晰了起来。不知道你有没有过这种感受：心里一直有这么一个人，本来是会定期例行探望的，不知道是因为怎样一个缘故，探望中止；你保存着她或者她亲人的联系方式，却一直不敢联系，因为你知道她年纪大了，或许没有消息就是最好的消息。

我心里就有这样一个人，我高中的英语老师——姜老师。

上大学之前，我在河南一个地级市长大，初中毕业考市重点高中失败，在一所私立高中的招生点第一次和姜老师相见，她正是我想考的那所重点高中的退休老师。第一印象：一位非常美丽、慈祥的老太太，教的也是我最喜欢的科目——英语。

因为父母都是东北人，我也是在东北出生，姜老师一口东北话让我倍感亲切。有时候人和人的缘分来得很莫名，就那样产生了。我很喜欢姜老师，或许是因为她的口音，或许是她说话就爱笑，一笑眼睛就变成弯弯的月亮。她好像也挺喜欢我的，大概是因为我算是瘸子里的将军，成绩还不错，尤其以英语成绩突出。

姜老师的爱人于老师也是英语老师，退休后都在那所私立高中教课。于老师也教过我，同样是一位儒雅的老人，耐心、和善。

考高中的失败，一度让我有点自暴自弃，那个年代，市里的私立高中基本上就是重点高中、普通高中都考不上的学生交钱就能上的学校。大多数家长也是冲着任课老师都是"市重点高中的退休老师"这样的师资力量去的。

第一年高考，不出意料地失败。对于高中三年除了好好学习这件事，其他事做得都挺好的我而言，能考上专科线似乎都是奇迹了。然而因为姜老师，我的英语成绩还算不错。

复读还是上大专？成为我面对的第一个重大人生选择。但在姜老师那里，这根本就不是什么选择题，"走（去上大专）什么走？！你就复读！"老太太办事雷厉风行，短短的时间便帮我办妥了复读的手续，复读的学校正是我初中想考没考上的市重点。沾姜老师的光，也没有去专门的复读班，而是插在一个平均成绩十分优秀的应届班。

至今，我仍然感激姜老师那时拽我的这一把。

复读生活就是题海战术的枯燥，姜老师住在学校的家属楼，为了能让我有更多的时间复习，她每天中午安排我不回家，吃住就在她家，她和于老师每天除了去私立高中上课，就是辅导我英语。爸妈曾经问我要不要给点钱，不然于心不安，老太太还生了气，说给钱就不要来了。

当时想考河南大学的播音主持专业，除了要求本科线成绩还要有专业加试，姜老师特意又帮我找了市电视台的一位退休播音员辅导我的专业课。

大学毕业后，我到长沙工作，每年过年回老家总会去探望姜老师和于老师。老两口从来都是嘘寒问暖，说是老师，胜似亲人。

2015年的春节，原报社经历一场变故，我跟随一位领导到外地创业又遭不测，辗转沪上。本来在湖南成家就离开了家乡，因为工作又离开了湖南，回河南老家的次数减少了，对姜老师两口子的探望也随之中止。

好在，曾经加过姜老师外孙女珊珊的联系方式。虽然不能登门拜访，也会偶尔问问"姥姥、姥爷身体还好吗？"直到2015年的某一天，再次问候，得知于老师已于当年年初过世，现在都能回想起来当时听到这个消息时的难受。也就是从那时起，我不敢再问珊珊"姥姥身体好吗"，只是默默地关注着她的朋友圈。害怕看到什么，又坚持要看。

前两天值班，和同事说起今年中秋节教师节相遇在一起，脑海里姜老师的笑容愈发灿烂,真的是麻着胆子,十分忐忑地微信联系了珊珊:"珊珊好久不见,之前一直不敢问你,不知道姜老师现在身体还好吗?"

"哥哥好,我姥姥现在还在新乡,但是属于卧床状态,不太能下地了,保姆在陪着照顾。舅舅是一年会回来半年。"

瞬间泪水模糊了眼眶,有喜悦,有伤感。

今天9月10日,是教师节、中秋节,还是姜老师的生日。通了视频,姜老师还能认出我,还知道我去了湖南,她对我说:你胖了,原来是个长脸,现在圆了。

能不胖吗?您上次见到我的时候,比现在轻60多斤呢!

姜老师于我而言,"师恩难忘"四个字实属太轻。我曾经一度不太能深刻理解姜老师两口子这一辈老师们的想法。地级市重点高中特级老师退休,待遇自然不用说;老两口更是桃李满天下,有一年过年的时候去看姜老师,发现去看她的学生开的车从小区门口沿着路边一直排到学校门口。

对我这样一个普通学生,他们可以管吃管住管辅导,又不收一分钱;退休不去享受更好的生活,而是和一帮老伙计一起办了个私立高中发挥余热……

把学生教好,或许就是他们这辈老师毕生的追求。他们甚至都没有想过要去停下来休息,就这么一直教,教知识,教做人,教到干不动为止。

和姜老师视频,为她祝寿,镜头里还是20多年前那个我熟悉的环境。除了姜老师日渐衰老、于老师故去多年,家里的一切似乎都未曾改变，老式的家具、装修，甚至包括墙上贴的照片。

姜老师，祝您节日快乐、生日快乐、身体健康。

（2022 年 9 月 10 日）

李良荣：我爱新闻院

李良荣

我在复旦大学新闻学院（原新闻系）读书8年，教书40年，先后经历3处办公地。现在的院址坐落在国定路邯郸路交叉处，毗邻五角场，离五角场商业中心不到1000米，一个闹中取静的好位置。这处院址原本是很有名的轻工业专科学校，独门独户的院子，办公室、教学楼、图书馆、小礼堂、小食堂，一应俱全。2005年，当我们从文科大楼迁入现在院址，每名教师脸上喜气洋洋。当年新闻学院在文科大楼，办公室又小又暗。而新的院址，前是草坪，后是小花园，明亮宽敞。大草坪被直挺挺耸入云霄的水杉和郁郁葱葱的香樟围绕，一年四季，每天早晨，从邯郸路门步入新闻学院，不必深呼吸，香樟的浓郁融合着青草的淡香直扑鼻子，穿插着鹁科清脆的欢叫，迎接着每位师生的到来。办公楼的后花园那是花的世界，樱花、茶花、丁香、木槿、海棠、桃花、紫薇、美人蕉、凌霄、桂花、菊花，从春到冬或梯次绽放，或同时怒放。每天，我总穿越小花园去大学本部吃午餐，吃完饭再从小花园回办公室。我几乎每次都会坐在紫藤下，看着盛开的花，闻着花的香味，听着鸟的鸣叫,口福、眼福、耳福、鼻福,满满福气。尤其是每年四月初,紫藤花慢慢绽放,一串串垂下来,随着春风轻轻摆动,像一阵美少女舞动腰肢,跳着天鹅舞,婀娜多姿。李白有首诗,专写《紫藤树》:"紫藤挂云木,花蔓宜阳春。密叶隐歌鸟,香风留美人。"我对紫藤情有独钟,还源于儿时的记忆。我在家乡读小学时,教室外就是一架紫藤。看着眼前的紫藤,回忆着儿时的美好时光,家乡的小河、丘陵、海涂,儿时的玩伴,一股股暖流在心里流淌。

新闻学院一年四季都美,最美是春秋两季。无论是从国定路门还是邯郸路门进入新闻学院,都会经过一个庭院。庭院有3层楼高的玻璃顶棚,老师学生的影展、画展、音乐会、话剧在庭院轮番上演。到了春天,阵阵春风吹入庭院,三三两两学生一堆一堆悄悄谈论着,时不时有笑声传来。十八九岁的少男少女,在春风的吹拂下,搭配上五颜六色的春衣,红扑扑的脸庞,随风飘起的长发,那就是舞动的青春。迎面的春风和舞动的青春就相约在庭院。看到我进入庭院。"老师早"的问候声从四面八方传来,有些学生赶着上课,向我挥挥手"老师早"。有些一边喊着"老师早",一边蹦跳着,更有女学生冲着我笑,用苏州话嗲声嗲气地说:"老师,侬早呀。"有一回,我指导的一名研究生冲过来说:"李老师,我帮你把包包拎上去。"我脱口而出回他:"不用了,我还没七老八十。"说完自己笑了。我早已是过七冲八的老头了。只是在新闻学院,在充满活力的青春群里,老师都不会感到自己老之将至。我常常对我的学生说,如果说我给你们一些知识和经验,你们给了我青春活力。

就在春风与青春的相伴之中，我步履轻松进入办公楼。办公楼是四层的红砖小楼，不少中青年教师把办公室装饰得十分精致。而我的办公室原汁原味，也可能是全院最简陋的。两壁都是书柜，一张旧办公桌，一张小沙发，但这却是我最熟悉、最喜欢待的地方。除了外出开会讲课，我白天绝大部分时间都在办公室度过，学习着，思考着，探索着，交流着，创作着。并非我特别，其实院里的大部分教师都和我一样。经过他们的办公室，尽管关着门，仍然可以听到打字的嗒嗒声，轻声细语的讨论声，他们宛如在春天的田野耕耘着，播撒着种子。新闻学院的微信群里，几乎每天都能看到各位教师发表了论文，出了书，中了课题，获了奖。这就是耕耘的收获。

到了秋天，新闻学院逐渐变换了色彩，在蓝天白云的映衬下，院里的树木显得那么爽朗、挺拔、深情。当我下午6点左右准备回家，走到大草坪，凉爽的晚风扑面，西面的晚霞一片灿烂。晚风与晚霞就在大草坪上际会，每个人、每朵花、每棵树都沐浴在晚风与晚霞的际会中。尤其图书馆前的两棵银杏树，在晚风吹拂下，在晚霞映照下熠熠发光，泛黄的树叶悄无声息地飘落下来，一片一片直到铺满小道。银杏在整个夏天为我们遮蔽烈日，到了秋天，又为我们铺就一条黄金小道。秋风里，我总会从顶到根打量，看着银杏树叶飘落，总是久久向它行注目礼，道一声辛苦。迎着晚风，在通向邯郸路的道上，常常忽然间有一只斑鸠飘然而下，落在我前面。在新闻学院丰富食物的营养下，到了秋天，斑鸠又壮又胖。它大模大样，摇摇摆摆在前面走着，小脑袋一伸一缩,左顾右盼,仪态万千,似乎在为我引路。"你好,你真漂亮。"我轻声地夸奖这只斑鸠。它似乎能听懂我的赞美,摇晃得更起劲。猛然,一只云雀一声尖叫,竟从我头上掠过,又直冲高空,惊出我一身冷汗。云雀、斑鸠都已不见踪影,留给我的是微笑。

走出邯郸路门口,那就进入另一个世界。我下班一般会坐公交车回家。从邯郸路门口到五角场公交车站就500米左右。那500米说是景观大道也不为过。街上,华灯初上,各种霓虹灯流光溢彩。飞驰而来的车流都亮起了灯,连成一线,成了绵延不断的火龙。人行道上,从我身边擦肩而过的美女帅哥,目不暇接。春天里,茶花、蔷薇、凌霄、紫薇从小区铁栏杆里争先恐后伸出枝叶绽放,一片片红艳艳。而到了秋天,金桂银桂,暗香浮动,看着、听着、闻着,醉了,一天疲劳都去了。

这就是我们的新闻学院,年复一年,日复一日,看花开花落,云卷云舒,静静地守候着岁月,平平常常,却依旧精彩如歌。生活是美好的,在新闻学院生活更美好,工作着是幸福的,在新闻学院工作更幸福。我常常想起顾城的诗:

> 草在结它的种子,
> 风在摇它的叶子,
> 我们站着,不说话,
> 就十分美好。

一切顺其自然。让世间的人与物都自由自在地生活着，成长着。这就是我们追求的美好生活。

（文章原题为《我爱新闻院——2022年教师节前夕献给系（院）友们》）

（2022年9月1日）

总念叨"随手关灯"的父亲

何 杰

周末上午,我正在卫生间洗衣服,搓衣板上泡沫翻飞。爱人走进来反问:"怎么没开灯,这么暗能看清吗?"我反问,"大白天的,开灯多浪费电。"爱人回呛:"都是 LED 灯泡,就算点亮一年能费几度电。我看你是人到中年,却提前患上了随手关灯的老年病。"

是啊,这句"多浪费电"曾是父亲最爱的口头禅。一转眼,他离开我们已经四年。父亲的一生,多数时间沉浸在焦虑迷茫。20 世纪 90 年代的下岗潮,让身在东北的他,丢掉了国企的"铁饭碗"。

曾拥有中专学历、自视好读书的父亲,始终拉不下面子,不愿意接受回厂看收发室的职位。就这样,一拖再拖、年复一年,他成了被时代剩下的人,一无所终地困顿于家庭的琐碎。

夫妻同在一个屋檐下,融洽生活的前提是平等相待。彼时,全家收入的担子都在母亲身上。时间久了,话语权的天平不免发生了倾斜。无法实现开源的父亲,将目光盯向了节流。他应对金钱焦虑的办法,是奉行"省钱就等于赚钱"的理念。

于是乎,久居在家的他变成家里的"灯官",每每看到"人走灯开",立刻熄灯省电。数着捉襟见肘的退休金,几毛钱的涨跌,足以引发父亲对菜价的敏感,他也极不愿外出就餐,总觉得性价比低,让孩子们花了冤枉钱。

父亲在世时,很喜欢作家黄灯的一段话:"并非所有人都渴望过上刺激而又风雨飘摇的生活,并非所有人都渴望建功立业。更多时候,他们内心只有一个小小的心愿:希望有一个小小的角落能够容下他们过上一种安定的生活。"

对省钱的执念、对安定的指望,是"随手关灯"的父亲最大的期盼。这一点,前几年的我,并不理解。当初,我也是冲动型消费的一员。犹记得,电影《最爱女人购物狂》中有一段台词,"在高压都市,人人有压力,人人都有病"。购物只是宣泄情绪的手段而已。收快递的快乐,一度被视为疗愈情绪的自我调节。

年少轻狂的我,曾对父亲的节省不以为然,更不理解他的小气。人到中年,与荷尔蒙一起衰退的购物欲,让我与原生家庭的消费观握手言和。

当然，有心攒钱，"随手关灯"只是入门级的段位。在豆瓣小组"抠门女性联合会""丧心病狂攒钱小组"中，几十万成员每天分享省钱的窍门——有人坚持非刚需不购买、拒绝无用社交；有人练就掌勺绝技，很少出门就餐；有人从网购"买买买"到薅羊毛、攒积分兑优惠券；有人从奶茶自由变成自制奶茶的巧手……

我也向年轻人"偷师"，掌握了不少省钱窍门。比如，管什么张小泉、王麻子，一把好用的菜刀足矣，没必要追逐大牌刀具；又如，厨房小家电除了占用空间、"刺破"钱包，对提升厨艺毫无帮助，一锅一勺也能搞定全家伙食。

多年后我终于明白，父亲的"抠门"不是因为他自己，而是因为他时时能感受到肩头的重担。这份心情，或许只有当我们也扛起整个家庭时才能真正体会到。

好在，孩子比我懂得早。前几天，我带"10后"的儿子逛超市，他绕过饮料冷柜，头也不回地说："妈，咱还是回家喝凉白开吧。"谁说"后浪"不会过日子呢。

（2022 年 7 月 28 日）

父亲突发脑梗，我却不在身边

康 森

4月底的一天，正在开会，突然收到二姐来电，挂掉，回微信，"正开会"。对方回"大概多久"，顿感事情不妙。

平时跟家里联系，以我打电话居多，二姐很少主动打给我，且此番又微信追问，事情很不简单，心里有些慌。

尽管对面就坐着单位一把手，还是没忍住，走出会议室，拨通二姐电话，连问"怎么了"。果然，正如我担心的，父亲身体又出状况——突发脑梗。确切说，是第二次犯病。此时两个姐姐已拨打120，救护车在来的路上，给我打电话，一是通知我父亲生病的消息，另外知道我在县医院有认识的朋友。

我赶紧给朋友打电话，朋友很重视，第一时间就联系了急诊，并提前去急诊科等我父亲。父亲很快到达医院，做了消栓手术，并办理了住院手续，当天就在医院住下，二姐陪护。

当天下午，大姐告知我，消栓手术很成功，没有出现意外。悬着的心放了下来。可随后几天，才觉事情不妙，父亲的病情在加重，去时还能勉强走路，三两天后，身体另一侧已不能活动，恶化到偏瘫程度，且肺部已发生感染。

父亲老来得子，40多岁才生了我，我30岁出头，父亲就已年届80。母亲去世后，父亲是我唯一的牵挂。前两年父亲大病一场，后积极治疗，恢复效果不错，但我还是一直担心疾患会再次找上他。其实我心里很清楚，毕竟年龄到了，什么都有可能随时发生。

不好的情况迟早会来，但我希望它能来得慢一些，再慢一些。

我知道，留给我尽孝的时间不多了，即便父亲成功闯过这一关，我还能陪他走多久呢？母亲在世的时候，没有享受到我的任何福利，而之于父亲，情况可能也好不到哪里去。我在北京什么都有了，给他们争足了气，但也几乎永远地失去了报答他们的机会。

由于疫情，我暂时无法回家。在这种情况下，我能做的只有出医药费，陪护父亲的责任就落到两个姐姐头上。不能在病榻前亲自侍奉父亲，我心中自然满是遗憾与愧疚，但好在还有姐姐可以依赖。每一次家庭的艰难时刻，都是她们在咬牙坚持。

唯有亲人可托付。两个姐姐在医院轮流住了下来，这对她们而言是一个不小的挑战。父亲卧病在床，吃喝拉撒需要她们亲自操持。而她们家里也都有几岁的孩子，还养着为数不少的家畜，姐夫都在外打工，家里的营生沦落到无人照料的地步。但没有办法，此刻，她们就是父亲唯一的依靠。

在家庭的危难时刻，我很庆幸，还有姐姐为我承担责任，替我冲锋陷阵。这或许就是亲情与家庭的意义吧！在家庭的危难时刻，我们构成了更加温情脉脉的共同体，相互扶持，相互分担；每个人的心紧紧地贴在一起，彼此牵挂，彼此依靠。

这种牢不可破的亲情,支撑了家族连绵不绝的香火,也给了每一个家庭成员无穷的力量,指引我们勇敢地奔向远方。

百年未有的疫情,改变了很多。由于职业原因,我平时关注的往往是那些宏大的东西,全球化潮流、大国地缘冲突、国际经贸往来……但当真实的事件发生在我身上,才更加深刻地体会到,那些身边的亲人,常备的亲情,才是生活的永恒。

或许诸君也已经发现,为了应对共同的危机,人与人的关系更近了,大家彼此都多了些牵挂,多了些担忧,在外游子更增一丝乡愁。这本质上也是一种传统社会关系的回归吧。就像贾雷德·戴蒙德所说的,回归传统是我们抵抗疫情的良方。

父亲已经出院回家,姐姐们为了照顾方便,干脆也"搬了家",带着孩子轮流"驻扎"在我家。没有她们,父亲该怎么办,我该怎么办,真的不敢想象。

这次疫情期间,跟我有同样经历的可能不止一人。但我想,如果通过疫情,我们能重新发现亲情,重新构建更加团结和睦的家庭关系,这也是疫情之外令人稍感欣慰的"收获"吧。

(2022年6月6日)

寻找上海人郑计

卢小波

女儿在上海工作这两三年，我们常劝她回厦门。奶奶每次听到就说："傻瓜才回来，上海多好呀。"爷爷总会补一句："那个郑计，还能找到吗？"

郑计是上海人。对我爸妈来说，他代表着一个值得感激的上海。

1973年夏天，爸妈带我去上海求医。那个年代，别说互联网，连电话都还没有普及呢。在上海，我们不认识任何人，要住在哪儿，找哪个医院，该怎么办？近50年之后，我以一般的处世原则，推演了几遍，还是觉得爸爸的办法，以及后来的际遇，太神奇了。

那年，爸爸在县级人民银行的基层网点上班。当时可没有六大国有银行，全国主要就是人民银行，职能跟现在商业银行差不多。银行后台有一块业务，叫"联行往来"，即各地银行在划拨资金时交换往来账务。具体操作，就是互相发送账单及所附凭证。账单装在印有宽红边的信封里，通过邮政局挂号寄送。

爸爸向做联行业务的同事打听，我们跟上海往来多不，认识什么人吗？也就是顺口一问，结果有个同事笑着说："我知道上海那边，有个叫郑计的会计，不过没见过真人。"

我爸当然知道，他不可能见过对方。郑计这个人，就是账单上一个扁扁的红色小印章而已。对县支行来说，往来账目不少，但上海的账务不多。我猜，是郑计这个简洁务实的名字，容易让人记住吧。

总之，爸爸想办法联系上了郑计。20世纪50年代有"笔友"，如今社交平台上有网友。郑计在当时，什么"友"都不算，在未见面之前，只是一个抽象的承诺者。

郑计温文尔雅，总是微笑着说话。爸爸只是想麻烦他指指路子，推荐个招待所，介绍个医院什么的。有个熟人好办事啊。没想到，郑计一见面就说："走，住我家去。"爸爸吃了一惊，立即推辞："那怎么行，随便住哪里都行，就是不能住你家，我们是一家四口啊。"弟弟不到3岁，也要看医生，爸妈是带着两个孩子一块来的。

郑计很坚决:"为什么不行,明明家里可以住,没道理要住在外面。"他提起地上的一个行李包就走,爸妈几番推辞不成,一家人只好跟着走了。

辗转来到一条旧街道,路面铺着石块,街两边是木板门面房。郑计的家在二楼,沿木梯转上去是屋子,咯吱咯吱的木地板,家具不多。一楼有个烧水的灶,不断有人拎着暖水瓶来打水。后来我才知道,那叫老虎灶。

郑计说,这里生活很方便。我老婆带着女儿在郊区上班,周末才回来。你们就安心住着。这段时间我在办公室先凑合。忘了在他家住了多久,中途我还到儿童医院住了几天。

记得有个周末,郑计太太带着两三岁的女儿回来了。爸爸讲:"这也太不好意思了,我们马上搬去招待所。"郑计说:"搬什么搬,简单得很啊。中间拉一道布帘,大家都睡地板,男的统统睡一边,女的睡另一边。这个办法不要太好啦。"他那个表情,像小孩子过家家一样,特别开心。

说实话,我至今也不甚理解,郑计何以如此热情待人。那么多人挤在一间,晚上起夜还没有卫生间,用的还是木马桶。回想起来,人的善意、隐私和界限,确实是不能脱离年代感的。

之所以讲起马桶,是我记得,每天一早就在窗口看到,有人拖着箱型人力板车,一路喊着收粪。家家户户都有人拎着马桶出门。接着,整条大街上,人人埋头刷马桶,洗刷刷之声,响彻天宇,蔚为壮观。

那段日子,郑计把我们当成了远来的亲戚。他还带着我们一家，去外头吃饭，去他单位参观。郑计的上班地点在外滩，那个银行的营业厅，布局像民房的天井，柜台环绕在四周，二楼也是一圈走廊，栏杆后是办公室。疫情之前我去上海，特意在外滩找了找，可惜没能找到。

这些事情，讲起来平淡如水，但爸妈每次提起，就仿佛有一片光笼罩着他们。我那次在外滩，边回忆边找那个旧址，也有同样感受，就像再次路过了温暖与明亮。

要离开上海了。那天一大早，郑计就领着我们出门，去照相馆合影留念。那是我和爸妈的黑白照片中，笑得最厉害最忘情的一张。那个照相师傅无比敬业，非要逗到所有人开心，才肯按快门。没料到，我弟弟不识逗，坚决不肯笑。师傅拿着一只橡皮黄小鸭，手舞足蹈，像个滑稽演员，把我们的上海之行，推到了欢乐最高潮。

分别之后，我爸与郑计还保持着书信往来。后来，我们连着搬了几次家，把地址给弄丢了。就这样，郑计遗憾地消失在时间与人海之中。

爸爸今年93岁了，眼底黄斑变性，听力丧失大半，还换了人工关节。这个状况，让他更易陷于往事之中。一提到上海，爸爸总是满脸感激："还是应该找到郑计啊，再说一声谢谢。"

法国伦理学家安德烈说，感激是归属于喜悦的一种感受。感激是对过去的爱，是对存在过的一切的愉快回忆。感激是爱之上的爱，快乐之上的快乐。

这段时间，我一直关注上海的疫情，愿郑计一家，一切都安好。如果我们能隔着遥远的岁月，亲口对郑计说一声谢谢，那该有多高兴啊。

（2022 年 4 月 27 日）

相逢一笑泯恩仇是一种境界

伍里川

酒桌上，好友C和我说起，被好兄弟"背后捅了一下"，好在经过努力，没被坏事。

我一时很难相信，我见证过他们持续了十几年的友情，有时还一起饮酒絮话。那位给我的印象并非机关算尽的人，相反，其庸碌不敏，工作多年仍居于"食物链末端"。

难道年轻时坚贞，奔五时倒经不住考验了？

但好友C说出的事实，我没办法否认。此事源起单位内部的系列调整、变故，个体裹挟其间，无法淡泊。大约为了保住自己的利益，那位做出了损人利己的举动。这似乎也印证了没有永远的朋友，只有永远的利益，但好友C依然被这条至理名言的人间"显灵"弄得心情萧索。

我一边劝着他想开些，一边想到的是，我们这些两鬓染白的大叔，如果没有过被"捅"的经历，似乎就不能说人生"圆满"。

此类事，我年轻时自然遇见过。当时一心向前冲，追求荣耀，被绊了脚自然悲愤难抑。但20多年下来，留在心底深处的痛感，竟也消失得差不多了。

我们这些笨拙的人，人到中年，延续亲密情感，得用上比年少时更大的心力。因为一路走来，"走着走着就散了"和"割袍断义"大抵发生过，于是对人生下半场硕果仅存的三两知交分外珍视，在猝然遭到亲如兄弟者的暗箭时，也就格外失落。

但疗伤之法，并非只有时间消磨这一条。

有位大哥，与我亦师亦友多年。他曾在单位身居要职，对部下关爱有加，且素来光明磊落，从不去做那些蝇营狗苟、拉帮结派的事。春风得意时，兄弟间各自安好，可当乌云来袭时，身边的各色人等也就各显立场。其间，一位老部下对他做了些在我看来挺可耻的事。

多年之后，他组局吃饭，请了我。到场一看，那个老部下也在。我顿然不爽，饭后埋怨他怎么忘记了当年的事。他说，有些事不可能忘记，但我们要学会原谅别人。

我不解，如果背叛都可以原谅，那还有什么不能原谅？大哥说："我能原谅，是因为他也是为了生计自保。我们可以不负兄弟，但我们不能要求所有人都能在巨大的考验面前坚持君子那一套。"

后来，他还劝过我和一位被我视为"有负于我"的人和好。起初我坚决不同意，他就给我一句话："你要包容人家有不得已的苦衷，况一切都是过眼云烟，少记仇，多记得别人的好。"这话我听进去了。事实上，我也反思过自己，对别人是不是有点苛刻？

有人说，人性经不起考验。问题是，我们为什么总想去考验别人的"忠贞"？

当我们坚持认为某人背叛了自己，确实有因其品性不端而诱发不良事件的可能性，这是最难以宽宥的。但也存在这种状况：我们固执地从自己的利益立场来丈量对方的言行，从而得出灰色的结论。你如此观察，对方也如此揣测，遂产生裂缝。而这并不公正，也许换种心境就不一样了。

我的父亲年轻时，在医院里也有一二好友，平时能互相帮衬，过年时能互相拜年。可他也曾跟我说过，自己年轻时先人一步取得进步后，意想不到的被某位好友"忌恨"，在领导面前说过一些怪话，令他心寒。此后他表面装作无事状，内心疏远。

然而30多年后，我的白发父亲却常常和我说起，他和这位好友偶有联系，倘见面必嘘寒问暖。

当人生进入暮年，一身烟尘抖落殆尽，功名利禄早已放下，一颗心空落淡泊下来，也许就能把当初装不下的东西妥妥装下了。此时，评估他们还是不是朋友，又有什么意义呢？

生存不易，相逢一笑泯恩仇，这才是做朋友的最高境界啊。我和好友C不知道还要坐多少回老酒馆，经几番风霜，才能从容迈入。

（2022年2月28日）

消失的父亲

孙小方

看过一部电影——《消失的情人节》,剧中有一个父亲,一个逃跑后来索性消失无踪的父亲。

他有三个孩子,内心却拒绝成为一个合格的老爸。某一天,他离家出走了。本来想跳楼,但狠不下心,结果没跳成,但再也不想回去,于是开始流浪。一家人找了他几个月,后来只好放弃。阿妈讲,一个人真的存心要躲你,你是怎么找也没用的。她的话里还有一层意思:这样的爸爸,找回来又有什么意义呢?

这种阿爸,电影里看看还好,生活中,摊上的子女恐怕都要在心里怨嘴上骂。

让我想到自己的父亲。说起他,心里常会念起一个常见的场景:某日午后,下雨,我要出门应酬。年近80的老父亲,自己做并吃完了午饭,照旧沙发上小憩,猫咪在他身边转悠。某种角度而言,相比时常不着家的我,猫咪小滚更像他的儿女,而儿子总在"消失"。

最近20年,绝大多数时间,他都是一个人过。我很少在身边,明明有落脚点，偏要当无脚鸟。我不常在身边这件事，他绝少反对。老头特别乐天知命，他大概从心里觉得我就该到处讨生活，待在身边一定会变成一块停走的老式机械手表。

最近两年，他也会小心询问我又要去哪，别一离家就是十几天。他说不要活得那么辛苦，能少出去漂就少出去。

我有时候想，预设他足够乐天，我是在给自己的时时"消失"，找了个好听的理由。

他普通得不能再普通，像所有中国式普通父亲一样，小时候老揍我。揍我的原因我一概不记得，只知道那时候很恨他，总想着等自己长大了，一定要找回公道。直到有一天，他又要拍我后脑勺，我一把拉住他手，较了一把劲。从此，我们彼此知道，以后他不能再像以前那样打我了。

我怀疑，很多男孩子的成人礼，就是父亲发现打不动他的那一次。

电影里那个消失的父亲，他的梦想是画画。他逃跑，有一层原因，是想在有生之年，能够自由自在地去追寻一把梦想。人间蒸发很多年后，很可惜，他也没有成为什么画家。

我家老头有什么梦想，我不知道。他干了一辈子的绿化养护工作，从一线的工人干到了办公室，又在办公室干到退休。退休时的身份是高级技工，经常洋洋得意地说差一级就是干部。

他们那一代人，从孩子到成家再到生养孩子的这些年，面对的是窄小封闭还支离破碎的世界。如果要说梦想，梦想也许就是平平安安，按照普通人应该有的轨迹生活吧。

所以，他们碰到任何事，选择总是倾向于保守。具体的表现就是，不肯花钱，尤其不肯为自己花钱，像忧心寒冬将临的松鼠，永远都在为未来储蓄。以前，我会责怪他，何必过得那么紧？现在逐渐明白，以前是我不懂，也懒得懂他。

最近两年，父亲视力下降了，起夜上厕所的频率也增高好多，糖尿病依赖药物。问他，他说也没什么不好。老人的身体像海边的沙塔，风一起，每秒都在消失。这是一种天注定，害怕也没有用。

终于有一天，像一个悲伤的魔术，父亲突然消失了。不是电影里那个逃跑的父亲，而是真的离开了世界。

整理他的东西时，找到一个小本子。打开，本子上的日历还是 2002 年的，以日为单位，记着一些财务信息。那时候，我家在装修，他在本子上记账。除此之外，还有好几张草图。有安装抽水马桶的图，还有其他的管道排设图纸，像标准工程图那样严谨而准确，甚至标注了螺丝钉的尺寸。

这些图突然莫名地击中了我，因为我绝想不到父亲还有画图的本领。画画的人明明曾和我很近很近，但又像离得很远很远，那是父亲的世界里，一块我从未曾接触过的角落。他说不定也有过成为工程师或者建筑师的梦想，只是我不知道罢了。这种陌生感，让我深感内疚。

　　我想，我们的父亲正在逐渐消失。他们的故事、秘密，将在时间长河里，化为永远的谜。

（2024 年 2 月 22 日）

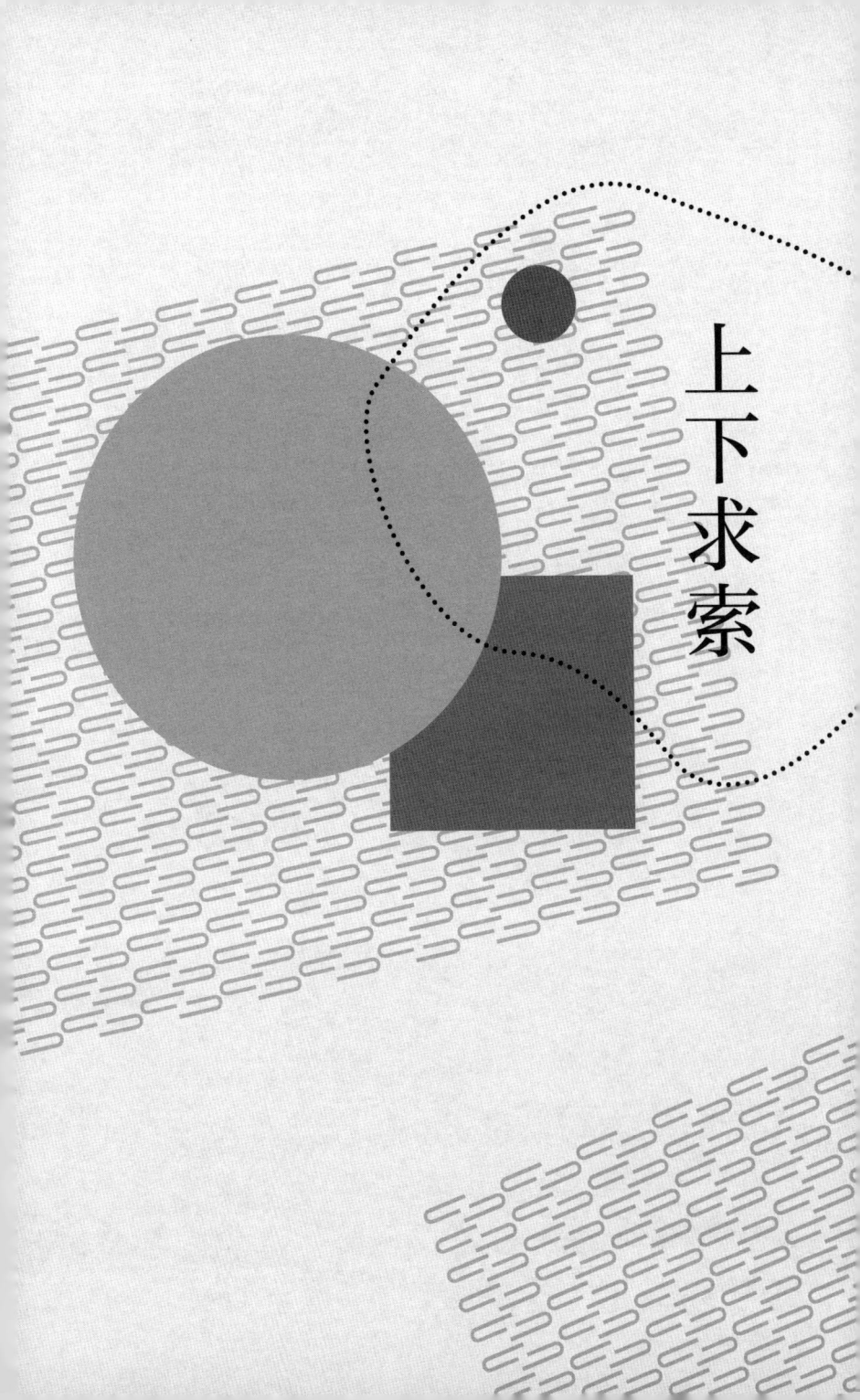

上下求索

至人无梦

刘文涛

睡眠是一道旋转门。呼噜一响,就是另一个世界——梦里的世界。梦里的世界当不得真,但偏偏人生三分之一的时间要拿来睡觉,这一睡就免不了做梦。

按中国传统文化的浪漫说法,做梦又叫"见周公"。这个周公,历史上确有其人,赫赫有名,还被奉为"第一位圣人"(说法不一)。"梦周公"的典故,出自孔子语录《论语·述而》:"甚矣吾衰也!久矣吾不复梦见周公!"意在表达对周礼的推崇和对周公其人的敬仰。经后世演化,人们渐渐把睡觉说成"见周公",还假周公之名撰出了《周公解梦》一书。

受《周公解梦》的影响,在现代人的心中,"见周公"仍多少带一点神秘色彩。很多人相信,梦总与现实有点关联,暗示或预兆着一些不同寻常的事情。

我有一位年轻朋友,正在忙着找工作,有段时间总梦到大水漫山,时日一长,心生郁结,于是,便去网上求解,去庙里解、去观里解、去找长辈解,去找算命先生解……结果,就属医生解得最准——神经衰弱。

严重的神经衰弱需要药物治疗，但和很多疾病一样，药物往往治标不治本。如果说多梦是"标"，那"本"是什么呢？依照西方弗洛伊德的说法，梦是潜意识压抑的欲望。那这"本"就是白日的未竟之志，或者说是因无法改变现状所压抑的情感。

我个人的经验是，岁数越大、经历越多、憾事越多，做的梦也就越具体、越古怪、越让人如鲠在喉。但医学临床上，神经衰弱却多见于年轻人。可见，现代社会年轻人压力之大，一点不亚于中年人。

前不久，刷到一个视频，晚上 10 点 40 分，晚班地铁上的年轻北漂个个满脸疲惫，甚至有人顾不得形象地瘫坐在地板上，用一位网友的话说，"感觉大家都憋着泪，随时都能哭出来"。

回到家，他们应该会倒头大睡，为疲倦的身心回回血。但事实上，很多人是划手机到凌晨，然后在白天累积的压迫感和种种浑浊的情绪中睡去。生活一团糟的时候，在抽象的梦境里也很难有一件称心如意的好事。期待他们做好梦是不现实的。

颠沛流离就容易惊悸不宁，忧惧过多就容易夜寐多梦。对工作生活短期内没法实现大改变，就需要一点随遇而安、落地扎根的本领。

说到底，解不开生活的"死扣"，也就找不到解梦的"活扣"；解开了生活的"死扣"，梦不解自开。我那位执着于解开"大水漫山"之梦的年轻朋友，吃了很长一段时间的药，后来终于找到了工作，病很快就好了。即使偶尔做梦，也不再那么沉郁。

这并非个例，也不是心灵鸡汤。现代医学早已证明，意识、心理因素能够对人的健康状况产生重要影响。

有个成语"至人无梦"，说的是品德高尚的人，不会做想入非非的梦。期待人人都达到这种境界，是不现实的。我们能做到的或许是，在杂乱繁忙的工作生活里，多留一点放松自己、成全自己的时间。心情舒畅了，梦魇就少了，一个更有生机活力的身心也就不远了。

（2023 年 3 月 3 日）

不亮不行，太亮也不行

卢小波

有个夜晚，太太刚进门就说，今晚外头怎么这么亮？我到窗口一看，果然，已是晚上10点钟了，却像六七点钟的夏日黄昏。我解释说，这是因为云层太厚，城市的灯光太亮，从云层上反射回来的效果。你以后注意看，凡是阴天的夜晚都是这么亮。

卓别林有一个爱情片，叫《城市之光》。我笑言，这也叫"城市之光"啊。

我不想透露自己的年龄，但我经历过火把、蜡烛、煤油灯、白炽灯、LED灯，以及遍地"夜景工程"的年代。听起来，我是个老人，似乎还是长寿老人？

年轻人，你错了。前一段，我跟一个"70后"同事聊天，谈起使用"马灯"的经历。他笑了笑："我用过呀。"轮到我吃惊了，赶紧问，你怎么可能用过？答，小时候，就在闽东乡村，也没有通电啊，能源可不就是煤油嘛。

美国社会学家安德鲁·阿伯特说，过去200年中，任何一个活到五六十岁的人，都不可避免地经历了三次或四次社会重大转变。

这些人都认为,他们自己所经历的变革是最伟大的。但他又说,历史的变迁和过渡是连续的,放在一个很长的时间段看,也不见得有多么独特。他举例说,1933年的德国,有四分之一的人经历过俾斯麦担任总理的时期。更不要说,这些人还经历过一战和帝国的分分合合。

我的理解,他是在说,时间似乎是快的,但历史似乎又是慢的。五六十岁,或年龄更长的人,方能深刻体验这一点。

有一本关于牛顿的传记描述17世纪的大城市——伦敦,忽明忽暗的火苗和灯笼,是仅有的人造光源。除非月亮露脸,否则漆黑的夜晚极其危险。小偷和强盗横行街头,警察要到遥远的未来才会出现。敢冒险外出的人要自己提着灯笼,或是雇用一个强壮男孩,手持用油脂浸泡过的绳子绕成的火把,照亮路面。当时的谋杀率之高,为今日的5倍。

想想我小时候,在沙县偏僻农村(就是沙县小吃的那个沙县)。在20世纪70年代初,除了治安以外,夜间照明比300多年前的伦敦,也好不了太多。没有电灯,用的是蜡烛和油灯。

当年的课本和学生作文,经常有一句话:"在一个伸手不见五指的夜晚里……"每逢没有星月的阴天,黑夜之黑,确实让人感受到伸手不见五指的可怕。

记得有个夜晚,我站在田埂上,大团的云突然飘过来,连稻田的水面,都反射不出光线。像个黑色大锅扣在头上,我一步也不敢向前迈。还有一个黑夜,我是摸着路边石墙回家的。那一路石头给手带来的粗糙摩擦之感,我猜就是盲人的感觉。

那时当地农民用不起煤油灯,跟17世纪的伦敦人一样,照明靠的是火把。邻居的男人们,有一整套以毛竹片制作火把的流程,先把竹片捆成一把,放在石灰池里泡,后又放进水塘里浸……我还小,不可能记得这一整套工艺,但很清楚地记得,这些叔叔"秉竹夜游"的情景。竹子做成的火把,无烟且耐烧。竹火把插在厅堂的墙上或屋梁上,就是全家唯一的光源。

那么,县城会好得多吗?有个朋友,年纪比我稍长几岁,住在沙县县城不算很边缘的区域,也一样没有电灯。他说,直到1968年,全家人一到夜里,从这屋到那屋,手里都得半捂着一根蜡烛走动。由此而言,我朋友9岁那年,跟300年前十几岁的牛顿,在夜间也差不了太多。

如果穿越回当年当地,无论是谁也无法想象,有人在未来,会为这个世界过于明亮而烦恼,会跟滥用光明的人做斗争。

有医学家感慨地说,当今几乎所有城市人,从出生到死亡都在明亮的灯光中。甚至在临终时,在陷入永久黑暗之前,也要暴露在病房刺眼的光线之下。

有个朋友参观了某大品牌的养鸡场,回来后说,你知道那些鸡,为什么长得特别快吗?养鸡场晚上是不关灯的,鸡在夜里也不停地吃吃吃,才可以尽快进入屠宰程序。

前些年,到处大搞"夜景工程"。我们小区进门处,三棵大树也被打上了夜景灯。从街面看进庭院,果真是好看了。在有层次的景观灯照耀下,三棵正值盛年的大叶榕,就像三个肌肉发达的小伙子。可是我心疼,几次找物业投诉,人要睡觉,树就不需要睡觉?让你天天开着灯睡觉,你的身体能受得了?终于说服他们,给大树熄了灯。

去年的川藏之旅,一路想着,要好好看看璀璨的星空。到了巴塘后,黄昏时我和旅伴一起,温习了手机拍星空的白平衡参数。按照内行驴友的指点,夜里开车出县城好远,准备去欣赏高原的星空。天是够黑的,我们停在路边的空地上,把镜头仰对星空。可是,深夜的318国道,远近流动的车灯,依旧一闪一闪。

于是,跨过了一条河,远离了国道干线,远处的村庄也安详静谧。这下总行了吧?可我们才把镜头架起来,一道锐利的强光,就从数百米外准准射来,伴随一声远远的喝问:"你们是干什么的?"我后来上网查了查,这种强光手电筒的性能,都是冷光源,使用寿命是10万小时。人类的光明,真是无远弗届啊。

不亮不行,太亮也不行,人类为"光明"所苦久矣。据报道,目前,全球建立了21个国际黑暗天空保护区,意在避免光污染。

国际暗天协会划定的标准,是在700平方公里范围内,没有人造炫光辉光,保持星夜质量和夜间条件。

人类艰难地从黑暗中走出来,现在又要费尽心力,在物理空间上保护黑暗天空。我自己,也是从"黑暗"走到"光明",但又时常向往"黑暗"。人与文明的过犹不及,恐怕远不止这一点。

(2023年3月29日)

自己发现一本书的重要性

沈振亚

我要说，自己发现一本书的感觉，很棒。有时你甚至会确信，这本书就是为你而写的。

20世纪90年代中期，你可以理解为1994年或者1995年，我在南京的一家小书店，看到了作家出版社出版的一套米兰·昆德拉作品系列，很快被其中的文字所吸引，加之价格也不算贵，就全部买了下来。那年暑假，我是在反复阅读昆德拉作品中度过的，也记住了其中两位译者景凯旋、徐乃健的名字。

这种纯粹的相遇有点猝不及防的意思，至今想来都是一件很神奇的事。在此之前，我完全不知道有昆德拉这个人，也没有看过他的任何作品，甚至没有听人说起过。但只要读上那么一两页，你就完全被他的作品所吸引。

昆德拉认为小说是探讨存在的可能性的艺术，他说"小说的精神是复杂性"。对于他的小说观和写作，不少人可能并不认同。有的人就很看不惯在好端端的叙事中突然插入一段议论，认为这会破坏小说的整体性。在昆德拉这里，这些都不是问题。他有一本自己的小说史,"重新为小说立法"这种说法,放在昆德拉身上是合适的。

每个人或多或少都会受到自己所喜欢的作品的影响,尤其是那种你自己发现的作品,自己发现的作家。比如我有一种观念就深受昆德拉的影响。在《生活在别处》中,昆德拉嘲讽了一种"生活得越多就生活得越好"的现代观念,"他就这样从一个梦到另一个梦,于是相继体验许多不同的人生;他居住在不同的人生中,从一个跳到另一个"。我过早地认识到,一个人即使走过千山万水,也不一定比在上班路上的5分钟更能领略人类精神的惊涛骇浪。

生活不在别处。就在此处,就在每天你所经历的日常中。

当我有一天向昆德拉作品的译者之一景凯旋教授讲述与昆德拉作品相遇的过程时,他露出一种矜持的微笑,意思大概是,"那我的工作没有白做"。

与昆德拉作品的相遇具有某种命运特征。在此后,1996年发现王小波的《黄金时代》,1997年发现村上春树,1998年发现哈耶克——我说"发现"并不夸张,在读到他们之前我对他们一无所知,也在某种程度上与发现昆德拉类似。除了武侠小说,它们共同构成了我青少年时代阅读的主要文本。

网络购书兴起之后,那种与相契的作家作品猝然相遇的场景就基本不存在了。很多时候,我们靠着一篇篇的书评在买书。书评具有两面性,既是精神产品,也是广告。好的书评对于理解作品具有不可替代的价值,但那也少了自己探索的乐趣。

最近几年,我基本上靠着某本书、某篇论文的注释、参考文献或附录，按图索骥买书。好处是不会买到太烂的书，坏处则是很大一部分书让人觉得索然无味，很难突破我的期待。网络购书方便，但与去实体书店相比，始终觉得隔了一层。

我始终觉得，一个人在精神发育的过程中，必然要有几个自己发现的作家、几部自己发现的作品。这并不是说别人不知道这些作家，或者从未提及过这些作家，而是说，在你既有的精神视野内，这些作家以前从未出现过，或者他们的某部、某篇作品你从未留意过，这些作家或作品的出现，一定程度上改变了你对世界的认知，颠覆了一些经年累月的成见。

当然，并不是所有的相遇都会有完美的结局，分道扬镳反而是常态。常读常新的经典毕竟只是少数，多的是刚到及格线，或者及格线以下的读物。也有初遇惊艳，过几年随着环境变化、自身成长、心境有别而觉得泯然众人的作品。即使如此，阅读依然是一件美好的事，阅读中的相遇，尤其是独自发现一本书的美好，依然值得感恩和铭记。

（2023年4月11日）

渴望山野的城里人

牛东平

小时候我曾有过一段"怪力乱神"的时期，大约在六七岁以前。当时我们一帮毛孩子，总觉得附近山林里藏着神秘莫测的怪物，实在是好奇难耐，可又谁都不敢靠近，整天只能徘徊在四周起哄，一惊一乍，体内像是有春雷在涌动。回想起来，那感觉刺激又甜蜜。

我至今都相信那是一种出自身体，也栖居在身体中的原始想象力。在那个年纪，意识还没有彻底独立出身体而存在，它俩还粘连在一块，所以我大致还处在身心合一的晚期。不过这感觉后来就慢慢消散了，我开始变得理智。

很多年后读起《山海经》，有点恍然大悟。里边的山经部分罗列了各种大山，光怪陆离，奇鸟异兽遍布，几乎就是童年时代魂牵梦萦的那个蛮荒世界。那个时期元气淋漓，想象力漫无边际，而那种状态也经常被人们称为童趣，我想《山海经》诞生的年代，在历史上大致也属于人类的童真时期。

到了20世纪，意大利作家卡尔维诺写了本小说叫《看不见的城市》，体例与《山海经》很接近，只是焦点从山林变为了城市，各种城市目不暇接。不过城里已经是主客二分的成人世界，理性与逻辑主导一切，这大概是人类历史上的成年时期。时过境迁，不论从空间上还是从时间上来看，我与山林都被重重城市远隔。

但我一直有个愿望，希望能定居在一个下班后很快便能溜进山里的城市。这是我心中宜居城市的重要标准，城小而与山接壤。《论语》中讲，仁者乐山，对我来说，山是一种生活刚需，实现进山自由，是我的执念。

《韩诗外传》对仁者为什么乐山有过解释。它说山之所以被瞻仰，是因为"草木生焉，万物植焉，飞鸟集焉，走兽休焉，四方益取与焉，出云道风，从乎天地之间"，说白了就是此乃大自然之聚集地，热闹得很。

英国散文作家娜恩·谢泼德一生都在苏格兰高地的某处山脉间游荡，并以一生经历写出了《活山》。在书中，她将山的形成归因为"原生力"，这个词接近于古诗里"造化钟神秀"中的造化。她这样描写在山中行走,"一个人可以在各种原生力中穿行,却无法掌控它们,这种和原生力的接触,也唤醒了我自身深处如风雪般深不可测的力量",她还说在山里时,感到身体在思考。

身体思考,对此我也有点体会。那是很多年前,在山中的一次雨后慢跑。透过水墨晕开般的氤氲雾气,连绵山峦像一只背脊尖峭的甲虫匍匐在远处,而大朵白云从它脊背一侧喷薄而出,天地间仿佛在呼吸吐纳。那是我长这么大毫无防备的时刻之一,我感到山是活的,千真万确,同时体内还有力量在呼应,像手机感应到了信号极强的 Wi-Fi,还没有密码。

卡尔维诺早期还写过一本城市小说叫《马可瓦尔多》,里边讲了在某个枯燥乏味的城市里,有个人叫马可瓦尔多,此人善于从城市的缝隙里捕捉"草木生焉,万物植焉,飞鸟集焉"的蛛丝马迹,但几乎都以荒诞告终。

比如他发现路边长出野蘑菇,便喜出望外,采摘了很多回家,最后却食物中毒,第二天他又出神欣赏天空中飞过的候鸟,又不慎闯红灯被开了罚单。类似这样的故事日复一日,不断在发生。这是个受困于水泥沥青,但渴望山野的城里人。

在我们身体里,都居住着这样一个半睡半醒的马可瓦尔多。娜恩·谢泼德说,"身体在山里会有一种超脱的快感,像某种取代思维的病症,但所有患者绝不会请求被治愈"。这就叫斯人而有斯疾,虽然大家都是成年人了,但我们还永远牵挂城外的山海。

(2023 年 5 月 22 日)

常在河边走，风景看不够

周云龙

"常在河边走"，下一句是，"哪有不湿鞋"。不过，以我的亲身体验，则是：常在河边走，风景看不够。

这"河"，不一般，中国第一历史文化名河——秦淮河。距离我住的月光广场小区，不过300米。这"风景"，也不一般。河边有高低错落的三条步道，一条步道，一种风景，主角是植物、动物、宠物。当然，人在看风景，人又是最活泼的风景。

先说动物。最鼓噪的是夏秋时节的知了，叫个不停，唯恐人不知。最神秘的是萤火虫，温馨又从容，忽明忽暗，是逗城里的孩子玩，还是炫耀有一套自备的照明装置？河边最常见的动物是狗，它们已升级为宠物了：体型不同，品种各异，毛色众多，衣饰奇特。

再说植物。一年四季，我懒得喊出它们的名字，也实在是眼花缭乱，目不暇接。只有借助鼻子，闻香识花草。春天兰花，夏天槐花，秋天桂花，冬天梅花……一种花一种香：有的浓香，有的清香，有的甜香。花的香味，据说是因为芳香油分子不停地在做无规则运动。

有一天，在桂花"无规则"的诱惑之下，我脑子不做主，冒出一首顺口溜：常在秦淮河边走，不见吴刚但有酒。忽闻狗叫赛似吼，莫非它也好这口？拍照、配图，分享到朋友圈，立即引来点赞和评论，不是简单的评论，都是和诗一首：

"50后"：未闻桨声但见影，大白天里难看灯。黄犬黄道吠黄昏，秦淮河上巷子深。

"60后"：周公捧来桂花酒，一醉方休河边走。突然河东一声吼，还不回家就滚走。

"80后"：今朝醉酒到处睡，地为席来天乃被。一梦方醒美景碎，两手空空全是泪。

借助移动互联网，居然不要彩排，全凭即兴，我们就轻轻松松完成了一场"风雅诵"的微信赛诗直播。

接着说说人。河岸线长了，什么人都有。不同时段，不同的人；不同地段，又是不同的人。鬼脸城公园附近，是孩子们的乐园；大桥引桥下方，常常是大妈翩翩起舞的广场。不管什么年龄、性别、籍贯的人，也不管是走，是跳，是坐游船，是钓鱼，是打太极拳……他们都是自然的、随性的、放松的、悠闲的，有时甚至可能是放肆的。

河边显然是一个幽静的也是喧闹的好地方。近在咫尺，就是钢筋混凝土丛林，经常可以看到一个吹号的，他背对着河岸，每天断断续续的，好像从来没有吹过完整的一曲，估计是艺术学院的学生。那玩意儿分贝太高，也只能在河边吹吹，让秦淮河做做听众——人家桨声灯影，什么没见识过？

河边的各色人们，大都有媒体相伴：手机、收音机，或播放器，曲目、频率也因人而异。广播的魅力，在于随时随地随身的"三陪"。我是做电视的，不是自恋，我总觉得，那蜿蜒流线的河流，更像一个开放的有线电视网：不同的地段，不同的时段，直播着不同的频道和节目。那些拽着拖把在地上写字的，是民间版《中国汉字听写大会》；那石墩上、桥墩下四人一组玩牌的，是草根版《我是"掼"军》；那些下载了"咕咚"来回跑步的，是《奔跑吧，兄弟（姐妹）》；那些玩滑轮、滑板、抖空竹、抽陀螺的，是《中国达人秀》；那些吹葫芦丝的、笛子的与唱红歌的组合，是《我是歌手》；那些拖家带犬的主妇们碰在一起，笑声朗朗，是《非诚勿扰》的宠物版了。

还有仰望天空的老人们，老夫聊发少年狂，放着各式各样的风筝，也可以说是风筝在"放"他们，把他们从城市的防盗门窗里拽出来，呼吸晴空，目测蔚蓝，是不是可以研发一档户外竞技类节目？栏目名称暂定《我要飞得更高》？

每次到河边走走，思路都像被河水汰洗过一样清爽，忽有灵感：没有高楼大厦，不需要车水马龙，秦淮河边不正是社会发展的一个投影么？在这里，边走边看，你会发现，一个丰富、生动、温馨、浪漫的微缩景观和充满喜怒哀乐的人间百态。

（2023 年 6 月 13 日）

卡夫卡也是跳健身操的上班族

牛东平

7月3日,是卡夫卡140周年诞辰。作为存在主义的先驱之一,卡夫卡在很多方面对现代世界产生了深远影响。但从另一个角度来看,现代世界中的某些难言之隐,也在卡夫卡的生活里以一种前瞻性的方式浮现了出来。

想象时间回到1910年,某天你在布拉格街头散步,傍晚时分恰巧走到约瑟夫大街,路过了卡夫卡家的阁楼,上面的某一扇窗户里,可能就正在透露着现代性的某些困境,那是卡夫卡卧室的窗户。

卡夫卡给人的印象很丧,但他也很卷。他每天都很忙,白天要在办公室处理繁杂的工伤保险业务,晚上回了家还要自由撰稿到深夜。不过,晚上7点半,他会准时来到窗前,赤裸上身,反复做一些旋转、屈伸、举腿和跳跃的动作,整个过程会持续15分钟。

如果穿越到今天,人们会以为他是在跟着刘畊宏跳健身操,但其实他是在练习一套当时风靡欧洲的体操动作,用那会流行的话讲叫"练穆勒"。这15分钟对世界文学史来讲可能无关痛痒,但对于全世界那些爱健身的上班族来说，却是一个意义非凡的时刻。

从 1908 年进入波希米亚王国工伤保险公司上班，到 1922 年辞职，卡夫卡有 14 年的时间要在办公室上班。那个时期，正是"办公室"在人类社会中大规模出现的前夜，而卡夫卡是最早进入其中的人。

看看卡夫卡怎么评价办公室："一派荒废衰败景象"。这是卡夫卡独有的灰色视角，他的日记里随处可见对办公室的吐槽，这地方似乎叫他难以忍受，可却又一待 14 年。卡夫卡一生都在默默忍受很多难以挣脱的东西，他将这些难言之隐写入小说中，写进日记里。而"练穆勒"是卡夫卡在现实生活中少有的一种反抗——他终于不再用笔，而是直接用起了自己的身体。

就在卡夫卡去保险公司上班前 4 年，穆勒出版了《我的体操法》，卡夫卡所练的体操就出自这本书。穆勒是一位丹麦运动健将，一生获奖无数，运动生涯被称为"穆勒神话"。他对办公室的看法和卡夫卡非常相似，穆勒在书中说，"城镇里的办公室生活是一幅灰色场景,肩膀、臀部因长久错误坐姿而变形,人们眼神黯淡,脸色苍白"。对此社会症状,穆勒给出的药方就是练体操。

那时的商业健身房几乎还没出现。所以这种健身操只能在卧室进行,卡夫卡一定是对穆勒所讲深有共鸣,因此才成了一个坚持"练穆勒"的人,而且不遗余力向朋友推荐。长期伏案工作,让他不得不体验到一种"身体困境",这是自中世纪以后的"灵魂困境"之外,人们遇到的另一个重大困境。美国诗人奥登说:"他(卡夫卡)的困境,就是现代人的困境。"

现在看来,不管从人类历史上,还是在个体生活中,进入办公室都是一个重大节点。因为身体从此就要被吸纳进桌椅构成的空间之中,无法再自由鲜活地舒展,只能靠类似健身操这样的"维生素咀嚼片"来进行代偿。

如今,卡夫卡在窗前认真跳健身操的画面,已经被大规模复制粘贴进了现代高楼大厦的万家灯火中,健身已经成了一种积极阳光的现代标签。但不要忘记,身为"打工人兼作家"的弗兰茨·卡夫卡,也是这个标签的"鼻祖"之一。而这个标签,其实代表了一种在困境与希望间的拉锯,这场拉锯将在身体上持久展开。

(2023年7月3日)

如何在工作中抵抗媚俗

牛东平

米兰·昆德拉一生写过很多经典小说，也写过不少文学评论，他既是一个孜孜不倦的生产者，也是一个深刻的观察家。他的文学评论自带体系，以一种哲学视野，跳出小说看小说，在自成一脉的文学史观之上，常浮现着天外飞仙式的洞见。因为小说家的炽热光环，作为评论家和思想家的昆德拉，可能被低估了。

昆德拉对自己工作的思考，某种意义上，甚至超越了自己的工作。相比于《不能承受的生命之轻》和《生活在别处》，我更喜欢他的随笔集《小说的艺术》，这本书或许也可以叫作"如何思考自身工作的艺术"。

在《小说的艺术》里，昆德拉提到一个核心命题。我们暂且把它叫作"小说的第一性"问题，命题的提出以对现实的批判开始，现实中，科学将世界缩减为只能用科技和数据探索的单向度空间，人们波光粼粼的生活世界被排除在视线之外，人变得越来越专业化，越来越无法看清世界的面貌与自身。

在胡塞尔看来，这是一个人性危机，海德格尔将其称为"对存在的遗忘","世界在进步的同时也在堕落"。而小说以其特有的方式和逻辑,一直在探索人的生活处境,照亮着失落的生活世界,弥补现代世界的这一缺憾。为此,昆德拉引用了赫尔曼·布洛赫的一句话:"发现惟有小说才能发现的东西,乃是小说存在的惟一理由。"

在昆德拉看来,小说的第一性就是探索人的生活处境,抵抗对存在的遗忘,他称小说为"存在的探测器"。这么说来,我们就可以把小说理解为一种对生活的发现与唤醒。

我是做体育工作的,顺着昆德拉手指的方向,我经常会想入非非把这个命题代入自己的领域,思考自己手头的工作,以及这份工作独一无二的历史与使命:"体育"的第一性又该是什么,什么才是惟有"体育"才能发现的东西。

是健康或者长寿吗?看起来是,但我知道有很多健康长寿的人并不经常从事体育锻炼,况且医疗保健业的成就在一定程度上也冲淡了体育的作用。是娱乐休闲?可供娱乐休闲的事情太多了,体育只算其中很小一部分。那是寻找刺激和快感?这样的方式也有太多,体育根本算不上惟一。

但体育总归是对身体的教育,从这点出发,惟有体育才能发现的东西,大概只有鲜活的身体了。哲学家梅洛庞蒂曾说,"只要还停留在实用或者功利的态度上,我们就在很大程度上错失了知觉的世界"。这像昆德拉在说,不要去媚俗,而是去发现其中的艺术。

那什么又是体育的艺术?我们习惯了科学的和作为系统的身体,也习惯了功利的身体,它是工作与革命的本钱、社会大生产中的齿轮，我们所熟知的体育似乎就是服务于一种实用性。在昆德拉看来，这是一种典型的媚俗。

我们忘了还有一个道法自然的身体，作为整体、充满活力和自由本性的身体。这个身体坠入遗忘之中，而体育有能力将其打捞与唤醒，那些诸如健康、强壮、速度力量、娱乐休闲，都只是唤醒身体后的副产品而已。

如此说来，万事万物都有其独特、未经发现的艺术。昆德拉毕生探索小说的艺术，这是他的使命与工作，他越对其进行思考，就越相信小说在世界中的价值。在小说之外，还有像音乐、美术、诗歌、电影、物理、数学等如此多领域，都可以去思考自身"第一性"的问题。

这是昆德拉留下的遗产与启示。人既要在工作中追求卓越，也要去思考这份工作的源流、哲学与使命，两相校准，然后从中发现某种艺术性，这是抵抗媚俗的唯一方式。

（2023 年 7 月 14 日）

你被时间的力量击中过吗

鲁　峰

随着年龄的增长，发现自己对时间越来越敏感了。这不仅体现在感叹一年比一年过得快，还在于某个突然的瞬间，就被时间的力量击中了。

睡前看到一个小故事。说是最近蔡依林在快手开了一场线上演唱会（现场也有些许观众的那种），现场来了两个特别的粉丝，她们手里捧着毛绒熊玩具。原来，2008年汶川地震时，蔡依林赶往灾区，在四川广元赈灾期间，送给一对受灾姐妹"勇气小熊"，为她们加油打气。

15年后，当时还是小女孩的姐妹俩，如今已经到了而立之年，她们来到偶像的演唱会，送上了亲手编织的粉色小熊作为回礼，而蔡依林则邀请她们参加自己将在成都开启的演唱会。当三人站在一起合影，时间的力量扑面而来。一只小熊可以保存15年，还和新的一样，而人"大"了许多，所谓物是人非，大抵如此吧。

这让我想起前不久看到的任贤齐的一场演唱会，一位23岁的女生拿到了话筒和偶像互动，她讲出的故事让任贤齐大吃一惊。她在 1 岁多时患有先天性心脏病，但是家里无力承担医疗费，任贤齐通过报纸知道了她的遭遇，给她捐了 3 万块钱，成功让她活了下来。在讲述这件事情的时候，女孩的妈妈一直在旁边举着当时的报纸。

任贤齐听着女孩讲述，从面部表情来看，先是惊讶，后是惊喜，最后眼眶泛红，他感叹女孩现在已经那么大了。这就是时间的力量，它会让我们在一瞬间感动、激动甚至内心颤动。我就在想，该怎么形容这种感觉呢？就像是一封邮寄了 23 年的信，终于风尘仆仆地赶到，然后"见字如面"地拆封了。

时间，在大多时候是一种无聊的存在，当然也有天文学家说时间本不存在。但是有些时候，时间的力量可以直击人心。就好比在这两个相似的故事中，15 年、23 年的时间都是漫长的，它足以让一个小女孩成为大姑娘，而当跨越漫长岁月的恩情突然在一个场合相逢，便胜却人间无数。

前段时间回了趟老家，在街头偶遇一位初中同学。让我顷刻间感受到时间之力的是,他的身边站立着一位十来岁的孩子,个头已经到了他肩膀的位置,这一刻,时间被具象化了,浓缩在了一个活生生的人身上。我是第一次见到他的孩子,听他怯生生叫了一声"叔叔",我再次被时间击中,当然这次是"暴击"。

我之所以还和阔别已久的老同学相识,完全是凭借偶尔在朋友圈看到的照片。我们不约而同地掐指一算,上一次见面已经是12年前。我开玩笑说:"我们上一次见面还是上一次呢。"原来,这"上一次"也可以如此遥远,恍如隔世,又恍如昨天。

相比"上一次",我们平日里其实更喜欢说"下次":"下次吧,到时好好喝一杯""下次吧,咱们一起去××地方""下次吧,今年过年不回去了"……很多时候,这"下次"听起来更像是一种托辞。我们总觉得时间很长,长到可以容忍无数个"下次",可人生短短,能经受住几次"下次"的消耗呢?

最近有部叫《长安三万里》的电影很火,据说还顺便带起了背唐诗的风气。提起高适,很多人想到的是"莫愁前路无知己,天下谁人不识君",说的是一场告别:"兄弟,你尽管去吧,到哪个地方你都不会缺朋友的!"这当然是安慰的话,古人的离别往往比今人更沉重,他们没有高铁飞机,也没有手机和5G,相思只能寄明月。

除了"天下谁人不识君"这首,高适还写过《别董大》其二:"六翮飘飖私自怜,一离京洛十余年。丈夫贫贱应未足,今日相逢无酒钱。"当时高适是在睢阳,彼时的他还没有混出名堂,吃饭都是别人付账。看到眼前的著名音乐人董庭兰,他便想到了繁华的一线城市东京洛阳。显然,高适也是睹人思己,一下子被时间击中了。

人生就是一场场相逢,也是一次次在时间作用下的因果:我们在时间的一头种因,在时间的另一头结果。所以,朋友,想见就见吧,在这个距离其实并不是问题的时代。

(2023年7月18日)

你的工作是你当初的兴趣吗?

与 归

周末的一个高中同学饭局上,大家聊起了工作。谈笑间得知,有人换了工作,有人辞职和前同事一起开了公司,有人待业中。高中同学的饭局和大学同学的饭局,有个明显不一样的地方:大家基本来自不同的行业。于是乎,席间自然问出了一个问题:"你现在的工作,是你当年大学里学的专业吗?"

过了而立之年,很多人的工作已经和大学里的专业无关,这本身并没有什么,人世间的丰富纷繁正在于有"三百六十行",行行都可以作为谋生的手段,也可以成就精彩人生。相比这个问题,我其实更想问一个没有问出口的问题:你现在的工作,是自己的兴趣爱好吗?

前不久,帮几位弟弟妹妹参谋填报高考志愿,发现一个挺普遍的问题:问他们有没有自己感兴趣的专业或方向,哪怕说个大概,答案都出奇一致:没有。对于他们来说,好像读什么专业都行,将来干什么事业也都行。这挺让我诧异。这种"都挺好",未必真的好。

人生一晃，18年过去了，他们仿佛又站在了一个起点上，完全不知道自己的未来在哪里，该往何处走，当然也就无所谓"自主决定"。这其实是件挺可怕的事情。

而和这种"茫然"相对应的是，现在的很多孩子，包括刚刚高考完的年轻人，从小就是在各种"兴趣班"里长大的。读过了那么多兴趣班，到头来却发现自己没有清晰的兴趣，这或许说明，那些兴趣班里的所谓兴趣，未必是真的，又或者从一开始就含着某种程度上的被迫和盲目。

清华大学石中英教授曾说，"当前教育的一个最大问题，就是学生的被动学习"。被动经常会造就事倍功半，我们常说，兴趣是最好的老师，无论什么事业，有了兴趣，大概干起来是事半功倍的。因为基于兴趣，你会主动去克服困难，没有条件会主动创造条件，当你在兴趣的指引下达到目的或者接近目标，那种成就感也是被迫的工作无法比拟的。

卢梭说："我们从三个来源接受教育，即自然、人和事物。我们的器官和能力的自发的发展构成自然的教育。教我们如何利用这个发展,构成人给我们的教育。"胡适的老师约翰·杜威则说得更直接——"教育过程以外无目的"。好的教育只是一个辅助工具,辅助一个独立的、完整的、与众不同的人自然而然成长。

兴趣的建立和满足,也是幸福感的重要来源。当下,很多人自嘲"打工人",不断吐槽自己的工作,就好像是进入了一段失败的婚姻,正是在于那并非自己的兴趣所在。为了兴趣而去拼搏,那不叫"卷",而是一种自我满足。那些善于在生活中发现和追寻兴趣的人,虽然有时看起来有点"遗世独立",却自有一方世界,任其遨游而不疲惫。

一位朋友在"35岁"的门槛失业后,因为自己和妻子平日里喜欢喝咖啡,时而也会直接上手磨咖啡豆,便一步步从无到有地做起了卖咖啡豆的生意;又因为喜欢养宠物和旅行,便带着宠物狗自驾游,无心插柳,居然慢慢做火了自媒体账号,成了一位旅行博主。而这些,都与他此前的本职工作毫无关联,却又构成了如今收入的主要来源。

这让我发现,兴趣不仅可以在精神上救赎我们的生活,还可以在物质上支援我们的生活。甚至,当你碰到工作的壁垒、掉入生活的陷阱后,最后把你拉上来的,却是那些平日里看起来可有可无、甚至还有点"浪费时间"的兴趣。

当然,兴趣是无所不包的,它可以大如星辰大海,也可以小到一首歌、一支舞蹈,或者是一个每天只需要花费十分钟的生活小习惯。每个人的兴趣都可以很具体，它是生活的毛细血管，也调配着人生的甜度。生活，总要有点色彩；人，总要有点兴趣。

（2023 年 7 月 24 日）

坐的越来越多，走的越来越少

牛东平

走路就像空气，是生命的基本要素之一，它构成生活的秩序，支撑起生活的内容。

可我自从工作以来，坐在椅子上的时间却越来越多，脚掌与地面的激情日渐稀薄，身体与椅背的缠绵温存反倒与日俱增。这是一种需要警惕的结构性转变，我们不再献身于走，而是终日忙碌于坐，坐着处理数据和信息，坐着点赞与观看，万物互联的世界需要坐着来联结，而走似乎只意味着落后和缓慢。

可是坐很单调，走路的叙事却五花八门。悠闲时管它叫溜达，上班路上称通勤，消费语境里是逛街，户外情境又摇身为徒步，运动时是健步走和快走，在修行的人眼中走路是行脚或经行，而哲学家走路是孤独的漫步遐思。

走与路相伴而生，路是世界的虚实与变化，而世界的敞开则仰仗于走。在《桃花源记》里，那个武陵渔夫先是"缘溪行，忘路之远近"，然后忽逢"夹岸数百步"的桃花林，他疑惑前行，在林尽水源处，发现一个小山洞，进去后"初极狭，才通人"，"复行数十步"后终于豁然开朗,由此走进了桃花源的世界。

如果对走做一次解构,那么可以说走是由三个枢纽构成。这三个枢纽分别是步的生成、步的回收和步的吞没,三者联动,走路即刻诞生。步子一经迈出,就注定了要被回收和吞没的命运,它似水流年。而这三者,彼此都无法独立存在,脚步的形态和时间很相似,逝者如斯夫,每次行走都像一江春水,脚步不断涌现、逝去但永远崭新。

某种意义上,"生生不息"就是脚步的不断生成和轮回,世界就是一场漫游者的约会。武松在《水浒传》里绰号为行者,希腊人管亚里士多德叫漫步者,因为边散步边讲课,他的学派被后世称为逍遥学派。

而贾宝玉是踱着步去看林黛玉,苏轼在雨中吟啸着徐徐而走,梭罗踩着落叶漫步在瓦尔登湖边,康德有他每日专属的哥尼斯堡小径,而海德格尔有静谧的林中路,诗人兰波被人称为"把风当鞋垫的人"。这些人都是走路高手,他们只走寻常路。

除此之外，开车、坐电梯之类也算是走路的一种，它们属于机巧方便式的走路。而坐卧和站立则是走的停滞，走加快节奏就能成为跑，再放浪形骸点就是蹦跳，走路几乎是一切的基准。

尼采说，我们只能对在露天、身体自由摆动和肌肉肆意活动的情况下产生的思想顶礼膜拜。在他看来，成为闭门不出的人，就是对思想犯下的滔天罪行，所以就需要仰天大笑出门去，步的三枢纽分化又聚集，流动又抑制，有如一双风火轮。

我们总是和这里道别，又前往其他任何地方，我们走故我们在。之所以三十六计走为上策，就是因为走是造物之无尽藏，它用之不竭，无远弗届，大路朝天，只要走起来就能别开生面，柳暗花明。而所有走路又都有其韵律，那是来自身体内部的沸腾。我们的世界就是由走路编织而成，从小到大，是走路不断打开视野，让远变为近。

最近，我读了一本叫作《无限与视角》的书，作者是位耶鲁大学的哲学教授，他说当今我们有必要重新回到一种"地心说"，重新把地球体验为宇宙的中心，因为这里才是我们生活之所在。想来，地球也只能是在我们脚触大地的那一刻才产生出中心感，中心不是一个几何位置，而是一种身体知觉，它是一次动态的脚步生成，是脚触大地的瞬间。

所以，我又开始试着重新学习走路，学着重新热爱走路，就像我 1 岁时那样。

（2023 年 7 月 31 日）

中年好学艺

伍里川

"光头"发了几篇习作给我看,谦虚地要我提点意见。他说,从现在开始,他要学着写作了。

这个五十好几、长我几岁的"油腻"中年,居然写出了清新脱俗的文字,让我颇为惊讶。有一篇写的是他对妹妹的怀念,读来让人泪目。

他的妹妹,是我的高中同学、文友和挚友。

年轻时代,我每次回南京探亲,她总会带着闺蜜从县城来村里看我。我们一起看过秦淮日落,也幻想过几个同学的旅行。她的父亲在山东度过一段时间,后来举家回到故乡。她经常和我说起关于那个海滨城市的故事。在酸甜苦辣的成长岁月里,她和哥哥感情很深,哥哥对她的保护也非常到位。但人生无常,她离开人世一晃已经26年了。

我本来和"光头"并无交往,因了这份共同的悲戚,我们渐渐走近。他经常给我的散文点赞,也和我交流过对于文学和人生的看法。

"光头"在文章中附着的老照片,让我心有戚戚。这个世上,能配得上人生悲苦的,也许只有沉积于心的文字了。我们在平凡的世界里有无数的思念,这些思念可以揉碎,可以连接,可以穿插,可以压实,可以盛放,以应对每时每刻的心跳。但是思念本身不会成为思念以外的东西,不会因为思念,窗前就有了一棵树;也不会因为有了思念,就会有了共鸣。可是,有了文字,就不一样了。

"光头"是一位企业干部,平日里很忙。他说,他并没有正经八百地从事过写作,一把年龄转入写作的大门,是一个全新的开始。

人说"中年不学艺"。其实,中年可以学艺。

我一直有一个梦想,当某一天逃脱"上班岁月如飞刀"的活法后,去"石都"福州,拜师学雕刻。我的石友中有雕刻师,我连拜师的对象都想好了。我在出产寿山石的福州和出产昌化石的浙江昌化,都见过年龄挺大的人拜人为师。更有中年人一朝不爽,离开职场,自学雕刻,渐成气候的。

人到中年,或许少了些青葱少年的机敏和单纯。郭靖也好,王宝强也罢,练武都自年少。这个年纪,可以挥霍很多资源。但中年人就不一样了,上有老下有小,本就杂事缠身,再要遇上霸道上司,还能剩下几许心情学东西?再说,要是郭靖在又老又笨之际才遇上江南七怪,八成面试都过不了。

然而不必灰心,中年和少年相比,在阅历的储备上,在视野的开拓上,自有优势。在学艺的"动能"上,也大不一样。

中年时分,站在山岗上,可以望见老年时的"远山"。如果年轻时因种种原因，没有赶上学艺的"班车"，而中年时又惯于按部就班，那么到了老年时，很容易被一道骨感的难题击中。

我无数次听那些满头白发的人感叹：要是当年好好学一门技艺就好了。但是时间不会宽恕这种失落。尽管"朝闻道夕死可矣"，老年学艺当然没人拦着，但假如中年时就已经逐步体味到暮色苍茫的苦涩，体味到一份永远不能消解的遗憾，何不从中年就开始拯救？

我的老友雁翔最近便在备战造价师考试。多年前，他已经相继拿下一二级建造师资格。他和我一样，两鬓斑白，心怀危机感。他这份在同龄人中少见的苦心孤诣，令我钦佩。我也见过同为中年人的老同事，新近学了篆刻，自得地发在朋友圈。

中年人愿意学的东西，有实用主义的，也有非实用主义的。无论如何，一份不为五斗米折腰的爱好，和一份可以凭之重新打量人生脉络的长技，都让人怦然心动、欲罢不能。

（2023年8月8日）

重拾逛街的乐趣

陈　秋

我家附近就是北京城有名的美食街,夜晚闲来无事,也是我散步路线的途经之地。别处夜深人静时,却是美食街最热闹的时候。我深以为,经历一天伏案文字工作,到那里看看人间烟火,感受一下市井气息,挺好。

在这里,从来不缺深夜的游荡者。只要是周末,哪怕接近凌晨时分,美食街那几家热门餐馆门前,依然挤满了排队等待叫号的人群。这在居住附近小区已有几年的我看来,可谓稀松寻常,倒是晚上美食街如果空空落落,反倒让人觉得有些不自在了。

最近一段时间,也记不清从什么时候开始,我就发现美食街一个新现象:不管是一些深夜游荡的食客,还是在铺子里忙得不可开交的商家工作人员,身边时常架着一部手机直播。镜头对准的自然有美食,但有时也会是垂涎欲滴的人群。"你站在桥上看风景,看风景的人在楼上看你。"观者与被观者往往是互相转化的。

其实,在朝九晚五没太多时间精力逛吃夜宵的人们眼里,此地此刻多多少少有些魔幻的情节。直播画面的那头,可能是忙碌一天疲惫不堪的职场人,可能是准备来京旅行先来直播间做做攻略的游客,也可能是计划聚餐陷入选择困难症的人。他们一时间没有机会亲临现场,却从现场直播中找到逛街的乐趣。

逛街,在现代人眼里已成为一个愈发具有仪式感的行为了。但这不意味着"逛街"这种场景消失了。有些场景是不可替代的,最典型的就是吃。作为一种社交方式,聚餐还是面对面来得畅快。而在美食节走走逛逛买些小吃,最重要也是为了体验那种氛围。外卖的味觉体验如今也不差,但很多时候,我们还是会怀念那股"锅气"。

对于很多"社恐星人"来说,逛街的场景也可以在线上。据说,每天晚上有1700万人在淘宝上只逛不买,平台专门做了一个"夜淘宝"入口,满足大家线上"逛街"的需求。这让不少都市人找回逛街的乐趣,塑造更多美好生活的可能性。

逛街的乐趣在于过程。你看着烟熏火燎之中,大厨一通操作把食材变成盘中美味;你看着在制作棉花糖的摊主手里,糖丝渐渐缠绕起来变成一朵云彩;你可能还看到捏糖人的匠人像变戏法一样,把糖稀做成孙悟空的模样。这些过程,是装在外卖盒的便当无法传递的。

你还能看到千姿百态的人生故事,而在用心经营这一切的人眼里,那就是热气腾腾的真实生活。镜头中,是平凡人奋斗的姿态,是将心比心的生活哲学。

阵地也许会有辗转迁徙,但生活的际遇,终将成为一笔受益终身的财富。你在逛街的时候,也为很多人带来切切实实的希望和力量。现代商业文明赋予了"逛街"更丰富的内涵,也释放出了更多的机遇。线上线下多样的业态相互激发,升腾的烟火气中孕育出更多属于平凡"个体户"的生意机会、生活希望。

苏珊·桑塔格曾经论述说,照片是一种观看的语法,更重要的,是一种观看的伦理学。现如今,随着动态影像成为"读图时代"的迭代标志物,视频、直播等更鲜活灵动的内容形态也成为大众观看的伦理学产物。一部手机,就可以让人们看尽世间繁华,体味人间百态,挥洒恣意人生。

当然,观看了以后也要行动,从线上的沉浸式体验出发,到现场找到属于自己的发现。有空的时候,到夜市走走逛逛,也能激发不一样的灵感,找到属于自己的生活伦理,通过观察锚定自己的人生价值。

(2023 年 8 月 15 日)

当秋天来敲门

土土绒

九月的第一天,我就感觉到了秋天来敲门。

晚上洗完澡,打开门窗通风。——整个夏天,我都是这么做的。但是今天,忽然一阵凉风吹过,顿时觉得身上冷飕飕的,脑袋都吹得有点疼。这一刻我想,秋天来了。

是的,季节的转换就在这一瞬间。很多时候,生活并不是一条平滑的函数曲线,而是被一个个瞬间所标记,才有了各自的含义,才被赋予不同的名字。以前人说"一叶落知天下秋",当代诗人张枣说"秋天哐的一声来临/清辉给四壁换上宇宙的新玻璃",其实,都是说在某一个时刻,感受到了时节的转折。

四时交替,人生旅途,莫不如此。

我还记得我的孩子第一次拒绝食物时的场景,那时她大概1岁多吧。在此之前,喂她吃什么她就吃什么,如果不喜欢吃,最多吃进去再吐出来。但是那一次,面对送到面前的食物,她先警惕地往后退了一下,犹豫了一会儿,然后看着我,试探地摇了摇头。我知道,这一瞬间,她学会了主动拒绝。拒绝也是一种能力,我很高兴她的人生又往前踏了一小步。

再比如，孩子小的时候，我每天都用洗澡盆给她洗澡，洗完后把澡盆搬起来把水倒掉。天天如此，日复一日，忽然有一天，我倒水的时候感觉后腰一痛——扭到了。我只能以奇怪的姿势直起腰来，然后一边揉着腰一边想：真是年纪大了，连水都搬不动了。就在这个瞬间，我第一次不得不承认，我不再年轻了。

人生就是这样，你努力地筹谋去干一件大事，固然很重要，但更多的改变蕴藏在这些不经意的瞬间当中。如果你稍稍留意就会发现，是它们标记着人生的曲线。

只不过，很多时候我们不会在意，当时只道是寻常，过去了就过去了。年轻的时候都喜欢说永远，仿佛世界永远不会变，人也总是一个样。后来慢慢发现，其实没有什么不在变，猛然一回头，竟然已经物是人非。那么，这个世界是如何斗转星移的？没有人会"啪"地敲一下惊堂木来提醒你，全靠你自己仔细观察。

就像有哲学家在提到"什么是时间"时，这样说："你不问我，我本来很清楚地知道它是什么；你问我，我倒觉得茫然了。"宇宙无穷无尽，人类日日忙碌，有时我们浑不在意，日子也就过去了。

但是，自然会在耳边呢喃，四时会轻声细语，生活中会有蛛丝马迹，这一切都是提醒。那些瞬间就是生活隐蔽的刻度，上面写下了我们的成长与变化，写下了这个世界的变迁。如果你足够留意，就会发现，我们是从什么时候开始，不再跟父母倾诉心事的；是从什么时候开始，学会包容他人的不同；又是从什么时候开始，由满怀激情变得平静而谨慎。

所以，年纪越大，我就越是在意这样的瞬间。也许，我是妄图从中窥探到某种秘密吧，也许，我是想借此挽留一些什么。

（2023 年 9 月 5 日）

八千里路云和月

牛东平

立冬之前,我坐进了一间由四个轮胎支起的"空调房"里,朝着高山方向,开始猛踩文明的油门。假期来之不易,在喧嚣的都市待久了,只想尽可能去人烟稀薄的地方。此行从西宁出发,计划绕大西北一圈。

车里像个五平方米的两居室,四面是窗。我独自坐在最大的窗户前,手扶方向盘,座位右边杯槽里插着一个红色保温杯,里边咖啡翻滚。前路蜿蜒,转眼就来到祁连山的支脉,达坂山脚下。

进入达坂山,意味着暂别了文明世界。我摇下车窗,积雪的高山仿佛立马从窗户外钻了进来,置身在日月山川里,虽然寒意遍布,但气韵生动。远山看起来像马的皮毛,给人是活物的感觉。山高路险,积雪重重,一路可以望见岗什卡雪山。

翻越达坂山,就进入了连绵的祁连山草原,到处是成群的牛羊,辽阔苍茫。天黑后到达张掖。原计划第二天往玉门、敦煌方向,但对高山的渴望,让我临时改变行程,心想不妨激进一点,于是第二天走天默公路,再次穿越祁连山,向昆仑山而去。

天默公路途经一段雪山峡谷，空山无人，只有雪山吞吐着大片白云，溪流潺潺，路面时不时有落石。在峡谷最深处，下车流连徘徊很久，想起可能会有雪豹出没，于是又赶紧上车。出雪山，经岕小公路，来到青海湖西线，湛蓝的湖面微微凸起，对着天空呈弧状。天黑后，月亮在湖上升起。出沿湖公路后又转进山里，一路只能看到公路上的线条和四周的白雪，车在山里上下盘旋，也不知道险不险，反倒无挂无碍，飞速疾驰，晚上9点半到达茶卡镇。

第二天一早开始穿越柴达木盆地，极目四望，茫茫戈壁，天黑前来到格尔木市，这里是此行最后的舒适区，明天就将一路爬升，进入海拔4000到5000米的路段，在市区里匆匆买了些氧气罐，隔天郑重其事吃了丰盛的早餐，天还未亮，就动身向昆仑山口出发。

昆仑山巍峨雄壮，大气磅礴，让我想起电影《蜀山传》，古代很多神话与想象聚焦于此，确实有它独有的原因。途中有段路，与昆仑雪山呈平行线，经过冰清的玉珠峰，随后上到昆仑山垭口。站在山口，可远眺可可西里。

刚进可可西里，就看到成群的藏原羚和野驴，雪山四合，环抱着这块纯净天地，一路颠簸，过五道梁、风火口，来到唐古拉山下，一看才下午3点多，于是又想再激进一点，不按计划住唐古拉山镇后原路返回，而是绕巴颜喀拉山回去，这样行程会很紧，导航显示，要到晚上11点才能到有住宿条件的曲麻莱县。

冻土带上公路起伏不平，呈波浪状，时不时有坑陷，一不小心，车会被骤然弹起，不握好方向盘，有滑出公路的危险。路边常有胡兀鹫，或伫立在路边，或盘旋在天上。风声呼啸，沿途遍布寒气逼人的小湖泊，有"藐姑射之山"的清冷感。去曲麻莱这条线属于滇藏线，少有车辆，习惯了骑自行车15分钟上下班的我，严重低估了天地辽阔，随着夜幕降临，我还没有走出可可西里。

入夜后，终于又进入雪山，只知道途经了很多4000米以上的垭口，身体也逐渐出现"高反"，心情低落，有些许无助感在心底滋生，两次差点撞到牦牛，一次差点滑出弯道。翻过一座山头后，突然看到了大月亮，人生中头一次见月亮这么近，大如圆盘，于是迎着月亮前行。

到达曲麻莱县的宾馆，已经是晚上11点半，连开了15个小时车，整个人头昏脑胀，无力干任何事，直接倒头就睡。第二天高原反应依然没缓解，因为没有早餐店，只能去加油站吃泡面。随后一手握方向盘一手拿氧气罐，踏上归途。雪山似乎永远翻不完，越过一座又一座，比来时还多。

走到山腰出现了呕吐，四周白云茫茫，空气冷冽，感觉整个人在发烧，已经无心看风景，只想尽快下去。但也只能无力地踩着油门，艰难行进在大自然的力量中，整个人开始臣服。经过尕朵觉沃雪山，不时有路段下雪，后来终于翻过巴颜喀拉山口，但前路依然漫漫。

一路上思绪连篇，想起人类学家斯特劳斯在《忧郁的热带》里，讲述如何坐着牛车一颠一颠，十几天艰难行进在亚马孙丛林里；又想起岳飞骑在马背上，遥望八千里路。距离西宁还有两天路程，此行完成也有将近八千里。

回想来路，印象最深的居然就是云和月。上亿年前地壳运动，两大板块在此发生摩擦碰撞，形成了几条褶皱。渺小如我，只不过是缓行在褶皱的缝隙和纹路里。

（2023 年 11 月 13 日）

柿柿如意

周华诚

秋天是柿子成熟的季节。柿子红通通地挂在树上，这种颜色暗示果子已成熟，它勾引人或猴子、松鼠、鸟儿去品尝，但是当你真的摘下一个咬一口，那突然袭击的涩味会让人感觉有些不好受。

柿子里含有大量的可溶性单宁，它刺激口腔黏膜上的神经末梢，使人产生了"涩"的感受。事实上"涩"并不是一种味道，口腔黏膜上并没有配置味蕾，但正是单宁刺激了神经末梢，使其产生兴奋，再把信号传输到大脑，人就接收到了"涩"的信息——它在皮肤的表面产生了一种类似于"抓力"的作用。

用化学老师的话来说，单宁其实是一种多酚，或叫鞣酸，它广泛存在于植物中。茶叶有"茶多酚"，茶叶喝起来涩涩的，葡萄酒有"萄多酚"，包括单宁、花青素、白藜芦醇之类，它们有一个共同的特点，就是抗氧化。而且，很多水果在尚未成熟时都含有大量有机酸，比如柠檬酸、酒石酸、苹果酸，再加上单宁，果子吃起来便又酸又涩，无法入口。

只有当这些水果成熟时，植物中才会产生乙烯，这种物质会让果子发生神奇的变化：果皮中的叶绿素逐渐被破坏而消失，绿色被分解了，花青素、类胡萝卜素等红色、黄色的色素显现出来；酸性物质慢慢减少，淀粉则转化成糖分；原本令果实坚硬的果胶，也在消散，水果变软了；还有的酶则使果肉中的一些物质发生变化，释放出特定的香味。

与此同时，种子正在快速走向成熟。或者这样说，当种子真正成熟的时候，这一切才顺理成章地发生。

对于植物来说，拼尽全部的力量与智慧使种子留存下去，从而使物种代代相传，才是它们最重要的目的。除此之外，一切都是浮云。果肉好吃与否，只是给它们加分——好吃的果实会让人和动物对它们充满兴趣，从而帮助它们传播种子。

《植物的欲望》中说："作为一种防范，植物也采取了一定的措施来保护它们的种子躲开它们的合作者的那种贪婪：不到种子完全成熟，它们不把甘甜和颜色发展出来。"在水果还没有成熟的阶段，单宁、有机酸、果胶都只是它们的自我保护措施，防止鸟吃，防止松鼠来糟蹋。植物都是这样在漫长的光阴里一点一点累积出足够的经验，从而在这个冷酷的世界存活下来的。

这是植物的智慧。柿子在慢慢成长，细胞不断分裂、膨大，果实内部不断积累有机酸、单宁、多糖等物质。有机酸是酸的，单宁是涩的，那些又酸又涩的未成熟果实，不仅人类不喜欢吃，动物们也敬而远之。它必须把自己低调地隐藏起来，蓄积力量，然后在恰当的时候飞快成熟。

柿子在没有成熟的时候，几乎没有任何人或动物会对它感兴趣。偷吃是需要承担风险的，糟糕的口感让人一尝难忘、望而却步。何况柿子比其他水果更矜持一些，即使身体看起来已经熟透，但果实内部，要命的单宁依然集聚其中，迟迟不愿撤退。

任何一枚水果都有自己的巅峰时刻，这样的时刻往往是短暂而难以把握的。爱默生曾说过："梨子终其一生只有十分钟最好吃。"柑橘、葡萄、樱桃、覆盆子、菠萝和西瓜，都是"呼吸非跃变型"水果。这个术语的意思是，一旦被从母树上摘下来，它们就停止成熟的进程了。摘下的时候就是最好吃的，什么都不要等了，立即吃了它们，要快。

但有的水果就不是这样。离开母树依然能继续成熟的果实，它们属于"呼吸跃变型"，比如杏子、桃子、蓝莓、李子和某些瓜类，被摘下后会变得更软嫩多汁，但甜度不会变得更高；而苹果、奇异果、芒果、番木瓜和某些热带水果，被摘下之后会变得更甜。因为这些水果会把其中的某些成分转化为糖分。

很有意思，如何准确判断一枚柿子的美味巅峰时刻，是一件困难的事——当它从枝头被采摘下来时,并不意味着就到了最佳赏味期。我们可以相信,柿子依然在保护它的种子,使它达到最佳的成熟状态。即便是采摘下来之后,人们也要经过特别的"脱涩"过程,才可以品尝到柿子的美味。

尽管如此,还是有很多朋友特别喜欢吃柿子,大概"柿柿如意"的美好,让人难以抵挡吧。

(2023 年 11 月 14 日)

听见冬天的声音

李 珂

立冬刚过,在河南老家的妈妈打来电话,说老家下雪了,一夜之间就入了冬,叮嘱我加衣。隔着这么远的距离,她身后窗外呼啸的北风、簌簌的落雪,却仿佛在耳边流动。

不同于春天的莺啼燕啭、秋天的蝉鸣虫吟,冬天是个沉闷的季节。古人的诗句最是犀利,"凄凄岁暮风,翳翳经日雪""岁暮阴阳催短景,天涯霜雪霁寒宵",寥寥几句就勾勒出一幅寂寥惨淡的冬日景象。仿佛冬天化身为冷酷无情的"消声器",徘徊在零度上下的气温将一切声响都悄然抹去,原本生机勃勃的大地逐渐凝结,只留下无尽的冷和苍茫的空。

可冬天真的没有声音吗?不是的。如果你用心聆听,一定会发现藏在冬日里窸窣的声响。

上海的初冬依旧是美拉德色系的秋天模样,衡复风貌区的街头,或大学校园里,梧桐叶铺满道路,踩上去是"嘎吱嘎吱"的,声音忽高忽低,忽轻忽响。残余的树叶在风中哗啦啦地舞动,依依不舍地从枝头飘落,在空中划出优美的弧线,触地的刹那,发出不易察觉的声响。

在我们学校,人工湖不易结冰,波浪的声音一年四季都有,只不过冬天的动静更小。在微风的吹拂下,湖面的波纹朝两岸逐渐晕开,湖水轻轻拍打着湖堤,像在演奏一首沉寂的曲子,音调极低,不能唱,只能哼。

待到一场清冷的冬雨,淅淅沥沥地从天空飘洒下来,世界便幻作黑白两色。雨水啪嗒啪嗒地落在屋檐、伞面和肩头。更有凛冽的北风,呼啸着擦窗而过,一会儿掠过稀疏的枝干,卷起满地的落叶;一会儿又渐渐平息,万籁俱寂。伴随着时起时伏的白噪音,若能卷在温暖的被窝里,很快就能沉沉入睡。

这些细小而微妙的冬日絮语,其实都源自生命的静美。只要让心醒着,就能听到这特有的韵律。

天气渐冷,最适合来一碗热乎乎的牛肉汤。放学后,我走进食堂,跺跺脚、搓搓手,身后的帘子便将室外的冷气隔绝起来。各个窗口后厨里,翻炒着香喷喷的饭菜,锅碗瓢盆相互碰撞,发出乒乒乓乓的声响。牛肉汤好了,就着焦酥里嫩的油酥烧饼,咕噜几口下肚,身子立马暖和起来。

这也让我忆起在家乡时,每逢天寒的夜晚,堂屋的炉子就会烧起来。火苗吐着信子,随时会窜出来似的。外面天寒地冻,屋里格外温馨。全家人围坐在火炉旁,爸爸算着账,妈妈低头打毛衣,奶奶看电视。我则在火炉盖上放一捧花生和红薯,一边听大人们唠家长里短,一边吃得不亦乐乎。

现在想想,当时只眼巴巴馋着脆花生和烤红薯,尚未察觉到幸福的滋味。春秋季总是离别匆匆,幸好还有一整个漫长的冬天,可以留给自己和家人。

每次放学回到家,总能听到厨房锅里煮饭"咕噜咕噜"的声响,将窗外的寒冷煮成融融暖意。奶奶会提前把炉子的柴放足,等我回来后,整个屋子都暖洋洋的。等到炉子上的水烧开,妈妈赶忙提起茶壶,把水灌进暖水瓶,水声由缓慢沉闷变得短促尖细后,便是灌满了。

若饭还没做好,妈妈会叫我先回里屋写作业。我趴在桌子上,手指翻着书页,心却飘到了窗外:趁着有阳光的午后,妈妈把洗好的一摞衣服抱到外面,使劲儿抖几次,再一件一件挂到晾衣绳上。记忆中,冬天的衣服总是晒不干的,只能"冻干"。有时候忘了收,第二天衣服就会冻成一面面薄而脆的"玻璃",用手小心敲打,柔软的布料变成了硬邦邦的质地,好不有趣。

儿时关于冬天的记忆总是温暖、美好的,长大后,我在外地读书,回家的次数越来越少。故乡仍像一条小河,在岁月中缓缓流淌。每次过年回家，我都要与亲人们围坐在饭桌前闲聊近况。恍惚中，又回到了那些围炉夜话的晚上，内心的充盈又多了几分。

看似寂静的冬天，没有夏天的热烈，没有秋天的缤纷，却有它独特的内敛与坚韧。它像一幅素描，线条简单，在一笔一画中勾勒出生命的奥义、温暖的美好和幸福的模样。冬天的声音里也藏着大自然的回响，酝酿着生活的小欢喜。有心之人必会捕捉到刹那触动，化作内心的成长与丰盈，成为治愈人心的能量。

我想，没有比冬天更漫长的黑夜，也没有比"在一起"更幸福的字眼。无论何时何地，只要心中的火还在燃烧，爱你的人还时常牵挂，幸福就会长久地流淌下去。世间嘈杂，我们常常习惯于用视觉感受环境，却常常忽略听觉也是一种联结自我与外界的方式。

不如暂时远离周围的喧嚣，将这个冬天交给耳朵吧，沉浸在内心的美好中，哪怕只此片刻，也能感受这份温暖的柔软与感动。

（2023 年 12 月 1 日）

以阅读抵御孤独

王　淼

"买书如山倒，读书如抽丝。"第一次读到这句话时，不禁会心一笑。因为实在是太形象了。

前段时间我写了一篇文章，有感于书多为累、书满为患，想为自己的书房减负，给自己的人生做减法。谁知文章写出不久就被打脸了，时逢"双十一"，各大网店都在搞促销活动，往年我都会在活动期间，集中买一批自己心仪已久的书籍，今年我不仅早早给自己限定了额度，且一再告诫自己，非必需的书籍，绝不轻易下单。

然而，"双十一"的活动刚开始没多久，我便又一次沦陷了：看到三联书店重版的《吴宓日记续编》，买，这个太难得了，有可能很快脱销，当年我就是因为犹疑不决，才与初版本失之交臂，机不可失，时不再来；

看到"理想国译丛"最新推出的几种，买，这套书是当下人文社科类书籍的白眉，一定要配套，一本都不能少；

看到上海译文出版社新出的"译文插图珍藏版"，买，这套书的装帧太有诱惑力了，插图也好看，哪怕书目多有重复，也要收一套放着……仅仅一天的时间,我就突破了自己限定的额度,而且还有一发不可收的趋势。

看到稀见的版本马上拿下,看到装帧华美的书籍忍不住手痒,明知是不读的,甚至不忍心拆掉外面的塑封,保持着新书原有的样子,却一定要买回家中,放进自己的书房才会安心。或许就像台湾作家萧丽红所说的那样:"读书的目的,为了要与好的东西见面:好事,好情,好人,好物。"能够反复摩挲,不忍释手的书籍,无疑就是好物!

其实我不是不明白,贪恋装帧华美的书籍是一种恋物癖,而恋物癖的本质就是一种病。是病,就得治,虽然我一再声言要为书房减负、给人生做减法,却并不想根治自己的恋书癖,岂不是很矛盾吗?关键在于我喜欢得这种病,从心里不想治,所以,才会一再食言、一再沦陷。正所谓不羡富贵不羡仙,我只想守着这些书,虚度时光。

"人无癖,不可与交。"的确,生而为人,很多时候会被恋物癖捆绑住，乃至沉溺其中，无法挣脱。有人喜欢衣服包包，有人喜欢电子产品，有人喜欢手办，也有人喜欢文玩。对我来说，藏书、读书就是最大的爱好。

我愿意过这样的生活：每天上午，冬日的阳光穿过窗子，照进书房，既像流水一般光滑，又有一股元气满满的味道。我在这样的光线中读书，或者写作，或者"像猫一样在阳光下蜷缩着身子做梦"，心中会觉得非常踏实，非常满足。

我时常在堆满书籍的书房中来回徘徊，巡视自己层层叠叠的藏书，偶尔抚摸一下书的封面，或者随手翻阅一下。对于我来说，想读的书实在太多了，却只能一本一本地读，尽管我把计划要读的书名写在记事本上，但何时能读，却是未知，我总嫌时间不足。我有时也会忘记自己有什么书，没有什么书，所以经常会买重，而这种巡视与翻阅，也常常给我带来一些意外的惊喜。

年轻的时候，我曾经写过一首小诗《我的快乐》。其中有言："也许快乐就是黄昏里的一次散步，也许快乐就是梦中的一阵歌声；也许快乐就是在漫天的枯叶飘下时吹上一曲口哨，也许快乐就是深夜独自面对着孤灯……"彼时年轻，诗写得矫情，但追求的快乐不过如此，却能够看出我的人生格局很小：抱残守缺，胸无大志，斤斤计较于微末之事。

而我之所以喜欢藏书，热爱文字，实在是因为人生太孤独了。我以读书和写作，抵御人生的孤独。

（2023 年 12 月 5 日）

人生不过一场"等"

刘文涛

人有百种情思,便有那百种"等"。

等,可以是一个飘逸的想头。等阶前草绿,等窗外花红。等风起,等云摇,等雨落。等打谷场上的秋粮干透。等纷飞的初雪铺满粗粝的土地。这"等"里,有安康之盼、云霓之望。于这"等"中,一个人的心随四季轮转的时光,在重复的日子里摇摆。

等,可以是一缕难纾的思念。等云中锦书,等车马邮件。等青鸟,等飞鸽,等鸿雁。等老宅院里的桃李满枝。等久别的亲友寄来手织的衣帽。这"等"里,有蒹葭之思、怀乡之念。于这"等"中,一个人的心随远行者的衣袂,在遥远的他乡里漂泊。

等,可以是一场不渝的苦守。等蜡炬成灰,等魂归故里。等往生,等轮回,等来世。等奈何桥上的药汤凉透。等彼岸的离人托来宽慰的梦境。这"等"里,有山盟之约、终老之誓。于这"等"中,一个人的心随生死离别的回响,在岁月的尘土里结茧。

翻阅古今畸零人的书信,悠悠扬扬,凄凄切切,满卷尽是一个

"等"字。

"坐观垂钓者，徒有羡鱼情。"一众胸怀天下的落魄子，默坐斗室，穷经皓首，苦求金榜题名，焦渴于一纸诏书。"行也思君，坐也思君。"一班颠沛世上的痴情子，只身对空镜，呢喃自语，把青丝等成白发，将沧海守作桑田。"人归落雁后，思发在花前。"一行流落异乡的游客子，孑然月下，独立阑干，祈盼家人的来书，缱怀故里的田园。

等，不是把一切交给时间。它似跃动的精灵，令人心潮涌动、辗转反侧，对人的心力发起持久的考验。

不论何因，动了等的念头，宛若火光一照，崎岖的山棱谷地显出窄路，浩荡的大江大河惊现孤舟。路的尽头、河的对岸，垂吊着一个诱人的、扑朔迷离的"果"。不论何因，起了等的心思，千回百转的心已不可能再停留在原地。无论是风雨横来，还是澄江一练，焦渴的心必定要启程，翻山越岭、乘风破浪，奔那"果"而去。

著名散文家梁遇春写道："天下许多事情都是翻筋斗，未翻之前是这么站着，既翻之后还是这么站着，然而中间却有这么一个筋斗！"等，便是这个筋斗，在可测与不可测之间，在希望与无望之间。有时等到了，有时没有等到。忽而心欢，忽而心死；忽而山穷水尽，忽而峰回路转。这便是阴晴难料的人间真实。

等，是冥冥之中的安排，是人人都逃不脱的宿命。造物主把人的所有时光都置于这一段一段的"等"中。谁也逃不过时光流逝，谁也阻止不了忘却一切和被一切忘却。在指日可待的日子里，尝遍人生的各种"等",也便挨尽了人生一切接踵的悲欢,也就不再多有贪求。

繁花落尽,雪月空明,人生不过一场"等"!

(2023年12月8日)

观看一只鸟

牛东平

上午10点,我正埋头在桌前工作,身后突然传来一阵剧烈的撞击声,像一块石头猛砸在玻璃窗上,将办公室里的静谧击得粉碎。起身过去查看,窗户完好无损,四下也不见个人影,再细看窗玻璃,上面隐约有一圈不规则的白色印记,像粉尘。我百思不得其解,把脸贴近玻璃,垂直向下搜寻,只见楼下躺着一只大鸟,生死不明。

下楼后发现是只鸽子,瘫软在地上,眼睛微闭,嘴角渗血。巨大的撞击力加上从高楼坠落,让它在此殒命。证据确凿,这是一起飞鸟界的交通事故,大概因为落地窗上折射出天空的影子,让它在滑翔时误以为可以穿过,于是一头撞了上来。我把它捧在手中,身体还留有余温,随后也只能联系物业过来处理。回到楼上后,整整一天,我都沉浸在这次撞击中,仿佛自己也在眩晕。

这起鸽子事故,让我联想起人类学家爱德华多·科恩的一个故事,也是关于飞鸟。那是他在亚马孙河流域考察期间,有一天坐大巴途经山区,突遇暴雨和山体滑坡,路侧山体看起来就要倾泻到车上。他惊恐莫名，彻底陷入对危险的想象中，感到与世界脱节，一种深深的疏离与焦虑弥漫心中。

即便脱险后，他仍然惊魂未定，不断胡思乱想。直到第二天在一处河岸散步，偶然看到灌木丛里的一只唐纳雀，于是端起双筒望远镜，转动调焦旋钮。当镜头里唐纳雀变清晰的那一刻，他经历了一种意外转变，焦虑感和脱节感顿时消散，整个人又重新鲜活起来。

对此，科恩做了精彩的人类学分析，他将看到唐纳雀的时刻称为"重新奠基"。那只唐纳雀将他引到了一片更广大的，也是超越人类心灵与习俗之上的世界中，借此，他的身心得以重新敞开。他将这种人类学称为"超越人类的人类学"。

只是看到一只鸟，竟也会激活人与世界的链接。在公园里，我们常能看到一些端着专业相机的人，将镜头对准树上的鸟巢，然后屏息凝神，只为拍摄大自然的惊鸿一瞥，不知他们在镜头里看到鸟雀的瞬间，是否也有类似感受？

从工业文明到数字文明，人与自然其实一直处在不断加深的隔阂中。人类社会像一个封闭的信息茧房，我们在其中忙碌、焦虑、娱乐与悲喜。那天上午，当鸽子撞上玻璃时，我就正忙碌于自己的茧房中，电脑屏幕仿佛是唯一的地平线。直到撞击声响起，这个茧房才短暂出现了一道透光的裂隙。我恍然意识到，窗外还有一个更广大的世界在同步运转，就像是一个平行时空。只是在这场概率极小的意外之下，两者才发生了相互干扰。

在窗外的时空里，太阳升落，光阴移转，黄昏与朝霞交替，白云不断变幻生灭，浪涛翻涌中鸢飞鱼跃，植物扎根在大地上隐秘滋长，风在四处游荡，它们遥相呼应，共同构成了充满野性的生命之流。而之所以看到一只鸟，也能疗愈身心，原因大概就在于，它让人又重新踏入了不断涌动的生命之流中。

（2023 年 12 月 14 日）

每座书店都是一束光

王 淼

来到开封,自然要去大名鼎鼎的书店街逛逛。每到一座新的城市,逛书店原是我的保留项目。在书店里随便走走,看看书架上排列整齐的各类新书,既觉得琳琅满目,又得以享受片刻小憩时光。

与国内许许多多的仿古街相似,书店街虽然历史悠久,但真正的老建筑并不多见。倒是街边种植的国槐让我颇感欣喜,它们自带一种沧桑感,不仅长得虬枝盘曲、横斜逸出,而且树冠茂密、覆盖成荫。庄子所谓:"其大本拥肿而不中绳墨,其小枝卷曲而不中规矩。"正是因为这样,书店街才拥有了一种随意与幽深的气质。

书店街的书店其实并不多,我粗略地目估了一下,大概只有七八家的样子。其中比较大的两家,一家是新华书店购书中心,一家是汴京书局:前者属于传统的国营新华书店系统,从外观上看,整座建筑呈现出20世纪六七十年代的风格。后者是一家大型复合式书店,不仅卖书,也出售各种文创饰品和潮品;无论是门脸,还是室内装潢,都显得非常时尚,更能迎合当下的市场需求。

或许是我过来的时间不对,书店街的每一家书店都门可罗雀,比如汴京书局，偌大的二楼大厅里空空荡荡，只是在玄幻小说区一隅，我才看到两个坐着读书的女孩。由此不难窥见实体书店的艰难现状，不禁心中一叹！

除了这两家，书店街的其他书店均规模不大。倒是在商场后街的一条窄窄的小巷里，我有了意外的惊喜。当我穿梭于这条巷子的深处时，偶然发现了一家名为"一束光"的书店：小小的门脸朴素无华，并不起眼，门外种植着数竿修竹，使之平添了几分秘境的超然。

这是一家经营面积极小的独立书店，前面的卖书区域大概只有十几平方米的样子，但布置合理，窗明几净，尤其出售的各种文史类书籍，诸如三联书店的《陈寅恪集》、中华书局的《历代史料笔记丛刊》，乃至明清家具研究资料、古琴史料等等，处处流露出店主不同流俗的个人品位。

在卖书区域的后面，是两个独立的单间，其中一间是店主的书房，陈列着各类旧书，不难看出店主本人偏重文史的阅读口味；另外一间摆放着店主收藏的老家具和文房四宝，墙上挂着一些字画。

在这两个独立单间的一侧，还有一个小小的院落，虽然大不盈尺，却种植着一株绿意盎然的芭蕉树。芭蕉树下，用青石板铺成一条窄窄的小径，取曲径通幽之意。尽管只是螺蛳壳里做道场，但这个小院却别有洞天，给书店增添了一分灵动的气息。

同样好玩的，还有店主喂养的两只加菲猫，一只是玳瑁色的花猫，另一只则近乎纯白色，只是头上带有几道黑黄相间的条斑。两只加菲猫既慵懒富态，又乖巧可爱，它们是书店的形象大使，被店主印成书签和明信片，传递书情，流布四方。顾客在买书之余，还可以与它们合照嬉戏，属书店馈赠给顾客的额外福利。通过与女店员交流，方知店主另有生计，开这家书店，并不指望借此赚钱，而是为了有个安身之所，安顿身体，安顿灵魂，当然更是为了满足自己平生爱书的心愿。

"一束光"书店开在开封老城区的中心地带，却能够闹中取静，深得"闭门即是深山，读书随处净土"的妙谛，让我不觉联想起泰戈尔的那首诗："把自己活成一束光，因为你不知道谁会借着你的光走出了黑暗；请保持心中的善良，因为你不知道谁会借着你的善良走出了绝望；请保持你心中的信仰，因为你不知道谁会借着你的信仰走出了迷茫。"

因为"一束光"，开封这座城市在我的记忆里，便有了不一样的意味。为传播书香留一盏灯、点一束光，这便是书店之于城市的意义吧。

（2023 年 12 月 18 日）

听从内心的声音，找到自己的"间隔"

叶克飞

"我早上起床，去做一份根本不喜欢的工作。我工作只是为了钱，可钱还少得可怜。我每天都付出更多努力，情况完全没有改变。我不只是累，我是筋疲力尽。"美剧《小谢尔顿》里的这段台词，道出了你的心声了吗？

这种心态并不少见，有人认为是人生难免的无奈，有人视为负面情绪。不过，在复旦大学教授梁永安看来，"一个年轻人觉得工作没价值，是正能量，因为他心有不甘"。

现代社会以城市化带动，城市化意味着生活的宽广乃至无限可能，但工作时间越长，生活时间就越短，这是无法避免的冲突。一个人在这样的冲突中，仍保留着对生活的憧憬与"不甘"，是值得赞美的一件事。

我们许多人，从小就在一种既定的轨道里生活，从小学、中学到大学，到工作，完全是无缝衔接状态。因为始终没有离开既定轨道，往往缺少自我生活意识，容易在高压状态下一步步走向透支。

梁永安说过一段引发争议的话，他说"啃老"也是个不错的选择:"我经常跟家长说,其实你孩子毕业以后,不要忙着让他去找一个所谓的理想工作,要给他一个探索的机会。"

有些人觉得梁教授不食人间烟火,不知道许多年轻人"无老可啃"。但实际上,他还有下半句:是否"啃老"因人而异。

将梁永安说的"啃老"与"躺平"画等号,也是误解。他定义的"啃老",更多是指"间隔年(Gap Year)",是希望条件允许的年轻人不要着急找所谓的理想工作,并非提倡不劳而获。

"间隔年"概念源于英国,最初是指贵族子弟的"壮游(The Grand Tour)"。后来,逐渐引申为升学或毕业之后工作之前的长期旅行,让年轻人在毕业后,不急于踏入社会,用一段时间来体验不同的生活方式。

"间隔年"的本质是多元化,而非限定一个固定轨道:你可以将间隔年定为一年,也可以是半年或两三年;你可以选择漫游城市,也可以背包探险;你可以一边旅行一边打工,也可以去其他国家找一份不一样的工作,或者做志愿者;你可以待在家里,潜心于某样兴趣爱好，也可以选择直接去工作。

这才是"间隔年"的最大意义所在，它提醒每一个年轻人：人是应该有选择的，选择应该出自内心。正常的人生，从来都不是"被规定"的模式，也不是"别人做什么我也跟着做什么"的状态，而应是多元化状态下的自我选择与自我认同。

2019年，我在捷克的火车上偶遇一个当地年轻人，他原本就读于捷克最古老的查理大学，却选择休学，在乡间寻找巴洛克风格老建筑。这种选择放在许多家庭，可能是无法想象的，起码父母这一关就过不了。但他却很轻松，还告诉我家人如何支持他。这是一种非典型的"间隔年"，体现了"间隔年"的真意。

有人认为，"间隔年"在当下，仍是奢侈的人生选项，因为会让人失去应届毕业生身份，影响许多工作选择和考试机会，甚至因为比别人"慢一拍"，而影响日后的升职加薪。

但如果回归"间隔年"的本意——让人寻找自己的存在价值，那么，形式就不是重要的，一个人的内心才是关键。

即使是因生计所迫选择就业的年轻人，也可以在有限的闲暇里，为自己寻找一些开阔视野的方式，比如每天抽一个小时来阅读，这同样是一种"间隔"。

许多年前，梁启超就非常前卫地提出过"间隔年"的概念。他在给梁思成的信中写道："一般毕业青年中大多数立刻要靠自己的劳作去养老亲，或抚育弟妹，不管什么职业得就便就，那是无法的事。你们算是天幸，不在这种境遇之下，纵令一时得不着职业，便在家里跟着我再当一两年学生（在别人或正是求之不得的），也没什么要紧。""若专为生计独立之一目的，勉强去就那不合适或不乐意的职业，以致或贬损人格，或引起精神上苦痛，倒不值得。"

不管是否为稻粱谋，一个人都可以好好体会梁启超的这段话，在自己的人生中腾出一些空暇，去寻觅一些光亮，找到属于自己的"间隔"。

（2022 年 11 月 29 日）

每个人都得穿越人生的低谷

守 一

最近几天休年假,在老家,遇见好几个做生意的亲戚。每个人都能说出不少"人生的低谷"的故事,或者是做了半辈子的餐饮店,越来越难以撑下去;或是刚开的白酒加盟店,拓展市场是如何的艰难。

问他们有没有想过退缩,回答大体上也差不多,"不做生意还能干什么?"那一刻,我深刻感受到自己作为一个互联网打工人,焦虑有些虚浮且没有意义。危机感虽然很难排除,可是真正没有太多选择的普通人,不需要任何的鸡汤滋补,都懂得要坚持"穿越人生的低谷"。

看到这两天雷军的演讲刷屏,我的感受也是如此。雷军熬的鸡汤味道固然不错,有了自身真实案例的支撑,哪怕是一些大白话,也有着不一样的励志和说服力。可是雷军的这些故事,离普通人的人生其实很远,他的那些所谓的挫折、低谷,相比于现在的巨大成功,简直不值一提。

雷军的江湖地位,在增加鸡汤感染力的同时,也可能导致一种

"误解"——穿越低谷好像就能柳暗花明,站上人生的巅峰。但真正的人生,可能是一个低谷接着一个低谷,或者好容易穿越低谷,也只不过走在平淡的庸人之路上。就像网上曾流行的那句话:拼尽全力,也只是活成普通人的样子。

前些年,成功企业家都流行当"成功学导师",教大家怎么创业、怎么走向成功。相比于那种成功学,雷军现在的演讲主题,显然更符合当下的舆论情绪。无比成功的企业家也无数次踏进"人生的低谷",这种低姿态表达,有助于雷军赢得更多好感,对于舒缓普通人的焦虑可能也有些帮助。

但要真正理解"走出人生的低谷"的内涵,其实恰恰是要摆脱成功光环的影响。对普通人来说,坚持不一定能成功,但成功一定要靠坚持,这或许才是人生的辩证法。

雷军有些话确实说得很好,"既然痛苦无法避免,那就直面痛苦,在痛苦中前行、在痛苦中塑造更好的我们,这就是痛苦的意义和挫折的馈赠"。直面痛苦,坚持走出人生的低谷,是几乎每一个人都必须面对的功课，这不是因为前方必然有成功在等着，而是很多时候"痛苦无法避免"。

鸡汤之所以有时候让人反感，是它喜欢构建和讲述俗套的因果故事。一个人努力做了什么事，一定就能收获怎样的好结果。但有现实感的人知道，现实不是这么简单的因果链条。就拿雷军来说，他每一次的创业选择，可以说都不是唯一的，身边总有同行者，有的成功有的失败，很难做简单的归因。有时候失败甚至只能归咎于运气不好。

所以，雷军最值得品味的鸡汤，其实不是他的某次演讲、某些金句，而是他的整个人生经历。他是如何始终保持着"直面痛苦"的姿势，迎接人生和创业途中的各种风浪。普通人没法保证自己能像雷军一样获得成功，但在直面痛苦这一点上，是可以做到像雷军一样的。

（2022 年 8 月 12 日）

文庙：上海的肚脐

沈 彬

向没有上海生活经历的人解释文庙的影响力，是很困难的。

马上要实施周边改造的文庙，迎来了一波"回忆杀"的流量，满满的是几代人的回忆，这是一个上海人才懂的文化地标。文庙，是传统中国每个县城标配的"县学＋孔庙"，它对于上海人来说还是"初代网红""初代二次元"的接触地，还有那背后浓浓的老城厢情结，热络络的生活，依稀的煤球炉的味道。

文庙是文化中心，但它不是矜持的，潮玩店小老板热情地向你介绍着新到货的高达模型。

文庙一直站在时尚的前沿，但它又是亲民的，从20世纪90年代的《七龙珠》到如今的手办，总能保持让你付得起的价格。

文庙是商业的，但是它一直保持着自己的小固执，总以自己的倔强和一路狂奔的时代潮流保持着距离，在这里，有着几十年的拉链铺子、纽扣商店，以及一家似乎永远没有生意的上海旧书店。商业的浪潮把大上海洗了一遍又一遍，却独独把文庙遗忘了。

文庙周边高高低低的私房、石库门房子里，沿街的店面一开就是两代人，父亲老了，儿子跟上，这就是满满当当的30多年，经营项目换了一茬又一茬，从20世纪80年代最潮的打火机到2000年的电脑配件，再到2022年最潮的模型。店面是逼仄的，矮小的，局促的，却是几代上海人的文化圣殿，爷爷在这里淘到了《许国璋英语》，爸爸买到了人生中第一套《圣斗士》卡片，儿子在琳琅满目的小店里慢慢掉进了"二次元"的坑。

路边的上海土法刨冰店，老板捧出两杯新刨的刨冰，冰沙高高堆出杯沿，老板麻利地将麦管插入冰水里，不出意外，赤豆冰水溢了出来，急吼吼招呼一句顾客："小姑娘拿好，快来嘬一口，滴下来了！"转弯到了一家手办店，小时候心心念念想要的那一款，如今虽然买得起了，却没有当年的味道，仔细一看老板还是当年那个老板，决定买下，为了那个回不去的童年。还有婷婷奶茶、胖子面、文庙菜饭、孔乙己饭店，大俗又大雅地站在文庙边上，让你和文庙的每一次相遇总会带上味蕾的记忆。

人们喜欢文庙，因为它的文化积淀，是孔夫子的文化，也是老城厢的文化，那份到这个空间里自然而生发的烟火气、市井味道，它也像一块化石凝结着另一个上海。

上海是近代迅速崛起的"魔都"，十里洋场、海派风情是她的最有影响力的名片，其实上海的老城厢里还藏着一个曾经烟雨迷蒙、粉墙黛瓦的江南，有一根脐带将上海的文脉系在江南，系在传统中国的身上。而文庙就像上海的肚脐，标记着这座东方现代化大都市与文化母体间澎湃的生命互动。

文庙周边的路是弯曲的，缠绕的，曲曲折折的，没有一条路是直的，对急着赶路的人是不友好的，但是等你静下来，你会在那些街道名里得到惊喜——仪凤路、梦花街、迎勋路、学宫街……

我翻出1946年国光舆地社出版的《上海里弄分区精图》，文庙附近赫然有刘公祠街、应公祠街，每一个地名都值得索引、考据，还有"名园不再，空留地名"的也是园弄、半径园弄，这里也曾有过一座座的江南园林；先棉祠街则讲述上海和"衣被天下"的黄道婆的故事。

滚滚时代车轮向前，文庙是很多人的"二次元圣地"，更早之前是那个"科学的春天"里疯狂淘书的圣地，再早之前，这里的主角是至圣先师、明伦堂……总要告别，总要向前，城市长存，我们只是过客，我们尽自己的努力改变着城市的一鳞半爪。

我游历过很多城市的文庙，北京的国子监、南京的夫子庙、西安的碑林（孔庙），似乎每个城市的文庙都自觉承担起原始功能之外的作用，比如成为博物馆，比如成为小吃天堂。而上海文庙里满是"洋气"之外的烟火气，从这里读到另一个上海，从这里发现上海文脉的那根脐带。

（2022年8月9日）

我们谁不是"小镇做题家"呢

张 丰

我的老家河南郸城,现在是有名的高考县。县一高每年考上北大清华二三十个,今年一本上线超过4200人——这个数字十分惊人,要知道我读高中的时候,全县高中生都没这么多人。

你要问我对此事的看法,我告诉你是自豪。

我愿意称这些少年为"本乡子弟",也愿意成为这个群体的一员。对我来说,故乡的最动人之处,就是大家奋力考到北上广深杭,为了自己的前途努力拼搏。

在我读书的时代,几乎是同样的少年,却有着完全不同的命运。那时本县已经至少十年没人考上北大清华,能考上重点大学已经凤毛麟角。我高考的那一年,所在的第二高中几乎全军覆没,成绩好的都选择了复读。

对我来说,到隔壁县复读才是"做题家"生涯的开始。这意味着放弃阅读课外书,也意味着放弃全部不合时宜的梦想,投入考试竞赛,每一个月的月考,都紧盯名次。复读班的名次极具参考性,要知道有不少人本来就上了本科线,复读是为了考取更好的学校——你向他们看齐就是了。

"小镇做题家"这个词,自带争议。小镇,在城市化时代代表落后,"做题家"一词则有一定的讽刺意味,因为做题是应试教育的代名词。

那时当然没有这个词,我们都非常单纯地投入,不会有多余的想法,也没有时间去想别的。回看那一年的生活,我认为有很动人的部分:十七八岁的少年,为了能够有一个好前程,投入全部精力奋力一搏。

这是试图把握自己命运的努力。考试完第二天,我们拿到标准答案,开始估分,然后就填报志愿。我记得同学中只有极少数有家长到场,大部分都是自己做主,做出影响自己一生命运的选择。

也许有人会认为这没什么特别的。高考是公平的,有些人胜利,有些人失败,而大家的共同点是都付出了自己的努力和汗水。以前,有一种看法是这样的:会做题,会考试没什么了不起的。

人生当然不能只会做题。但是如果能有将心比心、换位思考的意识，能懂得很多出自小镇的年轻人的真实生活处境，就会自然而然地明白，一个人投入题海有什么错呢。

那个广为流传的网络段子，"我付出18年的努力才来到这里，不是为了和你坐在一起喝咖啡的"，触动了很多从小镇考进名校的年轻人。从高考里脱颖而出的小镇青年，可能有着极深的心理阴影，常见的就是这种自卑，也可能以自大的形式表现出来。

我认为这种创伤是真实存在的。我到大学时才发现，和大城市同学相比，我惊人地无知。比如同学们都赞叹"83版射雕"，我根本没看过，因为我读高中之前老家村里还没通电。

可以说，有相当一部分"小镇做题家"都有类似创伤。常见的表现是，在人生的紧张时刻会梦见高考，自己发挥得一塌糊涂。还有隐秘的表现：过于自尊、敏感，渴望能够出人头地。

这可能是"小镇做题家"们的痛苦，也会让他们反思，以后的路该怎么走。无论如何，这说明"小镇做题家"从来没有被格式化，有些认为他们只会做题的观点是完全站不住脚的——他们可能比别人更敏感，而不是更木讷。

当然，不管是不是"小镇做题家"，年轻人都要走出心灵的封闭，拥抱更宽广的世界，因为人生有很长的路要走。我认为确实存在一条从"小镇"走向未来的道路，你要真的走出"考场"，来到广阔的世界。

不要幻想人生是由无数个考试构成，而你要始终成为获胜者，"小镇做题家"不是只会做题，只会追求赢别人的机器人，这本身就是对很多努力拼搏的年轻人的误解。正相反，"小镇做题家"完全可以忘记或者克服把人生当作考试的想法，在世界发现更多可能性；更多的接纳，更多的信任和爱。

"小镇做题家"会做题，因为他足够努力，足够强韧；但"小镇做题家"不光会做题，他们还有温度有个性有思想有追求，和所有积极向上的中国年轻人一样。从这个意义上来说，我们谁不是"小镇做题家"呢？

（2022年7月14日）

古典主义的端午

周华诚

在江南，端午这天不吃粽子，说不过去。端午前几天，村里人就把收着的干箬叶放在水里浸泡，泡软了，准备着裹粽子。也有去山上采新鲜箬叶的，新鲜箬叶包裹的粽子，煮起来自有一种草木的清香。

端午裹粽子，大概是江南普遍的习俗。为什么要吃粽子，小孩子都说得出来，是为纪念屈原。从起源上说，这个节日本质上是有一点忧伤的。然而粽子的裹法，各处还是有些不一样。北方的粽子，多是甜粽。甜粽以碱水制之，或放两粒小枣，蘸糖吃。咸粽就蘸酱油吃。越到南方，花样越多，传统的广东粽子配料就有蛋黄、莲子、豆类、火腿或腌肉、冬菇等，粽子的个头也大得多。

江浙的粽子，比广东粽子朴素些，比北方的又精致些。最有名的是嘉兴粽子。苏州粽子也有名，以箬叶或菰叶裹之。杭州城北塘栖镇上，汇昌粽尤为有名。一般人只知塘栖枇杷，不知汇昌粽。不同于嘉兴粽和湖州粽，汇昌粽比较有特色，有斧头粽、枕头粽、尖角粽和猪脚粽等多种；在制作工艺上，汇昌粽以五花肉、绍兴酒、土糯米、青竹叶为原材料；在蒸煮过程中，又强调"千滚不如一焖"。一百只粽子放入加有老汤的铁锅中耐心煮，食来口感鲜糯，回味无穷。

母亲裹的粽子，跟胖乎乎的嘉兴粽子不一样，母亲包起来是修长的一只，四只角。裹粽子的绳索，是用的棕叶，晒干，又浸了水，韧性十足。母亲喜欢把粽子裹得实实的，棕叶绳子扎得紧紧的，柴火灶里大锅煮着，煮得满室飘荡粽子香。

江南人过端午隆重，且历史悠久，《清嘉录》卷五记道："五日，俗称端五。瓶供蜀葵、石榴、蒲、蓬等物，妇女簪艾叶、榴花，号为端五景。人家各有宴会，庆赏端阳。药市、酒肆馈遗主顾，则各以其所有雄黄、芷术、酒糟等品。百工亦各辍所业，群入酒肆哄饮，名曰白赏节。"

端午的仪式感是很强的。对于孩子来说，端午还要在手腕脚腕系五彩丝线，谓之"端午线"。据说这是从宋代传下来的习俗，也叫"长命缕"。端午这天系上，一直到六月六那天丢到瓦背上，让鸟儿衔去。

也有别地方的说法，是在端午节后的第一个雨天，把五彩线剪下来扔在雨中，会带来一年的好运。不过，"端午线"和给小孩子额头用雄黄酒写个"王"字一样，大雅久不作，习俗渐渐也会湮灭，只有粽子还是年复一年，在端午节按时出现——现在的端午，因为临近高考，据说有的地方，老师或是家长会把粽子系一个在门框上，让孩子经过时高高地蹦起来，用头去顶一下——这是新的习俗，寓意"高中"，也很有意思。

有一次，我到杭州北面的小镇塘栖去，发现那里的粽子很有趣，居然有雌雄之分。老人家说，以前姑娘小伙们的定情物就是粽子——相亲之日，小伙子带的三角粽，是雄粽，姑娘带的刀斧粽，是雌粽。小伙看上谁家姑娘，就把雄粽递到姑娘手里，如果姑娘中意，就会把雌粽回赠给小伙。从粽子入手，一场淳朴的爱情就这样开始了。

老家常山的习俗里，小伙子定了亲，到了端午、中秋是要"送节"的。这一天，小伙子挑一担东西，送到姑娘家去，一般是有肉有酒，有面有烟。面是索面。端午时候就送粽子，中秋就添上月饼。送端午的人，挑一副箩筐的担子穿过田野中间的路，步行很远，送到女方家里去，这个过程有一种悠远的情意在。

我小时候还经常见到这样的情景。那时候乡下没有电话，也没有摩托车和汽车，见面聊天都不容易。只有到了这样的日子，女方在家里巴巴地等着，等着意中人挑一副沉沉的担子出现。若是路远,或是下雨,远方的人久等也未到,不知道她是怎么样的一种心情?而挑担的人,在这样的远路上走着,一步一步,愈来愈接近喜欢的人,心里应该会有无限的欢喜。

这样的担子里,除了粽子和烟酒,也会藏着一副五彩丝线吧。等到无人注意的时候,悄悄地系到女方的手腕上。

在丽水松阳,还有一种茶叫"端午茶"。虽然名字叫作"端午"的茶,却并不只在端午才有,乃是一年四季都有的;虽然名字叫作端午的"茶",却并没有茶叶,乃是各式各样的植物,树皮、树根、树叶、藤条、草茎之类,五花八门。在松阳这个山中的县城,有多少户人家,就有多少种端午茶,各家各门的配方都有些许不同,每一家的端午茶泡出来味道也都有差异。

有一天我在松阳老街上闲逛,发现那里的中草药铺可真多,随便走进一家药铺,就能告诉你独到的端午茶配方,煮出一壶独一无二的茶来。而在松阳的饭店里吃饭,店家一定会给你沏上一壶端午茶。细细分辨其中材料,可见有香樟树片、香樟叶、竹叶、竹枝、石菖蒲、鱼腥草、天仙果、金锁匙、金银花等等,据说可入茶的植物,有一二百种。

这一道端午茶,可是浙江省第三批的非物质文化遗产。它的起源,可上溯于春秋战国时期,有清热消炎、防暑解毒、祛湿散风等功效,成为当地人一年到头必备的茶饮。

五月初五,古人心目中一般认为是大凶日、毒日、恶日。天气转暖,毒虫出动,蛇蝎、蜈蚣之类的出来,瘟疫也容易流行,所以要用一些方式祛邪避毒。菖蒲是瑞草,叶片像是宝剑,人称之"蒲剑",将它与艾草一起插在门上,以驱邪避疫;佩戴香囊、五彩丝线、饮雄黄酒、喝端午茶之类,也同是此意。

要是回到宋朝,端午习俗大体差不多,只是宋人比今人更爱在端午戴花。《西湖老人繁胜录》记载:"初一日,城内外家家供养,都插菖蒲、石榴、蜀葵花、栀子花之类,一早卖一万贯花钱不啻。何以见得?钱塘有百万人家,一家买一百钱花,便可见也。酒果、香烛、纸马、粽子、水团,莫计其数,只供养得一早,便为粪草。虽小家无花瓶者,用小坛也插一瓶花供养,盖乡土风俗如此。寻常无花供养,却不相笑,惟重午不可无花供养。端午日仍前供养。"

那是一个爱花的时代,人人喜欢在头上戴朵花。戴花,那时也叫簪花,不仅仅是女性的专属,男子簪花也蔚然成风。不分性别、年龄、阶层、贫富,不仅宫廷贵族、文人士大夫簪花,普通市民也爱簪花,隐士高人爱簪花,连绿林好汉也会簪花,《水浒传》里的浪子燕青就是如此,"腰间斜插名人扇,鬓边常簪四季花"。北宋画家苏汉臣有一幅画作《货郎图》,画中一个货郎壮汉,鬓边簪一枝花,其面貌浓眉大眼,其神情甚是娇媚,颇为有趣。

辛弃疾到了60多岁的时候,也写过一首词《临江仙·簪花屡堕戏作》:"鼓子花开春烂漫,荒园无限思量。今朝拄杖过西乡。急呼桃叶渡,为看牡丹忙。　　不管昨宵风雨横,依然红紫成行。白头陪奉少年场。一枝簪不住,推道帽檐长。"

您瞧,一个发疏齿摇的老人拄着拐杖急急去看花,老人也想跟年轻人一样,把花簪在头上,可是头发已经稀疏,簪花屡堕,老人随即自我解嘲,推说帽檐太长。一个富有情趣的春日看花图景,一位可爱天真的老人形象,都跃然纸上。

簪花属于全民性的日常活动,重要的节日当然要簪花。端午这天,"茉莉盛开城内外,扑戴朵花者,不下数百人"。或是穿越回那个文化繁盛、生活风雅的宋朝,在临安城,你我说不定也头戴一枝花,臂上佩戴五彩丝线与香囊,手上拎着精致的粽子当午餐,一路香风习习,去参加划龙舟比赛了。

(2022 年 6 月 3 日)

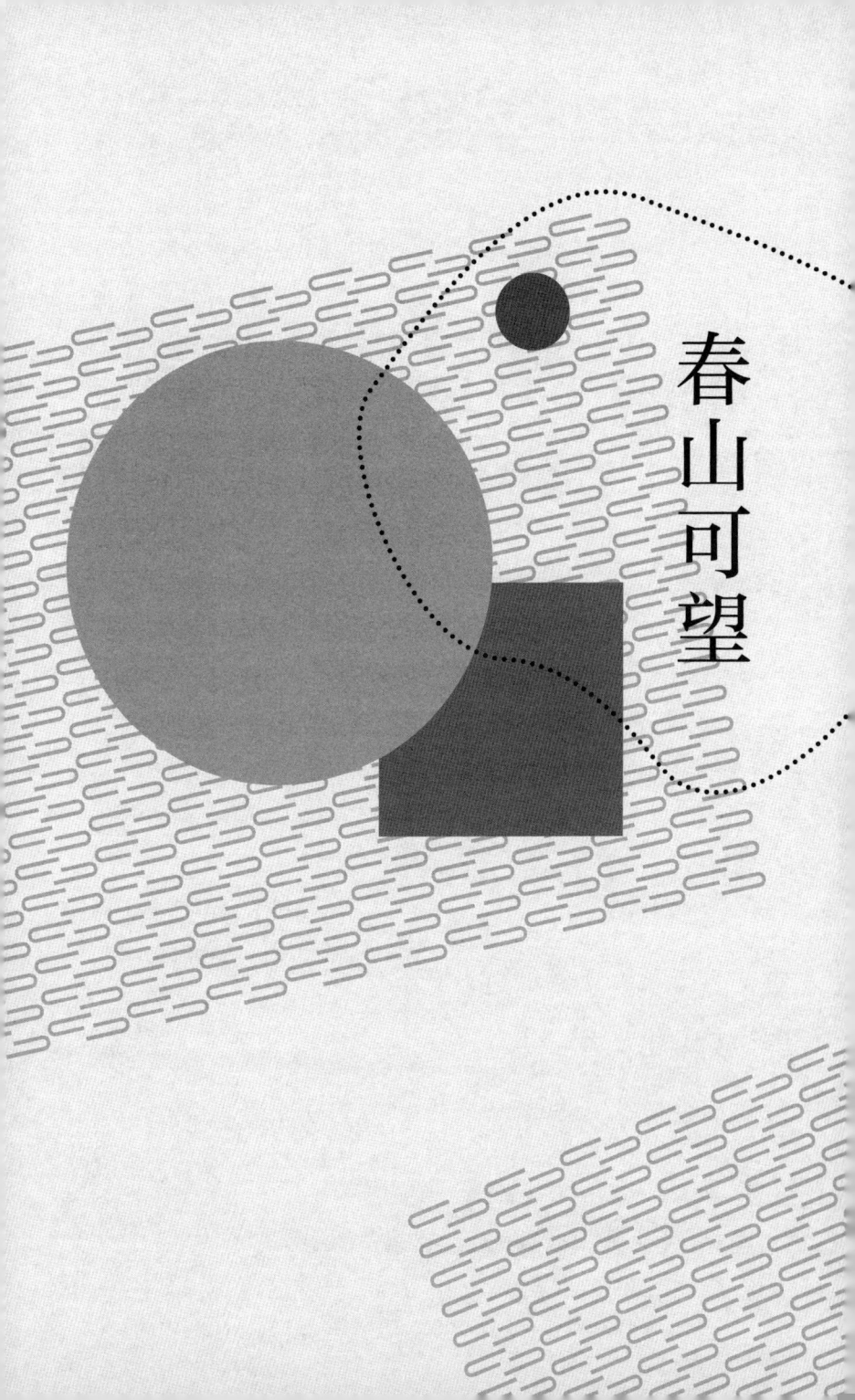

春山可望

鱼肉和鱼刺是生活的一体两面

卢小波

早年看过一部电影,讲西北农村的故事。有个婚宴场面,每桌都端上来一条鱼,好看但不能吃,盘子里的是木雕鱼,用卤汁浇在上面,极其逼真。可以推想,穷啊,宴席讲排场,岂能"食无鱼",才有了这个"发明"。

苦中作乐,宴席上的木雕鱼,至少有个好处,确保你不会被鱼刺扎着。

社会的进步,让"年年有鱼"不仅是吉祥话,还成了容易实现的美事。只是嘛,美事总会带来一点麻烦。上一个节日,我所在的城市媒体上就有个消息——《鱼刺卡喉 每天接诊四十人》。注意,这仅是一家三甲医院的数字。我们虽是二线城市,但三甲医院不少。想象一下,大小医院都有人啊啊啊拔鱼刺。每逢节日,那些为鱼刺所苦的人,应该能很快站满一个篮球场。

这个"篮球场",我站过两三次。有一回,鱼刺卡喉,跑了两家三甲医院,医生都犹疑着说,看不到啊,应该没有吧。找鱼刺的过程,别扭且狼狈。你得用纱布裹着舌头,张着大嘴自个往外拔着舌头，方便医生拿着镜子镊子，在喉咙里找来找去。何以要以纱布裹着才能拔舌？防滑呗，你想想油嘴滑舌的意思，就明白了。

那根似有若无的鱼刺，难受了我一星期。后来不抱希望，随便去社区边的小医院看了看。坐诊的是一个返聘老医生，我才张嘴一小会儿，就说看到啦看到啦。好笑的是，她举起镊子正要拔，突然又缩回手："哎哎，先开个单，下楼交钱再来拔。"我记得是200块钱。想来，拔鱼刺的人那么多，政府应该是有收费标准的。

此事让我对大医院鄙视了好一阵子，连个鱼刺都找不到，差劲呀。后来专家解释，我这种情况，可能是鱼刺陷入黏膜组织，那时就算照CT也无法显影。几天后，因为人体排异和吞咽，鱼刺会浮出表面。还有一种情况，你觉得鱼刺卡喉，有异物感，但一两天后又好了。专家说，这是鱼刺已被吞下，但划伤了黏膜。如此说来，帮我找鱼刺的前两个医生，犹疑不定也很正常。

这么麻烦，能少吃鱼吗？恐怕不行。不要说是营养需要，就是它的美味也无人可忍。张爱玲讲人生有三恨：一恨鲥鱼多刺，二恨海棠无香，三恨《红楼梦》未完。她的排序没错，对人类来说，鱼肯定比《红楼梦》重要，只可惜刺多了点。记得《金瓶梅》里，多次在关键场合提到鲥鱼。据说，这种美味多刺的长江鲥鱼，如今已然灭绝，市面常以东南亚鲥鱼冒充。

有一段时间，除了特定的一两种鱼，我几乎不碰鱼。那是化疗期间，护士给了医嘱，吃鱼一定要小心。果然，因为化疗反应，造成了神经末梢损害。那种麻木感，从手指脚趾慢慢升至臂膀和大腿，甚至从鼻尖舌尖延伸至喉咙，以至不敢吃鱼。舌头和喉咙，是感受不到鱼刺的。人的神经系统太奇怪了。所以,新冠之后有朋友失去味觉嗅觉,我虽不能明白原理,但同情确实更深切。

中国人,应该是全世界最擅长吃鱼的。那些多刺的鱼,西方人一般弃之不食,只有中国人想出百般花样,将其烹为世间美味。

我家丫头四五个月大时,需要改喂辅食。那时在山区,物流不发达,海鲜极少。有朋友介绍一种河鲜辅食,鲫鱼煮面线。鲥鱼没吃过,但以我的感受,鲫鱼可算是淡水鱼里第二多刺的鱼。只是国人对鲫鱼,有顽固的偏爱,产妇无奶要喝鲫鱼汤,婴儿辅食也要它出马。怎么做这道辅食呢,鲫鱼要长时间熬煮,直至鱼肉尽脱,汤汁奶白,再将带汤的鱼肉与面线同煮,起锅前下入剁得极细的青菜末。

这里头最关键的是,要把那些细碎的鱼刺,仔细挑出剔除。这是婴儿辅食啊,要不是怕不卫生,我恨不得自己嚼一遍。想不到真有一两次,鱼刺未剔尽。丫头在喂食中会突然停嘴,慢慢用舌头顶出鱼刺。后来,我再煮鱼粥,就不那么胆战心惊了。这也让她妈妈自豪无比,到处宣传,她女儿才四五个月大,就能剔鱼刺啦。女儿长大成人之后,也从未有鱼刺卡喉的经历,她有童子功嘛。

老爸是我见过的最不会吃鱼的人。他从小就生活在高山区,幼时没吃过鱼;他一吃鱼,就会卡到鱼刺,索性就放弃了河鲜海鲜。早年间,医生不怎么擅长拔鱼刺,部队里像他这样的战友,应该不少。所以,他老是说,为个吃的,喉咙卡成那样,也太贪吃、太丢人啦。

从小我们一吃鱼,爸爸就很紧张,不住声地盯着:"不许说话,吃鱼不能说话!"年老了以后,为了让他老人家营养全面,家里只要有鱼吃,妈妈和我们在餐桌上就要为他去除鱼刺,逼他吃鱼。哎,时光荏苒,白驹过隙,从前为女儿剔鱼刺,一晃眼轮到帮老爸了。

鱼肉和鱼刺,是生活的一体两面。新春之际,愿你年年有鱼,不卡鱼刺。

(2023年1月17日)

人生的路很长，不用太赶

阳　柳

因为工作性质特殊，我的下班时间很不确定，早则晚上6点多，晚则8点多。早下班时，我经常在办公室拖延半个小时左右，因为正值地铁晚高峰，拥挤的人流总让我身心生出一股抗拒。

晚下班呢，当然是一路疾走快奔，恨不得早点到家，毕竟很晚了嘛。但最近，我换了一种心态：不如，从单位到地铁口，不同地铁线路间的换乘，以及出地铁到家，都慢慢走吧——反正已经很晚了。

心情一换，天地自宽。我不再着急忙慌地赶路，也不再看到停靠站台的地铁就心生焦虑，想着在地铁门关上的一瞬间，像武侠小说里的高手，一个辗转腾挪闪进车厢。我开始故意放慢脚步，心里告诉自己，没事，等下一趟吧。

这样想着，看着眼前的地铁呼啸离去，心里不再懊恼或失落，相反，有种反内卷的快感：嘿，没想到吧，姐不赶时间。

我以为这是一种很"戏精"的心态，很个人化的体验。没想到，当我在大学好友群里一说，几个好友都表示感同身受。有同学说，她现在越是下班晚，越不追着地铁跑，也不抢在绿灯变红前的几秒狂奔过马路。身体累、跑不动是一个原因，更重要的是，想在一天结束前的这宝贵片刻，好好让心灵放松下。

下班路上，可能就是中年人难得的放空、放松时间吧。它不像大学生的发呆区、年轻人去寺庙那样有仪式感，但对心灵的修复和抚慰效果是一样的。

能在紧张和忙碌了一天后，在这段时空里，享受一点"慢生活"，对很多人来说，并不容易。它需要你暂时抛却还在等着你的一切杂事琐事，有意识地去改变心态、调整脚步，如果另有所获当然更好了。

比如，重新找回对于季节变换和自然风物的感知力。现在，只要不太晚，我会提前一站下车，晃悠半个多小时回家。正值植物萌芽、繁花绽放的春天，同样的路段，每天都有不同的风景。有时候惦记着哪条新路线上偶然发现的花苞，绕远路也要专门去看看开了没。能在心里保留点对于生活的诗意，大概也是一种"小确幸"。

王安石说："赖有春风嫌寂寞，吹香渡水报人知。"大自然从不吝啬于展现四季分明的美，也善于让人从心里焕发出欢喜和希望来。只是，习惯了在钢筋混凝土丛林中奔波的都市人，经常忘了，抑或停不下脚步，抬头看一眼头顶的星空，瞅瞅四周草木的枯荣又一年，体会一番古诗词里的浪漫意境和人生况味。

从地铁站到家，要经过一个派出所，一所小学，两个建筑工地，相邻的篮球场和网球场，一个带有塑胶跑道的公园，一条河流。夜幕下，它们呈现出与白天完全不同，也与很多人关于大都市印象不同的宁静氛围，也默默记录着一些动人的日常细节。

工地门口，一名中年女人拎着个保温桶，来给看工地的丈夫送饭。篮球场上，一群人跳跃奔跑，灯光下能看到他们甩出的汗水。公园里，中年人在跑步，老年人在散步。他们不说普通话，而是用家乡方言交谈。手机外放的声音里，有京剧、越剧，有单田芳的评书，也有英文有声书。

在这座巨大的城市里，此刻夜未央，人未眠，繁华与忙碌以另一种形式在继续，将每一个今天和明天无缝衔接。

人生的路很长，不用每天那么赶。可以的话，不如偶尔放慢脚步，给自己的心灵放个小假。

（2023年3月31日）

手机"哑"了

周云龙

发现没有?越来越多人的手机"哑"了。不是不能出声,而是被它的主人硬生生摁成了静音或振动状态。

人就是奇怪的生物。如果手机没有声音,哪怕音量小一点,都会觉得不"安全",是要维修的。但是,音量正常,他又要不断调控,更新铃声版本,调整音量强弱……人的控制欲,在对待手机上,也表现得淋漓尽致。

人们最早使用手机时,多是保持它的正常出厂状态的。有的人,明明没有人找他,也会把手机整出来电的各种声响,制造日理万"机"的幻象。前些年,许多正式会议在开始前,会专门发通知,提示会议期间,请将手机调成静音或振动状态、飞行模式。有的更狠,直接要求关机,或者不让带手机。

现在,你在一个会场,还会听到此起彼伏的手铃声吗?我的一位朋友在机关供职,他说他们那里的会议室,已经 N 多年没有听到一次手机铃声响起。某日,一个角落里突然手机铃声大作,恰如平地一声雷,所有与会者都转身、寻声,如临大敌——好有戏剧感的一幕。

不过,今天的公众场合,比如候车室、车厢、店堂、候诊区,往往还是铃声依旧。人在陌生环境里,少了一些顾忌,也没那么严格要求自己。或者说,不装了;或者说,露馅了。

静音(或振动、飞行)模式的选择,与人的年龄、性别、职位、学历、性格等关联不大,更多只是喜好,只是习惯。手机的静音模式与人的静音模式是迥然不同的。人的闭嘴沉默,往往是不想说、不能说、不必说,是成熟或城府的表现。

那么,人们究竟为什么要让手机切换为静音?理由大同小异:铃声太烦,手机成为日用品之后,各路来电来信的提示声音,让人每每有如接线员一般忙乱。听人讲话或与人聊天时,手机突发声响,也有失礼仪。骚扰电话、短信太多,无声可以有效略过那些不熟悉、无备注、不在通讯录里的"不速之客"……

一位常年手机静音的朋友,跨界教育和传媒,他把自己的动机描述得很有诗意,很有哲理:人多时怕吵着别人,一个人时怕吵着自己。

  铃声，对在场的人是骚扰。噤声，对拨打的对方礼貌吗？如今，第一时间接或被接电话，往往全靠缘分（运气）。我的一位"80后"好友，自有高见：静音都是在工作场所，目的是不被打断、打搅，因为手机另一端的人不能预知你的状态，不像当面找你，探头一看，发现你在忙，可以等会儿再来。

  我家小子在国外留学，平常与他联系多半是微信，常有几分钟到几小时的"时差"。一次当面问他何故，他淡定坦然：手机全天候静音，只有点了外卖之后的半小时才开放声音，等小哥的电话。

  播音主持界的一位年轻圈友，同事多半时间都找不到他。他私下解释，我是手机的主人，通过手机找我，肯定要等我决定回复或不回复。不想接那些临时的紧急活儿，一着急自己也容易不在状态。当然，自己要做某件事情的时候，会解除静音，集中注意力随时准备接听，也会随时接听合作伙伴的电话。

  无声，是对喧嚣世界的隐忍，还是抗争？是社会文明进程中的妥协，还是进步？或许，无声胜有声，手机就是一种见证。

（2023 年 4 月 18 日）

丝瓜地里的大侠

周华诚

山里人，不少有拳脚功夫。外地朋友都很好奇，是不是真的？当然是真的。这一趟，是要去一个叫作"猷辂"的小村，见识一下猷辂拳。

猷辂，村庄偏僻，这两个字也很生僻难写。这村子在浙西常山县的新昌乡，其实原来写成"牛路"。根据1988年出版的《衢州地名志》记载，此地山高路远，从前交通极为不便，仅有一条牛路可供通行，所以原名"牛路"，后为避其浅陋，才改成了文绉绉的"猷辂"。

猷辂拳，也并不是特指某一种拳术，而是在这个村子中，严家、谢家、李家、刘家、鄢家等大姓，家家都有一套代代相传的本家拳。经过几百年的研习、传承，这些拳统称为"猷辂拳"。

一路徒步，穿山林，行古道，觉猷辂村深居山中，古意盎然。午后，村民坐在檐下饮茶，听说我们是来打听拳脚功夫的，顿时来了兴致，摆开阵势，给我们表演了一套拳脚。虽是老人家，年纪看上去也不小，但出拳时虎虎生风，刚劲利落。

村民说，这不算啥，在这个村子里很多人都能操练几把。

山里人为什么要习拳？想来无非是防身、健身两种功用。路上随便拉住一个山农，都能说上几句村庄的历史，说是在清朝的康熙、乾隆年间，严家、谢家两支，从江西南丰迁徙到八面山下，在这里繁衍生息，聚落成村，慢慢形成了一个大村的规模。

据村民收藏的《严氏宗谱》记载，康熙六十年（1721），严世贵、严世远兄弟从江西南丰宜古坳迁入；民国三十三年（1944）版的《定阳李氏宗谱》记载，雍正元年（1723），李邦清、李邦秀兄弟，也从江西南丰迁入；据村民们口口相传，鄢姓是康熙年间从南丰的泊田迁入；而另一大姓的谢姓，据《会稽谢氏宗谱》记载，则是在乾隆年间，从与江西南丰相邻的福建建宁迁入。

"南丰"，这个地名我熟悉，因我老家村庄也是说的江西南丰话。相传，我村也是从江西南丰迁入。

今年三月，到浙江省衢州市柯城区石梁镇的麻蓬村采风。此村是远近闻名的"武术村"。武侠小说大师金庸先生，就跟这个村有一段渊源。在20世纪40年代，因抗战全面爆发，一些学校躲避战火纷纷搬迁，衢州一中从城里搬迁到农村，落址在麻蓬村。1941年，时年17岁的金庸正在衢州一中读书，也就随校迁至麻蓬村，他白天在学堂上课，晚上住在麻蓬村闲置的屋舍，他在这里度过了两年的难忘岁月。

就是这样一个武侠村，麻蓬人的祖先，也是从江西南丰迁居而来，数百年间，一直保留着当时的方言。为了免受乡邻欺负，麻蓬村人代代习武，沿袭至今。据说麻蓬村人人会拳，有祖传"十三太保"，已被列入衢州市非物质文化遗产项目。关于"十三太保拳"，有许多传奇故事。金庸在《碧血剑》中描述的"石梁帮"，打的就是"麻蓬拳"。

我在麻蓬村，觉乡音亲切，原来三百年前是同乡。也因此，当我在猷辂村听到熟悉的"南丰腔"时，便马上联想到了麻蓬村。猷辂与麻蓬同根同源，亦有同样的迁徙历史，至今同样保持尚武之风也就不足为奇。南丰方言古韵悠然，吐字清亮，而猷辂方言更有一种硬朗之气，想来也与其地民风刚硬尚武相关。

百闻不如一见，我们邀请村民现场来了一段拳术表演。果然，一招一式，刚猛有力，左冲右击，虎虎生风。

民间有"南拳北腿"之说，猷辂拳就重拳少腿，讲究技法，刚柔并济，便于实战，体现了典型的南拳特色。而且，在猷辂拳中，许多招式还结合了村民的日常生活特点，如棍棒、板凳、扁担、柴冲等等，都是农家常见工具，他们顺手拿来就可以作为武术器械使用。扁担、柴冲，还能想得到，而板凳则是万万想不到——不料正是四条腿的板凳，在拳师兼农人手中，舞动出那么多招式。格、挡、击、撞、顶、甩，有招胜无招，无招亦有招，一张长板凳，说起来也有一二十斤重，在拳师手中，居然是一件如此称手的兵器。翻一翻古龙笔下的《兵器谱》，应该找不到这么朴素又常见的兵器吧，由这一点来看，猷辂拳列入非物质文化遗产名录也是当之无愧。

严家拳以刚见长，套路有"五步、七步、连步、单凤晒翼、落地梅花、大小红拳"等。谢家拳以柔见长，四两拨千斤，主要套路有"珍珠散、三十六宋江、三角梅花、双凤朝阳"等。几个套路打下来,与想象中的对手交战三百回合,出一身汗,强身健体的效果是很明显的。

坐下来听听村民讲故事吧。比方说,严家拳的来历,是在太平天国运动失败后,严家冒险收留了被称为"金彪"的太平军勇士,并为他养老送终,金彪把自己在战场上历练出的一身武艺传给严家子弟,并由严维旺、严樟水等人代代相传,形成了硬桥硬马的特点。而谢家拳呢,据说是得到一位出家人的指点,招式之间有少林派的特点,而又能以柔克刚。还有知恩图报、救人危难等故事,坐下来可以聊很久,聊不完。总之,跟习武有关的故事,总是很好听的。

功夫、拳术,其实也不只是功夫、拳术,背后是人们内心的善恶,和面对生活的侠义之气。在周星驰的电影《功夫》里,一个卑微的贩夫走卒,说不定正是身怀绝技的大侠。在猷辂村里走了一遍,然后你再看那些平凡的人,那个在稻田里割稻挥汗如雨的人,那个背着两棵竹子在山道上艰难前行的人,那个挑着一担柴禾远远走来的人,那个在丝瓜地里锄草的人,说不定都是拥有一身功夫的侠者。

只是,日常的生活琐事细碎又繁重,一件又一件压在了他们的肩上,让他们身上的光芒隐退,泯然于众人,看上去灰暗无比,但是,这些都不要紧。习武之人,并不以拥有一身武艺为傲,习武不过是磨砺了他们的心志,让他们面对世俗生活时拥有超强的耐心和勇气,也拥有闪亮的内心。其身怀璧,而不自知。这也让我想起日本小说《黄昏清兵卫》，每一个平凡的小人物，在某些特定的时刻，都有机会成为一个大侠。

（2023年5月19日）

松弛地承认自己办不到

栗中西

起因是朋友 H 在群里发了一条求助信息：要做一个脚踏凳，高 55.5 厘米，间距 20 厘米，材料是一根 1.9 米长的木头，怎么做？同时附上了一张失败的草图。

这位工科男、互联网大厂员工、无所不能的两孩父亲，被一道简单的算术题难倒了，另一位有博士学位的朋友 L 看不下去了，很快给出了他的答案：勾股定理一下，长度为 58.71 厘米，两边也就是 117.42 厘米。190 厘米的原木还有 72.58 厘米，分成两节，也就是 36.29 厘米。

但显然，这个简单粗暴的答案，并不能解决 H 的困惑。我和先生决定赶往现场，除了想看看"勾股定理"到底能不能指导实践，也想见证一下"木匠的诞生"。

H 家有个小露台，他一直想亲力亲为，发扬工匠精神，打造一个梦想中的花园。两年多过去了，除了母亲种的几箱瓜果蔬菜，露台一切如初，进度条堪忧。这次木工活儿，目标是用小女儿废旧的婴儿床，改造出一个步入露台的脚踏凳，以回应妻子长期以来的不屑，打响"花园改造计划"的第一枪。

我们抵达现场后发现，问题远远不是图纸画不出来那么简单。比如长度有了宽度怎么设定？给两岁娃用的梯子踏板几级比较合适？电锯和手工锯哪个更安全……第一次当木匠的H，显然低估了工程难度。加上我先生，两个男人对一堆新拆封的工具，一筹莫展。

经过一番技术研讨和上手试用，H向现实低头，同意简化他的设计方案，决定钉一大一小两个U形方框，合二为一，暂且以极简风踏板作为木匠生涯的第一件作品。至于尺寸，不再追求精度，不去考虑人体工学，全凭目测和手感，一番锯、磨、敲、钉。工程宗旨也从匠心手作，变为脚踩西瓜皮、滑到哪算哪。

功夫不负有心人，两个男人满头大汗折腾两小时后，作品初具雏形——一件神似废弃搬运箱的脚踏凳。但二人的成就感丝毫没有受到影响，忍不住地对着作品颔首微笑。只不过，在多番摆弄也找不到一块"平地"后，不得不承认——钉歪了。关于要如何改造，分歧又产生了，H计划拆掉部分重钉，我先生建议在底部补钉几颗钉子调整下平整度。两个方案，一个是"守卫尊严版"，一个是"破罐子破摔版"，我毫无疑问要投票给前者。

又是一番敲敲打打，一个四面缝隙、周身破绽的脚踏凳终于完成了，木匠算是"凑合"诞生了。H那刚学会走路的小女儿，绕着爸爸和给她的礼物，一圈圈地笑着走着。不管你们满不满意，她一定是极满意这件礼物的。

我们这代"80后"，小时候多少接触过村里的木匠，看过交换空间和梦想改造家这类节目，又有短视频时代各种手工UP主提供的"做梦素材"，所以总觉得有点"徒手造万物"的血脉在体内，等待唤醒。

终于在用尽洪荒之力，钉了一张不能用的凳子后，不得不承认，不同人的天赋之间，的确是有鸿沟的。如果当初没有吃苦头好好读了几年书，我们大概率成不了村里的"二舅"，当不了能让人啧啧称赞的能工巧匠。

没关系，东倒西歪的凳子也是凳子。从学生时代就开始竞争，一个人在城市打拼，职场上、生活上不落人后地"卷"着，临近中年，终于可以在某个领域，松弛地承认自己办不到，坦然地失败，大笑着输着，这种体验其实也不错。人生不在于凑合，但人生少不了想凑合就凑合的自由。

（2023年6月8日）

当"中年感"袭来

江 城

上个月和三位朋友一起报名了网球课。我们四个人约好一起上课,雇一个教练,大家彼此互为固定搭子,运动又解压,岂不美哉?

作为社会人,那各种准备必不可少。一身装备全部置办齐,买的都是社交平台推荐的所谓"中产最爱";场地也四处考察,选了一个看着高端的;收藏了一堆入门短视频,没事的时候就拿出来看看。总之,准备动作很充分,决心很大、干劲很足。

结果,第一节课就有一位朋友把脚崴了,而且一崴就是两个星期,到现在都没好。医生说他缺钙,要多休息休息,不要剧烈运动。风风火火的网球课,一下就熄火了。

就是这个事,一下让我有一种"中年感"袭来的感觉。看似对生活还充满热情,也有很多想法,但身体却真的在衰老。想想上高中的时候,踢球把额头撞破条口子,绑了两圈绷带就继续了。现在,动辄就伤筋动骨了。

我自己也一样,前两天肋骨下侧按着疼,我的第一反应就是

"不会有大问题吧",人到中年就容易这样想。到医院一查,结果是什么"软肋骨炎",我之前听都没听过。医生说不要紧,但也没什么办法,"多休息,不要剧烈运动"。

我一下想到了一句宋诗,"骨警如医知冷热,诗多当历记晴阴",就很像一种中年况味。虽然不情愿,但现在身体状况好像真的是在下降,动辄就被劝"不要剧烈运动"。而更关键的是,这影响的或许不只是运动,而是内化成了一种保守、收敛的态度,将人生状态向内收缩。

就在前两天,部门里来了一位实习生,是位工科男。他看我们工作方式有点原始,于是提出要用Python语言给我们做个爬虫程序,能减轻很多工作量。

我请他演示给我看一下,他一点开程序,密密麻麻的代码,我一瞬间就产生了一种非常强烈的生理抗拒:不行、看着烦、不想用,原来的方法也挺好的。

但下一个瞬间,我却有一种冰水浇头的感觉:这是不是一种"中年感"?过于自信已有的知识结构,对新知识的学习带有天然的抵触,向往一种安稳的状态,哪怕是工作手段的变化也不能接受。

之后,我便强忍着不适,硬着头皮看完了他的演示。虽然还有很多不明白的地方,但不得不说,技术终究是技术,确实有釜底抽薪的潜力,有望把我们一些工作流程完全颠覆过来,我很庆幸自己选择了坚持。

"中年感"人们可能都没法逃脱,那是一种生活渐入安稳,但又隐隐有些不安的阶段。这个阶段,还保有一些好奇心和求知欲;

但有形无形的规训,比如"什么年龄该干什么事"的说法,甚至会变成一种自我暗示,把人压缩成被动的状态。

对于我来说,其实并不太喜欢这种状态。但真的下决心对抗,却不是一件容易的事。这种感觉并不舒服,有一种难以言表的憋闷感。

但前几天见了一位比我还年长的朋友,他让我很触动。他在一个很安稳的年纪,选择去其他省份的分公司工作。在那他的收入会下降,工作量会多上好几倍,甚至前途是不是更好也很难说,没人许诺他回来会怎样。

他却跟我说,"在总部事情太简单了,太单薄了",他只是想让人生丰富一点。"也许这不算多好的出路,但不试试谁知道呢?"说真的我很佩服他,在并不算年轻的年纪,去尝试一件回报率不是那么清晰的事,这更像是年轻人的选择。

但仔细想想,其实中年也没必要自我设限,就像有句常说的话:年轻人最大的资本是可以"犯错"。且不说什么是犯错吧,中年人尝试去冒一些险又怎样呢?又不是明天就退休,中年"犯错"又怎样呢?世界的变化那么快,人生其实也不太可能刻舟求剑一般地活着,无论在哪个岁数。

这两天有个好消息传来,朋友的脚伤快康复了,有望在端午节之后正式回归。"搞搞搞",群里听到他宣布复出的消息,有朋友就回了这三个字。

这种感觉很好,人到中年了,哪怕干一件事不那么顺利,也会遇到些挫折,但还是要勇敢地站起来。我相信,我们的网球课一定能上完,也一定会收获满满;我也相信,所有坚持不懈向前走的中年人,总能到达他的目的地。

(2023 年 6 月 21 日)

一台缝纫机里的世道人心

卢小波

法国19世纪诗人洛特雷阿蒙,终年仅24岁,但有个莫名其妙的句子传诵至今:"一架缝纫机和一把雨伞在手术台上偶然相遇。"不少艺术家都喜欢化用这个句子。一般人解不出它的好,只会觉出两个物品突然活了,仿佛有故事在发生。

身为"60后"的孩子,我十一二岁时,就会踩缝纫机,给自己缝补衣服。当年城里很多孩子,都有这个能力。前提是家境还可以,有一台缝纫机。衣服破了,妈妈又没空补,孩子就自己上手了。更小的孩子,会钻在缝纫机下面玩。他们在踏板上盘着腿,手扶着传动轮,当作汽车方向盘,嘴里嘟嘟嘟的,在想象中风驰电掣。

如今除了专业人士,再没人比"60后""70后"的孩子,更熟悉缝纫机了。他们从小就知道,叔叔阿姨成家立业,最牛就是得有"三转一响"。"三转",是指缝纫机、自行车、手表;"一响",是指收音机。

关于缝纫机的梗,流传至今盛行不衰的,是挖苦某些人在公众场合的不雅动作——抖腿。这被形容为"缝纫机模式"。在影院、火车及航班的座位上,你偶尔能碰上邻座踩缝纫机般的抖腿节奏。我遇到最厉害的"缝纫机模式",是在单位食堂。同桌那位吃着饭进入"缝纫机模式",能把满满一碗菜汤,抖得水波荡漾又涓滴不遗。

家用缝纫机,已经淡出日常生活。"缝纫机模式"这个比喻,估计新一代孩子,也会慢慢听不懂了。未来,只能在"语言考古学"里,寻找这个词儿。

但没有想到,我跟传统缝纫机还会有一次温情又魔幻的邂逅。

今夏新买的裤子超长,得改短一点。老婆讲:"小区后门马路斜对面,有个老太太开的缝纫摊子,你自个儿跑一趟,5块钱就能改好。"我说,咦,我天天经过,怎么没看到?

果然,在马路对面车库入口旁,一排商铺侧面白墙边,摆着一台缝纫机,一把倒放的椅子。主人没在,缝纫机覆盖着防水布。上午下午去了两次,都没有人。

如今过日子,衣服不等穿旧就扔,好久没见着缝纫机了。但这一回,真是急需裁缝师傅啊。晚上再经过还是没人在,但注意到,缝纫机边还躺着一把大伞。可不是么,这是露天场所啊,裁缝师傅总得防雨防晒吧。

回家问老婆:"缝纫机一直在街角摆着,不收起来吗?"老婆反问:"为什么要收?"我说:"会丢失啊。"老婆露出鄙夷的表情:"为什么会丢?"这就没法对话了,双方只好不响。

次日下午再去，缝纫机边坐着老太太，一身大红大绿的花衣裤，典型的闽南乡下女人气质。她一边量裁裤子，我们一边聊天。我第一个问题是，你的缝纫机，都不抬回家吗？老太太笑笑："抬什么，不用抬，太麻烦啦。"再老的女人，也是需要恭维的。我说，你有50多了？老太太笑出声来："我有这么年轻吗？"

我又问，你在这里干了几年啦？老太太伸出两根手指。我说，两年吗？她撇了一下嘴，20年啦。我吃了一惊："20年，缝纫机一直放在这里？""对呀，就放在这里，反正很多年了。""没有丢过？""为什么会丢？"她的回答，居然和我老婆一样。

"缝纫机街上用了20年，没有坏掉？""哦，木头面板换了一块，机头一直是好的。""什么牌子啊？""好像是飞鸽吧。"一问一答间，我想起了妈妈用过的两台缝纫机，先是蜜蜂牌，后是蝴蝶牌。那时候，上海撑起了大半个中国的家用机械产品，但我不知道天津飞鸽也出缝纫机。

没话找话，我又说，哎，年纪大了，出来做点零碎活儿，还挺好的。老太太很不高兴，指指头顶那把大伞："什么叫零碎活儿，这么热这么晒，我在家吹空调不好吗？"她叹了一口气，"我本来是有机会的，钢铁厂那时候到我们那里招工，指标多，随便去，但我爸不肯。"她指指缝纫机："现在只能靠它了。"

回家路上，满脑子都是缝纫机温柔的嗒嗒声。我一会儿想起，当年孩子们裤子的膝头和屁股，补丁的车线，如蜘蛛网一圈又一圈；一会儿又想起，粗枝大叶的妈妈，用缝纫机时一不小心，被车针扎穿手指，鲜血淋漓……

感慨之余，跟朋友聊起街头这台缝纫机。我分析说，它好歹是一台钢铁机械用品，就这么大剌剌摆放着，小偷和拾废品的，不顺手牵羊吗？就算没人偷没人捡，那清洁工不管，街道居委会不管，城管也不管？老太太的心可真大啊，再怎样也是她的吃饭家伙啊。

朋友讲，也许她四下里打点好了？我笑，你得了吧，她改这条裤子，才收6块钱。她打点得起吗，谁会要这种小打点？我问过，她儿子是开旅行大巴的，月收入6000多块。

社会文明的进步，主要看日常小事；从日常小事，又可见世道人心。大约25年前，此地的马路井盖老是被盗缺失，常有路人跌得头破血流，在处理机制上各单位推诿，我还参加过副市长召集的窨井盖专题协调会呢。

时光流转。我猜这个老太太，最早那两天，把缝纫机摆在街头过夜，内心一定是忐忑的。也许上工之后，还会高兴松上一口气，哎，它还在。

现在，每个人都知道，来路不明的废品，没那么好卖了。可能连小偷也知道，专业分工的细化，让他偷了机子也没人会用。工业品的廉价，也让老太太放心：这台缝纫机就算丢了，她也随便能淘到二手机，或者干脆买新的。

拿着改好的裤子，我跟老婆说，我得写写这台街头的缝纫机。她说，这有什么稀罕，写出来让人笑死。我心想，穿越回几十年前，讲到这种今天这种情形，可不是让人笑死吗，不不，是让人开心地从梦中笑醒吧！

所谓岁月静好，在我看来，露宿街头的这台缝纫机，就是一个象征。

(2023年8月9日)

和亲戚三观不合要拉黑吗?

张十味

这两天,家庭小群里发生了一起小冲突。一位阿姨在群里表示,对自己的学生暑假兼职很是不满,说这位学生"成绩又差水平又低",在暑假却抓住了一个机会,短期创业"赚了几十万",由此感叹现在的人真盲目,"现在一些人真是病急乱投医,居然相信他"。

结果我的表姐和阿姨吵了起来,"学习不好就是没能力吗?人家抓住机会的本事不是能力吗","人都不傻,人家相信他一定是有他的本事"。说着说着,表姐开始直戳要害了,"你就是嫉妒他,自己努力赚工资,还没学生一个暑假赚得多,对吧?"说完,群里一片寂静。

我私信给表姐,要不少说两句,算了算了,"亲人最有爱"这种群,大家夸夸就完了,何必和亲戚较真。她说,她就是看不惯老一辈死脑筋,故步自封还自信满满,最后还加了一句:"我已经把她拉黑了。"

我真是满头黑线,因为三观不合,居然拉黑了亲戚,不得不说次日下午再去，缝纫机边坐着老太太，一身大红大绿的花衣裤，典型的闽南乡下女人气质。她一边量裁裤子，我们一边聊天。我第一个问题是，你的缝纫机，都不抬回家吗？老太太笑笑："抬什么，不用抬，太麻烦啦。"再老的女人，也是需要恭维的。我说，你有50多了？老太太笑出声来："我有这么年轻吗？"

我又问，你在这里干了几年啦？老太太伸出两根手指。我说，两年吗？她撇了一下嘴，20年啦。我吃了一惊："20年，缝纫机一直放在这里？""对呀，就放在这里，反正很多年了。""没有丢过？""为什么会丢？"她的回答，居然和我老婆一样。

"缝纫机街上用了20年，没有坏掉？""哦，木头面板换了一块，机头一直是好的。""什么牌子啊？""好像是飞鸽吧。"一问一答间，我想起了妈妈用过的两台缝纫机，先是蜜蜂牌，后是蝴蝶牌。那时候，上海撑起了大半个中国的家用机械产品，但我不知道天津飞鸽也出缝纫机。

没话找话，我又说，哎，年纪大了，出来做点零碎活儿，还挺好的。老太太很不高兴，指指头顶那把大伞："什么叫零碎活儿，这么热这么晒，我在家吹空调不好吗？"她叹了一口气，"我本来是有机会的，钢铁厂那时候到我们那里招工，指标多，随便去，但我爸不肯。"她指指缝纫机："现在只能靠它了。"

回家路上，满脑子都是缝纫机温柔的嗒嗒声。我一会儿想起，当年孩子们裤子的膝头和屁股，补丁的车线，如蜘蛛网一圈又一圈；一会儿又想起，粗枝大叶的妈妈，用缝纫机时一不小心，被车针扎穿手指，鲜血淋漓……

感慨之余，跟朋友聊起街头这台缝纫机。我分析说，它好歹是一台钢铁机械用品，就这么大剌剌摆放着，小偷和拾废品的，不顺手牵羊吗？就算没人偷没人捡，那清洁工不管，街道居委会不管，城管也不管？老太太的心可真大啊，再怎样也是她的吃饭家伙啊。

朋友讲，也许她四下里打点好了？我笑，你得了吧，她改这条裤子，才收6块钱。她打点得起吗，谁会要这种小打点？我问过，她儿子是开旅行大巴的，月收入6000多块。

社会文明的进步，主要看日常小事；从日常小事，又可见世道人心。大约25年前，此地的马路井盖老是被盗缺失，常有路人跌得头破血流，在处理机制上各单位推诿，我还参加过副市长召集的窨井盖专题协调会呢。

时光流转。我猜这个老太太，最早那两天，把缝纫机摆在街头过夜，内心一定是忐忑的。也许上工之后，还会高兴松上一口气，哎，它还在。

现在，每个人都知道，来路不明的废品，没那么好卖了。可能连小偷也知道，专业分工的细化，让他偷了机子也没人会用。工业品的廉价，也让老太太放心：这台缝纫机就算丢了，她也随便能淘到二手机，或者干脆买新的。

拿着改好的裤子，我跟老婆说，我得写写这台街头的缝纫机。她说，这有什么稀罕，写出来让人笑死。我心想，穿越回几十年前，讲到这种今天这种情形，可不是让人笑死吗，不不，是让人开心地从梦中笑醒吧！

所谓岁月静好,在我看来,露宿街头的这台缝纫机,就是一个象征。

(2023 年 8 月 9 日)

和亲戚三观不合要拉黑吗？

张十味

这两天，家庭小群里发生了一起小冲突。一位阿姨在群里表示，对自己的学生暑假兼职很是不满，说这位学生"成绩又差水平又低"，在暑假却抓住了一个机会，短期创业"赚了几十万"，由此感叹现在的人真盲目，"现在一些人真是病急乱投医，居然相信他"。

结果我的表姐和阿姨吵了起来，"学习不好就是没能力吗？人家抓住机会的本事不是能力吗"，"人都不傻，人家相信他一定是有他的本事"。说着说着，表姐开始直戳要害了，"你就是嫉妒他，自己努力赚工资，还没学生一个暑假赚得多，对吧？"说完，群里一片寂静。

我私信给表姐，要不少说两句，算了算了，"亲人最有爱"这种群，大家夸夸就完了，何必和亲戚较真。她说，她就是看不惯老一辈死脑筋，故步自封还自信满满，最后还加了一句："我已经把她拉黑了。"

我真是满头黑线，因为三观不合，居然拉黑了亲戚，不得不说我这位表姐实在是太勇了。但其实,她只是做了我想做而不敢做的事。

说真的,有很多三观不合的亲戚,其实我也挺想拉黑的。但我没有这么大决心,一般只能到屏蔽朋友圈的程度。亲戚这种血缘纽带,很难被物理切断,考虑到"抬头不见低头见",总是要留一线。

我也是这么和表姐说的,表姐说:"有什么呢?我们都两年没见了,见了又怎样,我不尴尬,尴尬的就是她。"她又说:"我没法和三观不合的人交往。"

仔细一想,好像确实也有道理。其实,虽然说像我表姐一样勇猛的人不一定多,但因为三观不合而彼此形同陌路的人,这些年我身边并不少见。人们对三观似乎越来越重视了,一些群里原本很熟悉的人,也常有因为对事物的看法不同而走向绝交。

乐观地想,或许这也是一种社会进步的表现吧,人们脱离了基础的生存需要,对社交圈也开始有了价值观契合的要求。

要是在以往,亲戚朋友主要提供一个物质支持的作用,人们的交流停留在哪里需要帮忙的层次，哪还谈得上三观交流？但现在不同了，当物质援助不再居于社交原则的核心，那么三观便更加重要，它成了人们构建生活空间最关键的标准之一。

这或许也是好事吧，人们开始有观点，更重视抽象的思考。本质上来讲，这是一种现代性特征，现代的社会联系，其实就是建构于三观之上的。

比如商业，表面是需求和供给，但具体到当事人，却是建诸一种价值观之上的：双方必须相信对方都会遵守契约精神。这也是为什么越现代的社会结构，血亲联系反倒会薄弱的原因，人们通过三观，寻找一种新的联系。

所以，三观不合拉黑亲戚倒也能理解。不过我也想起了一个非常遥远的绝交故事，嵇康和山涛的绝交。

嵇康和山涛绝交，也是源自三观不合，山涛举荐嵇康做官，嵇康认为这是对自己的误解，二人追求有根本的不同。他还洋洋洒洒地写了一封《与山巨源绝交书》，这想必让山涛很是尴尬。

但是，嵇康死后，他的儿子嵇绍却是在山涛的照顾下长大的，嵇康甚至对儿子说"巨源在，汝不孤矣"。可见，在三观之下，还有一些更稳固的东西，把它们联系在一起，这个东西我想或是人性吧，也可能是一种人格欣赏。

这对今天大概也有启发。三观当然重要，三观不合也很正常。但三观有时也是虚无缥缈的，三观之下，人们也应该寻找一些共识，比如善良、尊重。有这些共识在，人们的社会联系，或许才不至于被拉扯成碎片。

我也希望表姐能够和阿姨和解，虽然我也不认为阿姨说得有道理，但她其实在我们年幼的时候，给过我们不少照顾，她是好人。我想，真正的绝交，最好还是发生在连共识都撕破的基础上。能够和三观不合的人交流，或许也是一个现代社会需要的能力。

（2023 年 8 月 17 日）

把孤独当成宠物

文　淘

最近和两个朋友聊起"孤独",我们都说不太清楚,它究竟是一种什么样的感受。

一位朋友说:"有点像狗,赶又赶不走。"我说:"不像吧,狗才不会让人孤独。我感觉像蛇,冷冰冰的,让人绝望。"另一位朋友接话:"谈不上绝望,如果非类比一种动物的话,肯定不是那种能给人痛快的猛兽,我觉得像章鱼或大蜘蛛,让人有点克苏鲁风格的害怕。"

把"孤独"形容为一种正在追你的动物,你会选哪种?我们没有就这个问题达成共识,但都认为自己被孤独"咬"住过。

7年前,我背着笔记本,拎着一包零碎的行李,踏过一些向下的台阶,住进深圳的一间"蜗室"。那个出租屋可长租可短租,几平米的房间安置了4个铺位,晚上经常会被临时入住的人吵醒。被吵醒后,我就再难入睡,心绪纷扰,总感觉这个硕大无朋的城市的夜晚,实在是太荒寂了。

很多个晚上,"孤独从四面八方涌来,将我吞噬"。后来,我搬过很多次家,也换了漂泊的城市,但那种持续性的、赶又赶不走的、令人心悸的感觉"咬"住了我,与之相伴的是始终调理不好的失眠与颈椎病。

记得有一天,我蜷缩在图书馆一个摆满词典的格柜旁的角落里,埋首于一本小说。眼角处总有各式各样的鞋子经过。突然,一个两岁多的小男孩趴在地上,撅着屁股仰头看我。和他对视的那一刻,我心头竟涌起一股难以名状的渴望,渴望他关注我,渴望他懂我,渴望他和我分享一两件趣事……后来,他挨了一巴掌,被他妈妈拎走了。

当我把这两段故事讲完,上面那位把孤独比作章鱼或大蜘蛛的朋友表示能够理解,"我也有过那种体验,在深夜,盯着天花板,像被章鱼缠住的一摊烂泥,心里空空的"。然后,他讲了一个自己完整的成长经历,从小时候被爸妈一个人留在家里,到始终无法融入的校园生活,再到后来成为一名"北漂"。

他说:"在这个过程中,孤独的感受是有变化的,小时候就只是觉得无聊、期望被关心，上学后样样不如同学、伴随着强烈的自卑，现在则是缺乏归属感。"

"你说的这个层次，倒让我想到网上曾流传得很火的'孤独的十个等级'：一个人逛街，一个人去看电影，一个人去吃火锅……一个人去做手术。"另一位把孤独比作狗的朋友笑着说："我之所以认为像狗，是觉得它有时候就像你们说的那样，龇牙咧嘴，不太友好，让人难受、害怕。但当我们一个人的时候，也只有它在陪伴着我们呀！"

我抖机灵地反问道："你的意思，我们要把孤独当成宠物喽？"不料两位朋友竟都会心地笑了。

静静想来，我们确实应该把孤独当成宠物，管它是狗、是蛇，还是大章鱼或大蜘蛛……人的一生，孤独如影随形，我们越试图从它的束缚中挣脱出来，就会被绑得越紧；越试图挤进熙熙攘攘的人群，就越会觉得来来往往皆过客。所以，很容易得出一个结论，就是不妨坦然地去接受它。

不少名人都说，要享受孤独，但这实在是一种顶格的人生智慧。在这之前，我们要先慢慢长大，意识到孤独，然后与孤独厮打，再与孤独和解。"与孤独和解，说到底就是和自己和解吧，放过自己，去做喜欢的事，去喜欢喜欢的人，去品尝花式繁多的美食，去挥汗如雨地锻炼，去认真地阅读，去整理自己的起居……"，一位朋友说。

这让我突然想到小说《清明上河图密码》里的一句话："洒扫应对皆是道……即便擦拭桌凳，清扫地面时，也静心诚意，体味其间往复之律、进退之节。"或许,这就是享受孤独的境界了。

(2023 年 9 月 8 日)

为什么中年人喜欢一个人待着

土土绒

网上曾经流传着一个段子,说很多中年男人下班回家之后,要在小区地下车库里坐几分钟,然后才上楼回家。为什么呢?

"因为一天当中,只有这个时间,是完完全全,属于我自己的。"

作为一个中年女人,我看到这个段子的时候,心里很不服。凭什么?一个人独处这种好事,难道只有男人知道它的好吗?我们女性也一样渴望啊。只不过,我们没有大张旗鼓地说出来,只在心里默默地想而已。

前段时间工作特别忙碌,这两天终于忙完了,我就调休了一天。调休的好处,就在于当别人要上班、上学的时候,只有我一个人闲着,想想都美好!我没打算去哪儿玩,也没什么重要的事做,就准备在家待着。

调休前一天晚上,家属问:"你明天一个人在家啊,会不会很孤单?要不跟我去学校吧?"(家属在高校工作)我给了他一个震惊的眼神。于是他秒懂:"行了行了,我知道你心里偷着乐呢。"他转头跟小朋友说:"宝宝,你妈妈最嫌弃我们两个了,巴不得抛弃我们俩。"小朋友也附和说:"对!我知道!"

这么说……也没啥大毛病。天知道一个有家有口的中年人,想要独自待一会儿有多么不容易!这样的机会,简直可遇不可求。

一大早,我把孩子送去学校。回来以后,就开始了有大把时间可以挥霍的一天。干点什么呢?洗碗拖地擦桌子,没错,就连做家务都很开心!没有谁让我做,单纯是我自己想做而已。不一会儿就忙出了一身汗,但是看着家里变得窗明几净,成就感油然而生。环顾四周,因为没有人,往常有些拥挤的房子,此刻显得格外安静又空旷,仿佛我一开口就会有回声。

"偷得浮生半日闲。""独坐幽篁里,弹琴复长啸。深林人不知,明月来相照。"一些句子莫名地冒了出来。一个人想干什么就干什么,多么奢侈。现代人的娱乐当然不是弹琴,而是刷手机。抱着手机玩了半天,漫无目的,刷累了就睡觉。睡得迷迷糊糊,醒来,再发一会儿呆。时间飞快流逝,就想懒惰下去。

快乐的时间总是短暂的,就这么无所事事地度过了毫无意义的一天,既满足,又有罪恶感,仿佛吃了一整个奶油蛋糕,或者一大盒冰淇淋。但有一天时间独处,能短暂地逃离这个世界,自由自在,内心窃喜,仿佛什么都与我无关。已经弥足珍贵。

傍晚,去把孩子从学校接回来,大脑就开始飞速转动:晚饭吃什么呢?既要孩子爱吃,又要考虑营养。吃完饭,赶紧催孩子写作业,提到学习,亲子关系肉眼可见地微妙起来,空气中开始有"勾心斗角"的味道,家庭气氛在母慈子孝和鸡飞狗跳的状态中来回切换……仿佛一瞬间,我又跌回了柴米油盐、家长里短当中。那些安静而无聊的时光,就像一个梦幻泡沫,"噗——"地戳破了。

不过,也没什么关系,人生哪能总是住在梦幻中,总还是得面对现实。其实,人是社会的动物,真要离群索居,我也受不了。只不过在喧嚣繁杂的尘世中,那一点静谧实在太过难得,短暂的逃离全看机缘,唯其求而不得,才显得格外诱人。

前几天遇到一位在寺庙工作的朋友,邀请我去他工作的寺庙小住几日,说附近景色优美,晨钟暮鼓,有诸多好处。我当然心向往之,但是,什么时候才能抛开俗事、过上这样悠闲的日子呢?

想起苏东坡说:"何夜无月?何处无竹柏?但少闲人如吾两人者耳。"现代人最缺的,大概就是闲了吧。身闲未必能心闲,能够一个人独处一段时间,忙里偷个闲,就已经很不容易了。

(2023 年 10 月 11 日)

70岁的大姐,为了省下60元

周云龙

我的大姐云珠急急忙忙从上海赶回苏中老家办事。事办一半,又要赶回去,因为惦记着她的小本生意。

从老家去上海,我们都说"上上海"。现在当然方便多了,有高铁,有大巴。高铁,车程约2小时,110元左右,不过两头要乘转公交车,有点麻烦。大巴,90元,有小车上门接驳,但是沿途不断带客、下客,兜兜转转,线路很长,耗时更长,全程得五六个小时。

大姐是70岁的人了,还能在路上折腾这么久吗?我担心。

以我的经验,手机上叫个顺风车最方便,虽然车费贵点,但是点到点,车快捷,人享福。但我的想法到了嘴边,又咽下去了。因为我知道,大姐只会选花钱最少的大巴。

她和姐夫在上海打工20多年,前十五六年里,他们没有用过一次洗衣机,没有用过一次燃气灶,没有用过一次微波炉,没有用过一次空调,没有用过一次淋浴间……在这座国际大都市里,他们倒带一样,过回原始的极简生活。

如果在小城市，他们是有房一族，日子也会安逸，但收入会大大减少。如今孙辈大了，老两口还总想着帮衬晚辈们一把。咬咬牙，把老家三室一厅的房租出去，奔赴上海当高龄打工人，租住在一间"老破小"里。

我想到外甥鹏鹏也许能说服他妈妈。拨通手机，我开门见山：赶紧给你妈约个明天的顺风车。她准备坐大巴去，早上5点就要动身，正常情况也要中午11点半才能到，路上那么长时间，她高血压、高血糖，哪里吃得消？路上她肯定不敢吃东西，不敢喝水，怕不好上厕所，这不活受罪吗？你赶紧联系她，把大巴的老板回绝掉……

外甥在南通创业，这些年跌跌撞撞，总算爬出低谷。他平时很忙，但对父母还算不错。前年夏天，他从老乡那得知上海很热，第二天就开车过去，给爸妈的出租屋装上空调——不这样直接赶过去、马不停蹄地执行，光靠劝说，根本不行，他太了解父母的脾性。这次，我也希望他能说服老母亲。

第二天中午，消息传来，大姐还是坐的大巴，中午12点半才到，中途因为堵车，进入市区，车子又出了状况，耽误了半小时。全程7个半小时里，她粒米未进，滴水未喝……一切在意料之外，一切又在意料之中。

我还没责怪，大姐先"自我批评"：怕你骂我，怕你骂鹏鹏，是我不愿意坐顺风车的。我也不急着到上海，坐快车省三四个小时，但要多花五六十元，我哪那么容易赚到60元？再说，现在坐车再苦，还能有过去苦？还能比人家跑长途的司机师傅更苦……大姐总有自己的一本账，有自己的参考系。

我想，你是何苦呢？你缺60元吗？省点时间，不可以养养精神？70岁的人了，还没想开啊……但这些气话，终究被我吞下。

有多少像我大姐这样的人，在漫长的人生里，穷怕了，苦够了，没有多少安全感却有无限责任感。即使是我有退休金的二姐、小妹，也一样往死里省吃俭用。妹妹退休返聘后，为了多挣30元，常常主动多加夜班2小时。网民总结得好：成年人的世界，谁不是用舒适换取柴米油盐，做出一碗酸甜苦辣的汤，自己品尝。

60元，是多大的坎吗？据说，外甥那天和他妈妈争执了半天：从小到大，都听你的，这次能不能让我做一回主？一个坚决，一个更坚决。外甥当时已经下单、付费，最后只好取消行程。母子之间，表面是争执，背后是挣扎。面对强势的父母，子女往往也没辙。

我知道，姐姐的强势，不是自身实力的强大，而是对健康状况的迷之自信。更准确地说，是对身体的透支。

健康，是第一财富，但好多人不认这个排序，他们只有在奔波忙碌赚得碎银几两之后，心里才会出现健康、自由、舒适等非财富性选项。在"父母得安康，子女入学堂，四季有余粮"之前，可能谁也没法劝说他们学会超脱。

（2023年10月13日）

家务劳动"显形"记

苏月遮

早上上班快迟到了,在阳台上急急忙忙晾衣服,衣架摔得砰砰响,丈夫在门口嘟囔了一句:早点干吗去了?

我听到顿时怒发冲冠,朝着他高声"汇报"起来:"干吗去了?昨天到家就开始做晚饭洗碗,和你儿子玩球做手工、高质量陪伴,然后替他洗澡刷牙读绘本哄睡,累得比他还先入睡。早上眼睛一睁就要弄早饭、叠被子、收拾房间、开窗通风,哄你儿子穿衣服刷牙吃东西,顺手还要擦洗手台、收垃圾袋、把洗碗机的碗筷掏出来,自己洗把脸就要赶着出门,临走才想起来衣服还在洗衣机。汇报完毕,'领导'还有什么要指示的吗?"

说完一脸凶相地盯着他,半晌,他自觉理亏地回了一个"哦",然后送孩子去幼儿园了。

这样的争吵,平均半年就要来上一回。表面上看,是我得理不饶人,气势汹汹、咄咄逼人。实际上,愤怒的背后是深深的无力感。

这些家务,任何一件单拎出来都是几分钟的事儿,不值得一说,但干它的前提是你要首先"看见"它,才会去做。家庭中往往是谁"看见"的活儿越多,谁要干的就越多。和大部分中国妻子一样,我有一个从来没有被培养过要"看见"家务的丈夫。

即使他在家里干活,背后还得配备一个助手:将他用完的工具归位,洗好的碗盘收起来,叠好的衣服放进衣柜。这种情形下,你甚至很难责备他。每一句提醒,都变成得寸进尺的抱怨。所以,不管如何约法三章,分清包干区域,最后都会因为两个人"看见"家务的能力不同,变成"能力越大,责任越大"。

新晋诺贝尔经济学奖得主克劳迪娅·戈尔丁揭示了劳动力市场中性别差异的主要驱动因素,通过整理两个世纪以来的数据,发现婚姻对女性就业的阻碍比以前认为的更严重,成为母亲之后,女性收入就会明显下降。这里面,家务是"罪魁祸首"。过去,消磨在那些隐形家务里的时间和精力,很少被赋予应有市场价值,也很少成就女性的认同感和荣誉感。

其实我本身一点也不排斥做家务,总是抱着脑力劳动者对体力劳动的天真热爱，积极参与家务。如果没有工作羁绊，看着家里一点点变干净，倒是很有成就感。定时来家里的钟点工阿姨，又极大地解救了我。我也很难拿这个问题过多苛责丈夫，一来他愿意去干被分配的家务（无论干得好不好），二来他确实从小没有被教育过要干家务。同是丈夫角色，我父亲就不一样，总是不动声色地包揽所有家务。可见成长环境和观念传递，比妻子的抗议更为有效。这说明干不干家务不是一道性别鸿沟，而是可以通过后天努力改变的。

作为广大妻子的一员，如果抛开学术修养粗粗看过去，这样一个显然的社会事实，居然成就一个诺贝尔经济学奖，是蛮令人惊讶的。或许换个角度理解，女性发展容易被家庭拖累的大众感受，背后有科学数据和学术研究支撑，也是蛮不错的进步。

我们当然有委屈有不甘，但也不用轻易被某些标签和男女的议题设限，把自己往"任劳任怨的妻子"或者"家务的反抗者"角色上套。我们需要的是，学习如何用更科学高效的方法，让家务"显形"，让自己的付出被承认，同时培养自己的儿子成为"看见"家务的未来丈夫。这一点，我也正在学习。

（2023 年 10 月 19 日）

棉花白，云卷舒

翟立华

又是深秋。

天气明朗，大朵白云垂挂在湛蓝的天幕上，变换着姿态游走，立体而生动。两行钻天杨泛了黄，叶子打着旋飘落，被风一吹，发出"唰啦啦"的轻响。思绪顺着秋色逆流而上，一路奔跑，在青葱年少的棉花地驻足。轻轻掀起岁月一角，朝时光深处窥探。

少年时，父母在小村庄西边很远的地方种了一片棉花。我家的棉花地四周，是绵延到远方的别人家的棉花地，犹若开满云朵的森林。一条蜿蜒的小路在其中若隐若现，我和妹妹骑着自行车去摘棉花，一路走一路摁响铃铛，在金色的阳光里，洒下无数欢乐。

妹妹告诉我，母亲叮嘱我们只摘大朵的，要开得最好的。我点点头，为了我们的新衣服，当然要把最好的棉花摘回家！

每年，母亲都把棉花弹成蓬松的棉絮，搓成细细的棉花筒。晚上她坐在炕头上，我躺在被窝里，看她架起纺车，"嗡嗡嗡"声在耳边响起，单调却让人心安。橘红色的灯光下，棉筒在母亲手里拉成一条长长的线，缠绕在锭子上，再变成一个胖胖的线穗子。最后，这些线被织成各种颜色的布，经母亲裁剪缝纫，穿在我们姐妹身上。

摘棉花和新衣服画了等号，棉花便摘得愉悦。

深秋很寂静，浩瀚的银色海洋里，摘棉花的人弯腰过去，把大地犁出一条一条或长或短的分割线，广袤的棉花地便成了一组五线谱。我和妹妹是跳跃的音符，弹奏一首秋的交响曲。

棉花叶子摩擦发出"嚓嚓"声。"姐，咱俩比赛谁摘得快！"妹妹挽起袖子，用手轻轻一捏，一朵雪白在掌心轻盈。她两手上下翻飞，逐渐把我落在了后面。我比妹妹大四岁，怎么能服输？可使尽力气也赶不上她。这个比赛输赢连个奖励都没有，索性不追了！妹妹在前面摘棉花，我悄悄把装棉花的袋子铺在地垄里，躺了上去。

柔软的棉花是我躺过最舒服的床，好惬意。等了一会儿，妹妹还没有注意到已经消失的我，稍有失落。坐起来看妹妹忙活着越走越远，有做了坏事没被发现的得意和窃喜，复又躺下，等着妹妹发现，然后和我嬉笑打闹。

无聊时，蚂蚱落在眼前的棉花叶子上，发出"嗒"的一声响。我把它捧在手心，捏着它的两条大长腿，看它不住冲我点头鞠躬。它展开翅膀试了几下，却飞不走，便颓然放弃挣扎，一动不动了。可怜的小家伙，我把它又放在叶子上，看着它展翅飞走。眼神逐渐朦胧，我睡着了！

"姐——姐姐——"终于发现我不见了的妹妹惊慌失措，她带着哭腔的喊声已经来到我身边，那一脚差点踩在我脸上。

我坐起来一把抓住妹妹，她吓得"妈呀"一声扭头就跑，我笑得前仰后合。她折回来打我,我就绕着圈跑。我们笑啊闹啊,气喘吁吁,一起坐在棉花袋子上。"姐,你吓死我了,找你一大圈,你却在这偷懒睡觉。"妹妹说完扭过头擂了我一拳。我"嘘"了一声,指了指天空。妹妹疑惑地仰头张望。

彼时,夕阳西坠,映出群山的轮廓。从阴影处一抹红霞升起,缓慢向东蔓延。头顶天空悠远深邃,朵朵白云像硕大的棉花,舒卷自如。在东边视野的尽头,棉花和白云交汇在一起,不知道哪片是棉花哪片是云。

我和妹妹再没有说话,沉浸在那美景里,不能自拔。

时光荏苒,母亲已经离世,妹妹也远嫁他乡,我两鬓斑白。只是在深秋时节,看着白云悠悠,便会想起那年棉花白,云卷舒。

(2023 年 10 月 31 日)

追落日的年轻人

李蕙兰

周日下午,朋友唐小六忽然喊我去追日落。我叫上喜欢骑行的室友,三人小队一拍即合,各自踩上公路自行车,往返约40公里,去"浦江之首"拍夕阳。

古色古香的春申堂、分水龙王庙,最终成了隐没在日落中的剪影。太阳像一颗燃烧着的龙珠,迅速坠入奔流不息的江水中;运沙船像兴奋的大鱼小鱼儿,在被染红了的黄浦江上繁忙地穿梭着。天空是静谧的紫色,空气中弥漫着这个季节独有的桂香。这一刻,时间慢下来,我觉得拥有了难得的喘息和美好,人间值得呀。

对摄影爱好者而言,找到一个合适机位去拍摄日落,比蹲守日出要容易许多,也有更多的时机去预判霞光是否值得期待。选择一片视野广阔、构思巧妙的"地景",架好三脚架,将相机参数设置好,从延时摄影里总能挑拣到精品,再配上充满"自由感""氛围感"的文字,丝滑地发个高赞朋友圈,不要太嗲哦。

我在松江大学城学习生活,今年就拍到了五六回落日美景。每一次追逐太阳都能带给我惊喜:徜徉在校园的思源湖畔,日落总显得热烈缤纷，华亭湖的夕曛恰到好处地点缀了泰晤士小镇的浪漫；历史感厚重的大仓桥夕照融合了古城的烟火气，由天马射电望远镜组成的晚景更显得旷荡开阔……

大学城里的师生们，未必愿意或有时间去四处走走，不知身边竟藏着诸多可以欣赏"落日熔金"的好景点，却常在两点一线的生活中，憧憬着遥远的世界。

江苏大学文学院周衡老师曾说过："我会给你们两次逃课机会，一定会有什么事比上课更重要。比如楼外的蒹葭，或者傍晚的月亮。"楼外的蒹葭指的是爱情，傍晚的月亮寓意远方的故乡。不只是在网络上，我也曾在求学生涯中真的遇见让学生放下手中的书本，不要错过美丽霞光或彩虹的老师，真是幸甚至哉。

老舍先生说："生命是种律动，须有光有影，有左有右，有晴有雨，滋味就含在这变而不猛的曲折里。"上瘾似的追逐落日，仿佛就是为了感受这种生命的律动。天地间的曼妙光影与人类的神奇感官，会共同编织和创造浪漫情怀。

只是如今的时代,人们被越来越多的压力裹挟,每个人好像是一台上了发条的机器,随着汹涌的人群机械地奔走。似乎每个年龄段的人们,都会撞上一堵属于当下的墙,焦虑与平静交替循环。孩子是否还能拥有无忧无虑的童年?青年人都在为学业事业奔波劳碌吗?一眨眼就到了不敢失业、不敢生病、患得患失又百无聊赖的中年,怎么办……

瓦依那乐队和任素汐合唱的《大梦》,唱出了多少人的心声:"如果生命只是一场大梦,你会怎么办?"大梦谁先觉,浮世有清欢。世界太卷,我们都被裹挟其中,任何事物都要被赋予一份"意义"或"定义",这不该是年轻人的人生的模样。我心里时常会有个声音在问:你有多久没有停下来去倾听、去感受自然了?

你来人间一趟,你要看看太阳。就像诗人海子描绘的那样:"活在这珍贵的人间,太阳强烈,水波温柔……泥土高溅,扑打面颊。活在这珍贵的人间,人类和植物一样幸福,爱情和雨水一样幸福。"但这种幸福我们无暇领略,只因为,我们的脚步太匆忙。

所以我才觉得,人要懂得"走走停停"的艺术。——尽管停下来休息的方式不尽相同:有人只想周末睡个懒觉好好补眠,有人得靠与朋友们约会聊天碰碰玻璃杯以获得许多慰藉,有人通过运动健身、跑步、游泳、打球来给身体机能充电,有人需要抽身逃离、用"间隔年"去找寻自我……

读朱光潜《给青年的十二封信》后,我把那句"慢慢走,欣赏啊!"摘抄在笔记本的扉页上,每次翻开都像是在提醒自己,即使身处快节奏的工作生活中,也不能太忙和太盲。

当阳光的余温迅速地消散，我们披着最后一线暗红色的光辉，和成群的鸟儿一起在蓝调时刻踏上归途。连续工作学习的疲惫感一扫而空，骑行本身带来的畅快淋漓和享受了大自然馈赠的满足感占据了情绪的上风。

　　回到大学城时天已黑透，饥肠辘辘的我们决定各来一碗热气腾腾的牛肉面。室友在微信上发了朋友圈："日落后我们休息。"浓郁色彩包裹着我们的身体，像一次成像的拍立得作品，已收入回忆的相册簿里。

　　"下一次我们再去哪里收集日落？"我问唐小六。"下一次的目的地，不如由你自己来决定！"

（2023 年 10 月 30 日）

冬夜的记忆

江 流

今年入冬有些晚。结束了一天的工作，家人也已入睡，夜深人静，这时候才是真正属于自己的时间。没有了白天的忙忙碌碌，街头的喧闹也归于沉静，收拾一下工作日略带紧张的情绪，一个人就这样静静在窗边坐着，感受着冬夜独有的深邃。

对夜的情有独钟感觉是与生俱来的，生活在一座四季分明的城市，能够幸运地感受到四季夜色不同的魅力。

我喜欢温柔的春夜，淡月笼纱，娉娉婷婷，空气中弥漫着鲜花和青草的香甜，春风亲吻着脸庞，仿佛听到柳条抽动的声音，青蛙和小鸟欢快地歌唱，如梦似幻；喜欢大雨滂沱的夏夜，清凉的气息透过纱窗扑面而来，深吸一口雨中潮湿的空气，望着天边划过的闪电，听着耳边哗啦的雨声，物我两忘。四季轮回，夜梦悠长，最喜欢的还是冬夜，就像很多记忆，虽然久远，却又无比清晰。

很多年前，那是一个初中的寒假，我随父亲回到山东老家给过世的祖父过三年大祭。从小在城市生活，回到农村，感觉一切都是新奇的。时间久远，现在回想起来，记忆有些杂乱，于是试图努力去回想那些记忆深处的画面。

记忆中,老家厨房,有一个大大的灶台,一口黑黑的大锅。灶膛里的木柴噼里啪啦地响着,光亮的火焰映照着我稚嫩的脸庞。冒着热气的大锅弥漫出炖青山羊特有的香气。冬夜家乡的一碗羊肉汤最是抚慰游子的心。

记忆中,老家堂屋,一盏二十瓦的灯泡,发出昏黄的灯光。饭后大人们抽烟喝茶聊天,烟雾缭绕,聊的什么早已模糊不清,现在想起来,无外乎是反映那个年代集体记忆的陈年旧事或是村里的家长里短。我听不懂,却也托着腮津津有味地听着。

记忆中,老家院子,有三间砖瓦房。院门外是一片小树林。白天我在小树林里玩耍,夜晚干枯的树枝摇曳着,映照在窗户的玻璃上。林子里北风卷着落下的枯叶翻飞,哗哗作响。

记忆中,老家的天空,非常清澈。天气晴朗的夜晚特别适合观察星象。时机合适时,可以看到猎户座正缓缓升至正空,福禄寿三星排成一条直线,天狼星发出蓝色的光芒……

老家的冬夜，十分寒冷，却也没有烧炕的习惯，于是盖着厚厚的棉被，还要把白天穿的衣服盖在被子上。那时候没有热水袋，老家人会把用过的输液瓶灌满热水放到被窝里。我听着大人们聊天，不知道什么时候睡着了，被抱进用输液瓶暖好的被窝里。半夜做了个梦，到处找地方小便，果真被尿憋醒了。不想离开温暖的被窝，正在纠结，突然听到呼呼的声音，勉强把朦胧的双眼睁开一条缝，发现老家养的一只大花猫正卧在被窝边，睡得正香。

　　那时的夜真静，窗外一片漆黑，深邃的如同望不见的湖底。

　　冬夜，漫长寂静，褪去了一切喧闹。冬夜，寒冷幽远，消散了一切浮躁。冬夜，深沉纯净，隐去了一切杂质。

　　又是这么一个冬夜，说不出的心绪如象限仪座的流星雨划过天空的茫茫夜色。无数次梦境，回到和父亲一起在老家度过的那个夜晚。眼前浮现出父亲额头的皱纹，当他把自己的大衣盖在我被子上的瞬间，时间仿佛在那一刻静止。在这个冬夜，想起过世多年的父亲，思念如潮水。

（2023 年 11 月 20 日）

人生四季，各有风景

王 淼

我的一天是这么开始的：凌晨5点，已经醒了，就像生物钟一样准时。离送孩子上学的时间尚早，于是不甘地微闭起双眼，想努力再睡一会儿；到了6点，不得不起床，开车将儿子送到学校，回来仍然想睡一会，躺在床上，困顿不堪，却并不能入眠。吃过早饭，进入书房，开始工作。中午躺在床上休息一会儿，心事太多，无非就是躺着，放松一下疲惫的神经而已。下午依然是读书，依然是写作。

作为一个以煮字为生的自由写作者，一天又一天都是这么度过的。一天的时间其实也做不了多少事情，一恍惚一个上午，一恍惚一个下午。晚上过得更快，半躺在床上看几页书，看看表已是10点多了，早点睡吧，明天还要早起，有很多事情等待着自己去做，时间总是那么不禁过，一天就这么结束了。

时间有时很快，快到你无法想象，一天就像翻动一页书；时间有时很慢，尤其人到中年，只能与日子斗争，慢慢地忍受，慢慢地消耗。

早年曾经有过大把的闲暇时间,可以迎着夕阳散步,虽然只是晚饭前的一点空隙,却显得那么宽裕,心情也非常从容。回到家中,母亲已经做好饭,于是,一家人围坐在一起吃饭、闲谈,而饭后就是一个慢悠悠的夜晚……

自然又想起曾经住过的那个院落,是一个独立的院子,那时的小城人家,大都拥有这样的独门独院。那是一个方方正正的院落,未经硬化的土地,尚且保持着泥土原有的状态,院内随意地种植着一些树木花卉,有梧桐、黑槐、石榴;有蔷薇、月季、芭蕉。院子中央还有一架葡萄,葡萄架下,摆放着一张干干净净的石桌。早晨能听到鸟鸣,夜里能听到雨声,小雨时节,或急或缓的雨点打在梧桐树的叶子上,滴在压水井边的铁盆上,雨花斑斓,水珠四溅,小雨过后,地上常常留下一汪汪的水洼。

我尤其喜欢冬天,尽管天很冷,却没有暖气,室内的温度比室外相差不了多少。大雪封门的日子,雪似乎离我特别近,出门就是雪,整个院落银装素裹,变成了一个纯白色的世界。我常常站在院子里,凝视着大雪从天而降,看雪花如何飘洒,如何打着旋飘落下来。这样的天气,走在雪地上"咯吱、咯吱"响,雪落在脖子里凉飕飕的,感觉特别快意。

记得有一个夜晚,我喝了酒晚归,正值大雪纷飞,回到家中毫无困意,遂去不远处的大堤上闲步。天地茫茫,阒无人迹,微醺的我突然间感受到一种不受拘束的放纵与自由,索性在雪中打开了滚,一个,又一个……

那样的日子毕竟一去不复返了,人活一辈子,其实并没有多少无忧无虑的时光,即便再狂放不羁的梦想,也终有一天会尘埃落定。就像我本人,人到中年,一步步被拖入了时间的泥淖里,日子过得似乎连一点余裕都没有了,有的只是身不由己,有的只是不停地忙碌。我终于发现,世界并不会按照自己原本想象的那般运行,人生终将千孔百疮——缺席,失去,无奈,遗憾……总会充斥于人生的每一个阶段,生命中的一切,都将在时间的淘洗中变得面目全非。

想起白居易的一首诗:"疏韵秋槭槭,凉荫夏凄凄。春深微雨夕,满叶珠蓑蓑。岁暮大雪天,压枝玉皑皑。四时各有趣,万木非其侪。"这首诗告诉我们,曾经体验过四季中最美好的风景,也必然会迎来最后的凋零时光。

人生是一个过程,四季各有不同,或许只有以"四时各有趣,万木非其侪"的眼光去看待,才能对人生的每一个时期都能有更深的感悟。

(2023 年 11 月 22 日)

梦里的那片芦苇

江 流

晚上做了一个梦，梦里是漫天的芦苇，在天地间飞舞。童年时的某些景象，总是这样不经意间，偷偷钻入我们的梦境，牵绊着我们的一生。

我五六岁时，妈妈在一家民营企业做办公室工作，我跟随父母就住在这家企业厂区的平房里。还没到上学的年龄，厂区偏远，也没有幼儿园可上，爸爸在基层工作繁忙，很多时候也没法陪我。厂区门外是一大片原野，初冬时节，满地的芦苇，叶片敛卷，穗缨昂扬，一片明黄。一阵风吹过，芦苇整齐地摇曳着，姿态优美舒展，如一群舞者在尽情地舞蹈。

碧空如洗，湛蓝如同宝石，阳光照射下来，整个厂区和煦温暖。厂区里大人们忙忙碌碌，我也没有小伙伴可以一起玩，孤独的我经常一个人乱逛，或者在树下看一上午蚂蚁，或者玩一下午沙子，或者用树枝在泥土上涂鸦半天，一个人玩耍构成童年的主体记忆。

儿时的经历往往塑造着一个人成年的性格，读过的书，走过的路，遇到的人，感受到的爱，都能反映在成年后的气质里。成年后的我，有些沉默寡言，却有着丰富的内心世界，很多时候不愿意用语言表达，更喜欢将思绪落在笔尖。这些表现或多或少跟童年的经历有关。

有一次我在厂区玩了一身汗，回到家里，发现妈妈还没下班，一个人实在无聊，就来到妈妈工作的地方，坐在办公平房外的一个石阶上等她。已经晚上6点了，天色暗了下来，还没见到妈妈，之前回家时也没吃妈妈给我留的晚饭，于是又急又饿，在石阶实在有点坐不住了。正在这时，我感觉身后一双温柔的手搂着我的肩膀，一回头，妈妈正举着一个鸡腿笑眯眯地看着我。

记得那时厂区食堂用的饭票，是用各种颜色的长条纸印刷的，盖着红章，而不同颜色则代表不同的面值，鸡腿要用一张红色的大面值饭票才能换来。应该是当时养殖规模有限的缘故吧，鸡腿还算是比较奢侈的食物。妈妈温柔的笑容在夕阳下的映照下，让年幼的我格外心安，油亮的鸡腿更是令我垂涎欲滴。

原来妈妈早就看到我了，她一直在加班整理档案，怕我着急就赶紧出来看看我。现在还清晰记得那时妈妈的笑脸，她穿的那件蓝色格子衬衣，以及散发出的亲切、舒适的气息，挥之不去。

吃完鸡腿，我一个人走回家，透过厂区大门再次看到那片芦苇。回忆那时的景象，夕阳下的余晖如瀑布般洒在芦苇上，为它们披上了一层朦胧的面纱。随着余晖不断融入夜色，芦苇有了一番日暮兼葭的静美。光影中，微风里，芦苇时而昂首向天，时而低头沉思，时间也仿佛变得慢了下来。

我们的一生总是这样：好多记忆，埋藏在心底，好多情景，隐藏在梦里，却总是被不经意的人和物所触动所唤醒。在这琐琐碎碎的生活中，那些幸福的记忆，带给心中那份朦胧的美好，那份直达心底的甜蜜，足以穿过岁月漫长，修补时间流逝带来的遗憾。

那片芦苇，生在原野里、长在滩涂上，经历无数风吹雨打岁岁年年依然挺立。它们坚韧不拔的姿态、谦虚低调的气质与母亲温暖的身影，时常出现在我的梦里，鼓励自己勇于面对困难，提醒自己淡定面对失落。

村上春树说："世上有可以挽回的和不可挽回的事，而时间经过就是一种不可挽回的事。"不必惋惜溜走的时间，更重要的是努力经营现在的生活，珍惜和亲人相处的日子。不念过往，不惧未来，好好生活，如此便足矣。

（2023年11月28日）

赏味有期

唐小六

冰箱里有一瓶黄桃罐头,还是去年冬天囤的,我没舍得吃,眼看着就变成了临期食品。每次瞥见它的诱人色泽,我都会用王家卫的口吻,在心里默念那句:"秋刀鱼会过期,肉罐头会过期,连保鲜纸都会过期,我开始怀疑,在这个世界上,还有什么东西是不会过期的?"

《重庆森林》里那个帅得人神共愤的金城武,已经从小鲜肉熬成大叔了。那么经典的电影转眼间已是三十年前的了。开演唱会的林子祥爷爷已经76岁了,比他小20岁的张信哲在舞台上卖力地唱着《过火》《用情》《别怕我伤心》,我是真的伤心啊——他那憔悴的面容引发了网友的共情,"原来我们真的不再年轻!"

"80后"是懂得互相安慰的:"哥不是追星,而是奔赴一场名曰青春的约会。你在台上闪闪发亮,我们在台下热泪盈眶。"有一说一,尽管阿哲容颜已老,但歌声依旧在赏味期。

林志炫就更让人扎心了,他的世界巡回演唱会的主题是"我忘了我已老去"。不论他怎么反向提醒,衰老是一件自然却可以优雅的事情，但我却没能抢到票。幸运的是，20年过去了，当初陪我听演唱会、与我一起K歌的人还在身边，没离开过。

我哼着老歌整理抽屉，翻出一张大学毕业那会儿的照片，乌黑浓密的发量真叫人羡慕。谁不曾年轻过？我常对学生们说，青春不过20年，花开堪折直须折，莫待无花空折枝。"老师，您说得对"，他们唱着潮极了的《须尽欢》："人生得意须尽欢，一首情歌两难，我们别再一拍两散。"

人生如四季，一季有一季的风景，只不过匆匆忙忙、庸庸碌碌中，我们常常错过最佳的赏味期限。

有一年，我在北京工作，不用加班、出差的周末，我就跑去昌平、延庆、怀柔、密云的山里爬长城。京畿有超过600公里绵延不绝的长城，除了有名的八达岭、慕田峪长城景区，还有箭扣、石峡关、撞道口、司马台这样的"野长城"。深秋时节，山谷里层林尽染、色彩缤纷。连续两个周末，我组织单位里跟我一样的借调青年，去了金山岭长城，将长城脚下农家乐老板自酿的酒都喝了个精光。后来好几个朋友向我提及，一年中最美的秋色被我们遇上了、攥住了，真是无比怀念。

这也是为什么我常鼓励大学生们，没课的时候多出去走走看看，魔都可不只有陆家嘴、迪士尼、衡复历史风貌区和万国建筑群，也有小桥流水人家、三泖九峰的旖旎风光和丰富多样的文化演出活动。

茅盾文学奖获得者刘亮程直言："现在的年轻人不是读书太少，而是读书太多。他们从小开始，没日没夜地读书，读到20几岁大学毕业，读的书很多，但是真正见识到的世界却太少……他们最先需要听到的是自然界的风声，而不是书中那些用文字描绘的风声。读书对于现在的年轻人来说，根本就不是问题，问题是读完书以后还能怎样……"

在最美好的人生年华里，既要去读世间的有字之书，也要去读无字之书。倘没有这种意识，大学四年甚至更长的时间，根本不足以让你认识一座城市或一个地方——让你与之真正建立"亲密联系"。

即使是在象牙塔里，每一个美妙的黄昏与晨曦仍有着细微的不同。走在街头或徜徉在校园里，不同的时节、身边伴随不同的人，你的"赏味体验"也不尽相同。春天，一个疏忽你就会错过樱花绽放的烂漫花期；在转瞬即逝的秋天，银杏树叶掉落的速度远比你想象的快得多。也只有极少数真正的"追星人"，关心过日月星辰，捕捉到校园上空划过的流星。

有些事情，想到了就要去做，当下正是最好的时机。现在不做，以后可能永远也不会做了——不是因为没有时间，而恰恰是你总觉得有的是时间，才会一拖再拖，放心让它们搁在那里。孰料一旦错过了赏味佳期，你终究遗忘了曾经想要做的事，错过了想要去的地方，错失了想要抓住的人。

赏味有期，不只是一个客观的时间期限，也是我们对美好事物的主观预期。就像诗人聂鲁达之问：一天有几个星期？一个月有几年？

我能够提醒自己的是：你不能一直等待，不能凡事都等到准备就绪、有眉目了,才去付诸努力与实践。很多事情,不是因为有结果了才去坚持,而是坚持了,才会有结果。

眼下我要做的,就是将罐头从冰箱里取出,拧开瓶盖,把黄桃舀到碗里,赶紧吃了。

(2023 年 12 月 4 日)

赏味有期

唐小六

冰箱里有一瓶黄桃罐头,还是去年冬天囤的,我没舍得吃,眼看着就变成了临期食品。每次瞥见它的诱人色泽,我都会用王家卫的口吻,在心里默念那句:"秋刀鱼会过期,肉罐头会过期,连保鲜纸都会过期,我开始怀疑,在这个世界上,还有什么东西是不会过期的?"

《重庆森林》里那个帅得人神共愤的金城武,已经从小鲜肉熬成大叔了。那么经典的电影转眼间已是三十年前的了。开演唱会的林子祥爷爷已经76岁了,比他小20岁的张信哲在舞台上卖力地唱着《过火》《用情》《别怕我伤心》,我是真的伤心啊——他那憔悴的面容引发了网友的共情,"原来我们真的不再年轻!"

"80后"是懂得互相安慰的:"哥不是追星,而是奔赴一场名曰青春的约会。你在台上闪闪发亮,我们在台下热泪盈眶。"有一说一,尽管阿哲容颜已老,但歌声依旧在赏味期。

林志炫就更让人扎心了,他的世界巡回演唱会的主题是"我忘了我已老去"。不论他怎么反向提醒,衰老是一件自然却可以优雅的事情,但我却没能抢到票。幸运的是,20年过去了,当初陪我听演唱会、与我一起K歌的人还在身边,没离开过。

我哼着老歌整理抽屉,翻出一张大学毕业那会儿的照片,乌黑浓密的发量真叫人羡慕。谁不曾年轻过?我常对学生们说,青春不过20年,花开堪折直须折,莫待无花空折枝。"老师,您说得对",他们唱着潮极了的《须尽欢》:"人生得意须尽欢,一首情歌两难,我们别再一拍两散。"

人生如四季,一季有一季的风景,只不过匆匆忙忙、庸庸碌碌中,我们常常错过最佳的赏味期限。

有一年,我在北京工作,不用加班、出差的周末,我就跑去昌平、延庆、怀柔、密云的山里爬长城。京畿有超过600公里绵延不绝的长城,除了有名的八达岭、慕田峪长城景区,还有箭扣、石峡关、撞道口、司马台这样的"野长城"。深秋时节,山谷里层林尽染、色彩缤纷。连续两个周末,我组织单位里跟我一样的借调青年,去了金山岭长城,将长城脚下农家乐老板自酿的酒都喝了个精光。后来好几个朋友向我提及,一年中最美的秋色被我们遇上了、攥住了,真是无比怀念。

这也是为什么我常鼓励大学生们,没课的时候多出去走走看看,魔都可不只有陆家嘴、迪士尼、衡复历史风貌区和万国建筑群,也有小桥流水人家、三泖九峰的旖旎风光和丰富多样的文化演出活动。

茅盾文学奖获得者刘亮程直言:"现在的年轻人不是读书太少,而是读书太多。他们从小开始,没日没夜地读书,读到20几岁大学毕业,读的书很多,但是真正见识到的世界却太少……他们最先需要听到的是自然界的风声,而不是书中那些用文字描绘的风声。读书对于现在的年轻人来说,根本就不是问题,问题是读完书以后还能怎样……"

在最美好的人生年华里,既要去读世间的有字之书,也要去读无字之书。倘没有这种意识,大学四年甚至更长的时间,根本不足以让你认识一座城市或一个地方——让你与之真正建立"亲密联系"。

即使是在象牙塔里,每一个美妙的黄昏与晨曦仍有着细微的不同。走在街头或徜徉在校园里,不同的时节、身边伴随不同的人,你的"赏味体验"也不尽相同。春天,一个疏忽你就会错过樱花绽放的烂漫花期;在转瞬即逝的秋天,银杏树叶掉落的速度远比你想象的快得多。也只有极少数真正的"追星人",关心过日月星辰,捕捉到校园上空划过的流星。

有些事情,想到了就要去做,当下正是最好的时机。现在不做,以后可能永远也不会做了——不是因为没有时间,而恰恰是你总觉得有的是时间,才会一拖再拖,放心让它们搁在那里。孰料一旦错过了赏味佳期,你终究遗忘了曾经想要做的事,错过了想要去的地方,错失了想要抓住的人。

赏味有期,不只是一个客观的时间期限,也是我们对美好事物的主观预期。就像诗人聂鲁达之问:一天有几个星期?一个月有几年?

我能够提醒自己的是:你不能一直等待,不能凡事都等到准备就绪、有眉目了，才去付诸努力与实践。很多事情，不是因为有结果了才去坚持，而是坚持了，才会有结果。

　　眼下我要做的，就是将罐头从冰箱里取出，拧开瓶盖，把黄桃舀到碗里，赶紧吃了。

（2023 年 12 月 4 日）

不如早起去看日出

唐小六

很多年前,我坐着绿皮火车路过德令哈沙漠的时候,见到了最美的戈壁日出。我不止一次地向朋友描述,"破晓"有着怎样深远的含义。那是一种撕破绝望的力量,给予人无穷的希望。美和诗意,大多数的时候只能意会,难以言传——因此前几日朋友问我,寒假想要去稻城亚丁玩,倘若一定要在日出和夕阳两景之中做出选择,我便答他:我大概率会选择去享受日出。

事实上,2023年我拍下的第一张日出相片,便是关于稻城亚丁的,但并不是在稻城县著名的5A景区内,而是在凉山彝族自治州木里藏族自治县。我在陇撒牧场的当地牧民家借宿了一晚,翌日清晨登上玛娜茶金观景台,在距离"三怙主神山"15公里的地方,拍摄了夏诺多吉、仙乃日和央迈勇三座雪峰同框的"日照金山"照片。我特别兴奋,因为大约在95年前,约瑟夫·洛克曾到这一带探险考察,并首次拍下藏语称为"贡嘎日松贡布"的雪山照片,就在差不多的位置。

我清晰地记得那天清晨,一开始天空和雪山都是粉红色的,波浪云的朝霞被逐渐晕染为橙色,向连绵的山峰上蔓延。早上 8 点整,"当太阳射出光芒来亲吻它们时,山巅霎时幻化成了金黄色",眼前景象竟与洛克当年的表述如出一辙。甚至因为云层时而遮掩了阳光,阳光又时而掀开云幕,日照金山的神奇景象在三座神山上轮番上演,真是蔚为壮观。

我相信很多摄影爱好者和我一样,偏爱日出、破晓、日照金山的创作。原因虽各不相同,但有一点思路是相似的:日出之美是一种永恒的希望象征。夕阳固然也无限美好,只是近黄昏。做一个"追落日的年轻人"不难,但想要去追逐日出则更具挑战,也愈加折磨我这样的中年人。

起早和贪黑,这是摄影者的基本素养,一天中最佳的出片时间也在这一刻。我扛着相机蹲守过云南德钦的梅里雪山,在尼泊尔博克拉萨朗科特拍过鱼尾峰的晨曦,也在转山冈仁波齐的时候,幸运地邂逅东方破晓将北壁炼成火红。这些太阳光的投射,就是造物主在挥动画笔,创造出美得溢于言表的杰作。雪山本就是纯洁的象征,再染上了光泽,发出金色、红色的光芒,就更加显得庄严和神圣了。

在冬季,要克服的困难比平时更多一些。谁不想在温暖的被窝里多待一会儿呢?有一年冬天,我特地跑去漠河拍日出。那经历说来就更显得自虐。零下二三十度的清晨,我不得不把自己裹得跟粽子似的,连同三脚架,杵在厚厚的雪地里,等待黎明破晓,那叫一个冷啊。但奇妙的是,太阳初升上来,人立刻就变得精神抖擞了。天地之间的颜色有了区分,一个亮点从俄罗斯那边的山头抬起,微弱的光渐渐变得猛烈，光束很快四散开来。这对于苦苦守在冰天雪地里的人而言，真是莫大的鼓舞。混沌的天地也醒了，万物有了滋养的源泉。

一日之计在于晨，与其说追逐日出是为了追求美，不如说我们更讲求人生的各种仪式感，为了自我定义并赋予其意义。我曾认真地选择在元旦当天，去北京天安门广场看升旗仪式，用这种方式祈愿自己能够在新的一年里始终元气满满。你可能知道，升旗仪式的时间跟着日出时间点在变，但是你大概不晓得，每个月的第一天，升旗仪式都是有军乐团现场演奏国歌的，并且元旦这一天还会放飞和平鸽——早起何止赚一天，感觉赚了一整年呢。

我也有心血来潮凌晨去爬东岳泰山的经历，自认为一定会在山顶欣赏霞光万丈，但吃了没有看准天气预报的亏，最终既没能寻见日出，也没能观到云海，头发丝上凝了晨雾中的水珠，悻悻然坐缆车下山；为了避开长城上汹涌的旅行团，我也曾不止一次赶在景区开门的第一时间，爬上长城去看日出。我会大胆地预判太阳该从哪一座敌楼的身后升起，成群结队飞向天空的鸟儿会为我提供线索……

这么回忆起来，我当真是更为偏爱日出的。每当我心情低落时，或是自忖必须得振作精神了，都会想到去寻找朝阳。最直截了当的方式，就是打的去趟"法师桥"——乍浦路桥，看这座海纳百川、大气谦和的城市是如何苏醒的。拍完外白渡桥和"外滩三件套"，沿着苏州河或北外滩走一走，去大街小巷寻觅人间烟火气，心情自然会豁然开朗。

2023年的余额已然不足。这一年,我们都实现了多少小目标呢,又有多少梦想仍是漂亮的肥皂泡?这些都不重要。只要明天太阳照常升起,不如早起去看一场日出。呆呆冬日光,明暖真可爱,这是本年度依然能攥紧在手里的快乐。

(2023 年 12 月 12 日)

如果你没有活成想象的样子

唐小六

大伟站在人行横道线的尽头向我招手,那是我们时隔20年的重逢。羽绒服配大裤衩,尽管新潮,却仍罩不住他奔着50岁去的啤酒肚。

上一秒钟,他刚掐灭一根烟头,朦胧地唤醒过去的记忆。那时候高考刚出分,他的光头比徐峥的还亮,背着一个硕大的行囊好像要去远行。后来我去了师范大学报到,他则消失在茫茫人海中。我一度认为失去了这个朋友,直到我明白,有一天他觉得自己过得还不赖,或者活成了他想要的样子,我们自然会再见面的。

可是现实好像一直很残忍,又有几个人最终活成了自己想象的样子呢?我记得在高中读书那会儿,大伟最想做的事情是组乐队。他的母亲是音乐老师,他先天就有一副好嗓子,无论是张雨生还是张信哲的歌,他都能模仿得惟妙惟肖。但我们俩都偏科得厉害,数学考试常常不及格。但他总能很深沉地望着远方,一字一顿地说:"即使受了巨大的挫折,我们也不能泯灭理想。"然后,"哎哟,你看对面那女生长得不错哎!"

那时候我上课读金庸，后知后觉大伟很像《笑傲江湖》里的田伯光，"吾未见好德如好色者也"。班上的女生多少都对他有些反感，而我也不想标榜自己是令狐冲，只是在我看来，所谓的好色，不过是青春期的躁动和那爱出风头吸引异性注意的习惯罢了。这并不影响我们的江湖义气抱团取暖。

大伟是很多老师眼里的"问题学生"，我们都建议他去考播音主持，但艺考失败后，他就变得"破罐子破摔"，逃课打游戏，于是高考落榜是意料之中的事。我陪他走了很远的路，他大概以为我会陪他一起复读，可没想到我运气比他好一些。

后来我们都明白，高考不过是一场考试，考砸了也不是世界末日。那年夏天分别之后，他仿佛去了另一颗星球。据说他很早就掘到了人生的"第一桶金"，打游戏居然也打出了名堂，去网游公司后大有一番作为，还担任过游戏 DJ。有一阵他炒股如神，赚了不少钱，又进军旅游行业，事业一度做得风生水起。

重逢时，他滔滔不绝地跟我说起他那能写成小说的逆袭经历，当然更少不了一些狗血爱情史。他很早就结了婚，有一个可爱的女儿，但是好景不长，婚姻没维持几年就破裂了，女儿跟了前妻——一瞬间，他的人生有种跑完 3000 米后测心电图的感觉，直叫人惊讶地愣在原地。

"怎样才算是得意人生啊？是挣很多的钱，住宽敞的大房子，开豪车？是抱得美人归，婚姻美满幸福？还是睁开眼时，没有欠债和负担？是坐拥书城，可以自由地去任何地方？还是青史留名，能够被人遗忘得慢一些？"我问他，"假如平行时空中的另一个你，考上了理想的大学，朝九晚五、普普通通，人生会不会变得舒坦一些，还会那么辛苦吗？"

"废话，人参当然是苦的，最适合泡茶提神了。"这个笑话一点都不好笑。况且北岛不在现场，不然杯子碰到一起，都是梦破碎的声音。

大伟站在人行横道线的尽头向我招手，我惊醒——原来这是我梦中的画面。我确定这并不是《夏洛特烦恼》的电影桥段，而是我身边真实遇见的人与事。我们确实在20年后见过一面，可最近两三年间，我们联系寥寥。问他近况，常曰身体抱恙，已待业在家。

"我们努力奋斗，不是为了改变世界，而是不让这世界改变我们。"我常想起电影《熔炉》中的这句话。——我们总是宽慰自己，阅尽千帆，归来仍是少年。是的，依然有颗少年的心，但就是鬓角白了，容颜已改。

如果你并没有活成想象的样子，也许并不是因为你不够努力。"如果时光可以倒流，"大伟说，"我才不愿回到过去，重新再做一遍选择呢！这样的人生也罢，那样的也罢，我都愿意接纳现在的自己。"

很多人在年轻的时候，压根没搞清楚何谓"成功"。他们被各种成功学催促着往前奔，那些野心、目标，有时候都是不甚成熟的产物。抱持远大理想固然很好，"活着就是为了改变世界"，我想那应该是乔布斯回过头来的总结，他也曾经历过漫无目的的"游荡"。王小波则有句名言：人在年轻的时候，最头疼的一件事就是决定自己这一生要做什么。嗯，他40岁时才开始真正写小说。最近不是爆出史料，原来王小波也有想不开的时候，致信赵朴初说想要"遁入空门"。所以，尽管我也希望自己能够成为最初想成为的那个自己，但是如果没有实现理想，那也挺正常的。

现实种种，你得接受。

如果你没有活成你想象中的样子，你可以自我安慰，这个样子其实已经是老天爷辛苦设计出来的不算太坏的一个版本；如果你没有活成你想象中的样子，请别太着急，人生是漫长的旅行，你还有时间去修正现在这个版本，只要你愿意。

（2023 年 12 月 27 日）

哑婶的一生

阳 柳

昨晚跟我妈视频，她告诉我，哑婶走了。

我心中一凛，哑婶年纪不大啊。我妈说是不大，50岁出头吧，比我还小好几岁，说是糖尿病。

我又一惊：糖尿病不是绝症，坚持吃药是能控制住的吧。之前老家有好几个老人都得了这种病，没有谁因此早早去世的。我妈说，就是没坚持吃药，拖久了，引发了其他病，"她总忙着干活，老忘记吃药，她家里人又大意得很"。

哑婶是从山区嫁到我们这儿的。不知道她的哑，是天生缺陷，还是后天所致。从我记事时起，就有这么一个身影：矮而胖的身材，走路脚重重落地，咚咚响，伴着身体左右摇晃，一年四季穿一件灰不溜秋的外套，肩膀处因为经常挑担子，磨破了，常有一块鲜艳补丁。

与这种褴褛形象形成对比的是，她有一双明亮的大眼睛，遇到人，嘴角会绽放出大大的笑容。这种笑如此纯真，没有任何谄媚或虚伪，因为她更爱对着小孩笑。在放学路上，在田间地头，我无数次迎头碰上哑婶的这种笑容。

她也喜欢帮助孩子。有时候,我洗完全家五口人的衣服,力气不够,拎不动木桶爬上高高的塘坝,她会来帮一把;放牛时,牛偷吃人家的庄稼,我拉不动绳索,急得跳脚,哑婶会不动声色地上前搭把手。我回以感激眼神时,她腼腆地笑着走了。同村小孩里,很多人都受过她的恩惠。

她的笑容和热心肠,让我觉得,她与不聋不哑的人不仅没差别,而且更善良。

在我们农村,去山区讨老婆,还找个残疾人,多数是家境贫寒,个人又有些不足的男子。哑婶的老公就是这种,人不算坏,但好逸恶劳,喜欢享受,不关心别人。家务活自然是不干的,要出力气的田里活,他也是能推脱就推脱,能糊弄就糊弄。于是,家里地里,别的女人干的和不干的活,哑婶都要干。

神奇的是,在无穷无尽的劳动包围中,哑婶有种独特的劳动观,她不能容忍干活潦草,无论是洗衣服、腌咸菜,还是种水稻、棉花,她的"成品"总是上等。这种严格的自我要求,降低了她干活的效率,加重了她的累与苦。

婆婆和老公对哑婶算不上苛待,多数时候,是在漠不关心、不咸不淡的嫌弃和如外人般的调侃中,来回切换。邻居间一直传说哑婶常年从水缸里舀冷水喝,天寒地冻也不例外。有人好奇,是不是不会说话的人,其他感觉也比较迟钝?但我认同我妈的说法,"要不是累得渴得没办法,要是回到家有口热水喝,谁会大冷天喝凉水?"

哑婶生了三个孩子，两男一女。孩子，大概是她人生中仅有的光亮，也是唯一的盼头。如野草般顽强长大后，三个孩子都遗传了母亲的勤劳，能吃苦。尤其是大儿子，早早外出学艺，成了一名出色的泥瓦匠，十几岁跟随打工大军北上南下，几年工夫，还清了债，还让家里破旧的土砖瓦房变成了二层楼房。

但子女争气带来的荣耀感，仅存在于哑婶的心里。孩子们大了，长期在外面打工，在漫长的时光里，陪伴她的，是死水一般的生活和孤寂。

农村妇女刘小样，曾发出过走出农村去看外面的世界、追求知识和精神世界富足的呐喊，一句"我宁可痛苦，我不要麻木"让很多人感到灵魂的震撼。哑婶连表达能力都没有，但人类的悲欢总有相通之处，她大概也有某个时刻，渴望走出这片困住自己几十年的小小天地，只为自己活一回吧。

几年前的春节，我去舅舅家拜年，路过哑婶家，看到她在晒被子。我已经好多年没见过她了，她老了很多，头发花白了，背驼了，动作更迟缓了，大眼睛浑浊了。唯有那咧嘴一笑，还是熟悉的模样。

现在，三个子女都已成家，哑婶刚迈入可以清闲点的晚年，生命却戛然而止。

这就是一个农村女人短暂的一生。她默默地来，默默地走，一生不曾做过什么轰轰烈烈的大事，没有过啥高光时刻，甚至很少得到家人的温暖，却也在拼尽全力活着，努力向世界释放尽可能多的善意。

作家李国文写过一段话："据说，人就是这样的：在一生中，不停地把自己的心一片片撕下来，给爱你的人。所以，一旦生命终结的时刻来临，丧钟在敲响，你会牵挂你的每一片心，而不愿离开尘世。"

我想象不出，哑婶在生命的最后一刻，会想些什么，牵挂些什么。私心希望，除了自己的孩子，她也能接收到，我这个别人家孩子的真切的感激和怀念。

（2022 年 12 月 16 日）

忽然很想到处走走

翟立华

休假这段时间,和朋友说得最多的是旅行。"好想去转转,看一看远方的山河!"兔子在群里说。

三年了,不说是足不出户,起码我没有走出过这座小城。终于,行程卡取消了,跨地区不再查核酸证明了,旅行的念想,也开始像春草一样疯长。

我们三个朋友的小微信群——凉山兔子、长沙杨柳和我,用文字描述着家乡的风光,彼此羡慕,让人神往。杨柳在小区后山开荒种了一大片菜,梅菜、萝卜、豆角、番茄……她说长沙有100天没下雨了,天天早起5点起床挑水浇菜,很辛苦。然而,她乐此不疲。

杨柳拍的视频,她站在一片碧绿丛里,深绿、浅绿、黄绿、紫绿……只一种颜色,却绿得千姿百态,令人赞叹。

我和兔子感慨:"等着,春暖花开,我们到长沙种菜去!"

我本来不爱动,就想静静地窝在家里,哪怕发呆。可这一年,忽然很想到处走走,而且这种想法越来越强烈,强烈到一提旅行就心潮澎湃,有一种抑制不住的冲动。说出来这种感觉时,兔子和杨柳秒回:"我也是。""对,就是这种感觉!"

这个冬日的夜晚,天各一方的三个人热烈地讨论着旅行的去处,直到万籁俱寂,我却再也睡不着。

人生并不长,几十年光景。一天天过来似乎很慢,慢到只盼天黑下班回家吃饭睡觉。蓦然回首,发现已经走了那么长的路,长得看不到尽头。忽然有点惶恐,原来不知不觉已经人过中年!

我冥想,未来的一年、一个月,甚至一星期,都觉得很漫长,恨不得一眨眼就能过去。可是几十年居然悄无声息一下就过完了!而这几十年,我好像什么也没有做过,什么也没有完成。一无所获。

这个时候,我的同龄人大部分应该都已经接受了自己的平庸,也习惯了一日三餐、上班下班,晚上敷个面膜睡觉,早起洗漱完出门。我沉浸在这种日子里,从不想有一天会停止在这条路上,会悄无声息淹没在时间的尘埃里。

惊觉,来这个世界一趟,不能太亏待自己!到处去看看,让大好河山留下自己的足迹。

于是,深夜,我在群里说:"明年,明年我们相约旅行吧!"没想到,她们俩居然都没有睡觉。杨柳发来了雪乡视频,粉妆玉砌的世界,雪蘑菇,小木屋,橘黄的灯光从窗子里折射出来,仿佛能体会到屋里的温暖。南方的杨柳羡慕地问我:"你们那里的雪也这样吗?"

还真不是,河北也下雪,却没有那么壮观。雪的湿度比较大,容易板结。而雪乡的雪那么柔软、那么纷纷扬扬、那么干干净净。"你看,虽然都下雪,却也不一样,所以,各地都有风情,需要走进去体会!"

兔子也发来了她前两年冬季在云南旅游时的照片。民宿、洱海、玉龙雪山……因为毗邻云南,她去了很多次。"还是去不够,云南真的美!"她啧啧称赞。

一南一北,北方大雪纷飞,南方碧空如洗。如此这般的美好,今生为什么要错过。何况,虚无缥缈的下辈子在哪里?谁也不知道。

"要不,明年我们一起去旅行吧!春暖花开的时候。"我的提议得到她们俩的赞同,去云南看花,去黑龙江看雪。

第二天,兔子中午就发来了照片,她站在泸沽湖畔,正和水鸟嬉戏。她说:"我已经等不及,先来探路了!"

这一刻的感觉,真好!

(2022 年 12 月 13 日)

生活,原来这么多峰回路转

翟立华

平日里,工作忙忙碌碌,业余时间还应几家杂志邀约,写一些人物纪实,挣点散碎银两。于是常常抱怨:生活太满,无暇思考。很想偷闲几日,沉下心,回顾往事展望未来,给自己做一个规划,让人生变得有意义一些。——没想到很快,机会来了。

腰椎间盘突出急性发作,疼得死去活来之际,再也不敢固执于保守治疗,主动向医生要求手术。听麻醉师对助手说:"再给两个药……"世界彻底安静了。

微创手术,术后第三天就被安排出院。

大学毕业刚工作几个月的女儿对我说:"妈,你不是一直想休假吗?这回踏踏实实休吧!"我遗憾地说:"编辑的约稿完不成,这个月没有额外收入了。"

女儿被我养得十指不沾阳春水。这次,她很努力地做羹汤,想把我照顾得"无微不至"。而我,好不容易不上班、不写稿子,便开始冥想,煞有其事,全力以赴思考人生奥义,规划接下来的人生。深沉的样子把女儿吓坏了。她紧张地问我是不是疼得厉害?要不要按摩？用不用咨询一下医生？

我被女儿逗乐了。"我只是趁着有闲，抓紧时间沉淀沉淀，过滤一下浑浑噩噩的生活，让人生富有意义些。"

女儿翻了个白眼说："你们'70后'真有意思，人生非得追求什么意义，有什么意义呢？"

"怎么没有意义？人活一辈子，总得追求点什么吧，为了什么而活！"我郑重其事。

"人活着就是活着，活着就是最大的意义。就像现在，康复是你应该追求的意义，也是我追求的意义。"

我有点愕然，就这么简单？活着就是意义？

女儿说，干吗活得那么沉重？什么事都瞻前顾后，赋予一些不必要的意义！生活充满不确定因素，瞬息万变，您啊，心态好点，就努力活好当下呗。

我又开始沉思，这些"00后"思考问题的度，算深刻？还是肤浅呢？女儿作深沉状："深刻何尝不是肤浅，肤浅未必就不深刻！"

真绕口！

女儿电话响了，她老板打来的，抱歉地告诉她疫情原因，公司举步维艰，要不就在家好好照顾你妈妈算了。女儿这是婉转地被辞退了。

很自责因为生病，让女儿失业。我埋怨老板不仁义，这个时候辞退女儿不地道。女儿却说，新公司不好做，老板人不错，在他那学到不少东西呢。

女儿看我闷闷不乐，扑哧笑了。"干吗啊？不就是一份工作吗？再找呗！"再找，到年底不足百天，谈何容易。女儿想了想说："正好我也想考驾照，一边照顾您一边练车，年前就能拿证，再找工作，又多一项技能，挺好的。"

我有点讶异女儿迅速做出的决定，失业哎，居然一点都不郁闷，是不是为了安慰我？

显然不全是。她立马给朋友打电话联系驾校，敲定了一位经验丰富、不怎么骂人的老教练，加上教练微信，约定报名缴费时间，一气呵成。

就在女儿搞定这些时，她朋友又来电话，说亲戚想请她做个联排别墅装修设计图，报酬还不低。"看，失业未必就是坏事，生活就是这么峰回路转！"女儿摇头晃脑地显摆着。

峰回路转？我若有所思。是啊，生活充满变数，唯有调整好心态，兵来将挡水来土掩。而且，每次改变也蕴含机遇，峰回路转，风景肯定不一样，有遗憾但也有惊喜。像女儿说的，干吗让自己活得那么累，就活好当下嘛。

正想着,微信叮咚一声,一位编辑发来信息。先对我卧床表示慰问,接着说,之前我一篇没有发出来的纪实稿,主编说这期要发。不由得一阵窃喜,又是一个峰回路转。

(2022 年 11 月 11 日)

你是否不愿向老熟人说起近况

曾 颖

回到故乡，就是回到往事。许多早已淡忘的东西，会因为某次小聚或街头的偶遇，重新撞回到心中；很多早已远去的酸甜苦辣，又一次酸甜苦辣起来。这是一种特别的心理感受，往往是五味杂陈，难以褒贬的。

但有一样，我最不喜欢甚至有些害怕的，是和老熟人聊现状，这常常让自己陷入一种尴尬之中。这也让我越来越理解，豆瓣和知乎上为什么有那么多人诉说"恐惧"回家乡，且不愿和亲戚朋友们聊近况。

这倒不是因为自己现在的生活状态有多不堪，相反，我觉得自己和家人能吃易眠，生活幸福美满，比身边不少朋友们都好得多。而且，我近期也有自己的新书和电影即将面市，虽前路不敢揣度，但终究也还是有应对回答的内容，但仍让我局促和紧张，说与不说，都觉得不妥。

之所以产生这样的感觉，与听到别人对近况的种种自我表达有关。

一位久不谋面的小兄弟,在街头碰到,寒暄三句,就说到了车上。问我是不是开车回来的,然后貌似不经意间抬手遥指街对面转角处一辆白色轿车,得意地说:"看,去年刚刚买的!"那神态,有点像笑话里讲的"天气太热,把新买的钻戒脱下来晾一下"的表情。

还有一位老友,在省里工作,新近顶头上司退休,他主持工作,那岗位是正处级。一群老友相聚,和"县处级平起平坐"这句话,就说了有十几次,几乎来一个人说一次。陪坐的借着酒劲,半真半假地恭喜着,令没有喝酒的旁观者如坐针毡。要知道,这群人当年都是要写诗,并因为诗歌相识,包括今天这场酒,都是以诗的名义网聚而来的。

早在几十年前,我就知道,人是分很多类型的,有经济型、科技型、艺术型和运动型等。大家因为兴趣点的不同,各自表现出特色。经济型研究财富变通之道;科技型钻研自然变化和技术更新;艺术型陶醉于希望世界变得更美更愉悦;运动型天天思谋着突破自身极限更快更高更强……

  正是有了这么多种类型的人，才让世界变得更加丰富多彩。他们之间偶尔的交集和互融，才显得更有魅力。一个经济学者喜欢音乐或一个运动员喜欢摆弄钟表，都能赋予他魅力和光彩，但前提是兼容，而非浸染甚至串味。比如，一群诗人不再谈诗而谈谁又升官了谁是什么级；或一个科学家心里眼里只想着发财变现之类的问题，那多少就有些尴尬了。

  当然，也可能是我太过于敏感或吹毛求疵。无论是小兄弟向我介绍车，还是诗友兴奋地介绍自己的"处级"，是人家奋斗了许久的一个个KPI，像我们千辛万苦写的剧本，历尽周折终于拍成了，而且还上了院线，于个人而言也是一个不小的喜讯。他们也许是向大家分享喜悦，而不是炫耀呢？

  只不过有时候，这恰好碰到了别人的心病，而反向激发出许多的惆怅与不安来。这拧巴的感觉，当然是观者的，而非说者的。分享和炫耀，是一体两面的，但分辨起来，却有些困难。这也许就是许多人在回家乡时，不愿意向熟人说起近况的原因吧。

（2022年10月10日）

人生就是一场接一场的考试

唐小六

我趴在窗口,看见我妈撑着一把遮阳伞,在烈日底下走进小区大门,步伐很沉重。那是1994年的夏天,天气未必有现在这般炎热,但记忆总让人觉得浑身不舒坦——她开门进来,摘掉了墨镜,脸色很不好看。

"整整差了10分,你没考上。"她很生气,因为一早就顶着太阳去中原中学校门口看发榜,录取名单里却没有我的名字,害她白跑了一趟。以前"小升初"考试出结果,学校录取了谁,是要去学校门口看放榜的。

小学上到五年级,我才知道要考试上初中这回事。不考也可以,那便就近分配,运气不好很可能会去念个"菜场中学"。我妈说你就考中原中学吧,离家近,又是重点中学。可惜我没能考上。因为喜欢画画,我还报考了第五十六中学的美术书法特色班,最终去了那里念书。

我的四年初中时光过得很开心。班主任是位数学特级教师,很照顾那个"发育不良"的我。我读书不甚用功,又贪玩,除了在画室里画素描,别的时间根本坐不住。初中二年级时,我妈把我送到她朋友家上了这辈子的第一次"补习班",补的是物理。——我才晓得,原来我还必须参加中考,有个叫"重点高中"的东西等着我。

我就是这么后知后觉。在中考前夕还在疯狂地绘制自己的"足球漫画",初三的时候,我参加了一次区里的素描邀请赛,拿了二等奖。比赛的地点在杨浦高级中学。获奖之后,杨高招生的老师来我们学校,问我有没有意愿报考他们学校。优惠政策是可以降8分录取,但如果按模拟考的结果看,就是再加28分我也考不上杨高。

没想到,中考我发挥特别出色,不用加分就直接考过了杨浦高级中学的录取分数线,班主任也很高兴,说我"额角头碰到天花板了"。那是1998年,可以用固定电话查询分数。我家那时还没有安装座机,我是跑去邻居家里查的分数。成绩一出,我就被我妈打包发往了北京的姨妈家里。我还带着自己的200多页"足球漫画"去了人民美术出版社投稿,并参加了他们举办的首届漫画夏令营。

进入高中,真正的下马威是入学测验,每一门功课我都考焦考糊了。杨高要求很高、管理严格,在这里,我把偏科发挥到了极致,自信心也被摧残到要去心理咨询室寻求帮助。但这毕竟是很遥远的事了,很多苦难记忆被大脑"篡改",以至于无论我怎样回想,高中生涯也并没有多么糟糕。

高考是在7月7日至9日,考场里没有空调,但搬来了巨大的冰块。考试那几天我妈比我更紧张,好像"更年期"提前了,浑身酸痛,卧病于床。我也不用她去送考,自己每天坐着公交巴士去了考点。那场被很多人认为可以决定命运的考试,我既不兴奋也不麻木，考完就忘，所以无甚烦恼。并且当时的我认为，用一张试卷来定义成年或作为我18岁的成人礼，太肤浅了。

我想要一份真正的迈向成人世界的礼物，于是高考结束后，我独自一人去了西藏旅行，在青藏高原我看到了更丰富的"人生答卷"的参考范本。

在发榜之前，我又回到了北京姨妈的家中。录取通知书比想象中来得更快，我竟然出乎意料地被师范大学提前批次录取了。而我妈的"更年期"毛病也突然自愈了。每一次人生的考试，就把我带进一个新的"平行世界"。后来我才明白——在每一重可能的世界，只要我们努力去成就自己，就能过得很好、活得很精彩。

人生是由无数个随机和偶然组成的，在永恒的痛苦之外，最终极的意义都需要由自己去定义、去赋予。等到大学毕业时，我写下：我所期望的世界从来没有出现过，但我依然热爱生活。怎么看，这都跟罗曼·罗兰那句关于"真正的英雄主义"的名言有着异曲同工之妙。我想，这便是真正接纳自我的开始。

往后，人生还有很多大大小小的"考试"和静待发榜的日子。狂悲狂喜不是我希冀的人生，"归去，也无风雨也无晴"，才是。

（2022年7月8日）

后记

与自己
对话

又到了江南最典型的梅雨天,闷热、潮湿。数年前,老何从沙漠深处的敦煌前来,晚上我请他吃烤肉,他说受不了这宾馆里的被子都有湿漉漉的感觉,就买了第二天最早的机票飞走了。老何是我们在敦煌的向导,2018 年在敦煌,我们一路风尘仆仆去了玉门关。时值寒冬,北方的冷风、干裂的大地,仿佛可以触摸数千年前的金戈铁马。天很快就黑了,偌大的玉门关外,除了一行五人,没有任何游客,我们就被这样的辽阔和暗夜吞没,回去的路上,安静得听得到狼叫。

这一幕长久地停留在我的脑海,时空的旷野、季节的转换、周遭的体温,才是我们贴身自然、回忆时光的物证。

"澎湃夜读"是在 2019 年的夏天第一次和广大读者见面的。夏日黄梅天的湿热令周边的每一个人都很烦躁,像舆论场上的口水,永远在谈论他人,无心专注自己的思考。每晚 9 点半的夜读栏目,在一篇篇文字的疆域里,就以这些近乎古典的生活,逼近自然的疗法,抵抗一个接一个被推波助澜的热点和舆情的喧嚣。

5 年,1300 多篇夜读,150 余万字的旅程。澎湃新闻有 80 多个栏目,夜读只是其中一个。从 2022 年开始,评论部做出了很多尝试,比如推出了有声版的"夜读·经典之夜",比如每年新春的策划"春节的 7 个晚上",再比如,将夜读精选结集成册,出版

《人间尺牍》《人间指南》。

这一次,我们的书名叫《人间珍贵》,这个名字来自编辑甘琼芳。她是夜读的专职编辑,几年来,无数文章经她之手编辑而成。有些深夜时光,我看到她编辑的夜读作品签发后,自己分享在朋友圈的一些文字,便能体会她是多么深爱这些作品。无论是家长里短还是职场吐槽,抑或是那些再也无法传递出去的挚爱亲情和无法说出口的深深歉意,她成了写作者们的树洞。夜读的滚烫文字里有着真实的意指,不同于网络空间里那些没有面孔的虚无嘈杂。团聚、离别、重逢、出发,是夜读里蕴含的人间百态,它们会在每一个深夜,唤醒我们内心深处的记忆。

在人工智能迅速走进编辑部的时刻,我们尝试着借助 AI 将这些文字转换成画面,进行视频化的传播。琼芳也在无数个深夜,做着这些日复一日的工作,直至有一天她在深夜崩溃。她告诉我,这些文字实在太不适合视频表达、传播了。长久以来被异化的传播野心在那一刻被痛击,职业的惯习让我们沉溺于数字化生存,却忘记了一个字一个字记录下的时代每一刻的真实心绪,才是最珍贵的。

感谢上百位写作者们,当这些带着油墨香的书本再次传递到读者手中的时候,你们的故事,尽管在客户端发出去的那一刻已经被无数次阅读,但这一回,它们又将焕发新的生命。这就是文字的力量，这就是阅读的意义，我们始终相信，没有什么能代替双手触摸书籍的感觉。当亲身感受一本书的重量，或许才能从抽象的网络空间里挣脱出来，重新回到大地的怀抱里，回到具体的生活里。

也欢迎更多的写作者来"澎湃夜读"写下你们的故事。写作是每一个人生阶段的生活实践，将本真的生命体验入乎其内，就是在与自己对话，在与他者联结。人的一生或许漫长，但那些转瞬即逝的爱与怕恰恰才能记录我们的本真生存。在这本《人间珍贵》里，世界奔涌而来，让我们向它敞开自己。

澎湃新闻常务副总编辑

图书在版编目(CIP)数据

人间珍贵：澎湃夜读集. 3 / 陈才，李勤余主编.
上海：学林出版社，2024. -- ISBN 978-7-5486-2023-5
Ⅰ. I267.1
中国国家版本馆CIP数据核字第20244JL472号

责任编辑　胡雅君
装帧设计　湜　予

人间珍贵
——澎湃夜读集3
陈　才　李勤余　主编

出　　版	学林出版社	
	（201101　上海市闵行区号景路159弄C座）	
发　　行	上海人民出版社发行中心	
	（201101　上海市闵行区号景路159弄C座）	
印　　刷	上海盛通时代印刷有限公司	
开　　本	890×1240　1/32	
印　　张	12.25	
插　　页	1	
字　　数	28万	
版　　次	2024年8月第1版	
印　　次	2024年8月第1次印刷	
ISBN 978-7-5486-2023-5/I·253		
定　　价	68.00元	